魔王失格！

羽鳥 紘

Ko Hadori

Regina

RB

レジーナ文庫

登場人物紹介
魔王
死の国トゥオネラの王。
勇者と戦う使命を負うが、
訳あって行動しない。
実はかなりの実力者。
梨世《りせ》
オタクイベントに命を懸《か》ける
24歳コスプレイヤー。
衣装は手作り派。
超ドS《エス》俺様キャラが大好き。
ガイ
精霊王。魔王の呪いで
コウモリのガイコツにされ、
魔王城に閉じ込められている。

魔王配下四天王
ソード
剣の達人《蒼《あお》の覇剣《はけん》》。
ある意味“美”を愛する。
アーム
怪力自慢《黄の剛腕《ごうわん》》。
気のいいヤンキー。
ハウンド
魔獣を操る《翠《みどり》の飢獣《きじゅう》》。
魔獣と心通わせるべく
日々励む。
マギ
大魔法使い《紅《くれない》の麗魔《れいま》》。
喪女《もじょ》で腐女子。
勇者
人間界エルシアンを守る
使命を負う。
仲間ともどもリア充。
ケルベロス
冥府《めいふ》の番犬だが、
見た目は柴犬カットの
ポメラニアン。

目次

魔王失格！　7

書き下ろし番外編
コスプレイヤーと魔王城の愉快な仲間達　381

魔王失格！

プロローグ

「それじゃあ、お疲れ様でしたー！」

タイムカードにサインをもらうと、私は高らかに挨拶をし、ダッシュで外へ飛び出した。

七月下旬。バイト先であるこの大学構内のカフェは、大学が夏休みを迎えると同時に長期休業に入ってしまう。でもそれが、私にとっては大変都合が良いのだ。

キャンパス内を歩きながらスマホを取り出し、いつものＳＮＳのアイコンをタップする。そして私のハンドルネームの入ったページを開き、書き込みを始める。

梨世《りせ》@サマコミ二日目東６５７ｚ
仕事おわった～‼　サマコミまであと二十六日！　気合い入れるぞおおおお(^o^)

サマコミ——正式名称サマーコミックスタジアム。それは、年に一度のオタクの祭典である。

その日、世のオタク達は巨大なホールに集結し、同人誌を売買しては交流を深める。その規模は年々大きくなり、今やニュースでも取り上げられるほど。

なのでその一ヶ月ほど前ともなれば、オタク達は夜を徹して漫画を描いたり小説を書いたり、グッズを作ったりと、まぁ準備に余念がない。

かくいう私もその一人。ただし私の場合、作るのは本でもグッズでもない。

衣装、なのである。

そう、私はコスプレイヤー。

コスプレイヤーとは、コスプレする人のこと。最近ではレイヤーっていう略称もある。で、コスプレっていうのは、アニメやゲームのキャラクターの服を着て、そのキャラクターに扮《ふん》することである。オタク系のイベントでは、そんなコスプレイヤー達の華やかな衣装も見どころの一つなのだ。

アニメやゲームのキャラに扮すると言うと、なんだかマニアックな印象だけど、コスプレを侮《あなど》ってはいけない。今やコスプレの文化は世界的な広がりを見せ、三十近くもの国が参加する国際的なイベントまであるほど。品質だって、もはや映画の衣装顔負けと言っていい。服はもちろん、武器や鎧《よろい》、角《つの》や翼といったオプションまで、まるで画面からそのまま抜け出てきたように、本物そっくりに仕上げるのだ。

本物と言っても、元は二次元のイラストだから、構造が謎だったり、再現がそもそも不可能だったりする物もある。そこを試行錯誤《しこうさくご》して、なんとか自分なりに表現してみせるのが、コスプレイヤーの腕の見せどころだ。

今ではコスプレ衣装を扱う専門業者もあるけれど、私はあくまで自作派。衣装を作るためのハウツー本やネット講座、他のコスプレイヤーさんの技術を参考にしながら、何度も縫《ぬ》い直し、自分の納得のいく物を完成させる。その時の達成感がまた格別なのだ。

……なーんてかっこつけてしまったけど、実は業者にお願いするだけの資金力がないっていう世知辛《せちがら》い事情もあったりするんだけどね。

「ただいまー」

仕事場から家までは、地下鉄を使ってだいたい十五分くらい。家といっても独り暮らしなので、ただいまーなんて言ったたって返事はない。

実家は田舎《いなか》。オタク系イベントなどろくになく、県外のイベントに参加すると交通費がかなり痛い。そのため、高校卒業と同時に思い切って単身上京したというわけ。親は放任主義なので特に止められることもなく、それどころか時々食料とか送ってくれる。上京して六年、専門学校を卒業し、現在バイトで生計を立てている身には非常にありがたい。

パチリと電気をつけると、見慣れた部屋が照らし出される。玄関から部屋全部が見渡せる1Kマンション。築十五年、日当たり悪し壁は薄しの格安物件。これといって特筆するところのない普通のマンションだけど、一つ、とっても気に入ってるのは、大きなクローゼット付きなこと。

狭い玄関を上がって、頑張ってDIYしたキッチンを通り、ベッドに鞄《かばん》を放り投げる。ベッドに机、テレビという必要最低限の家具しかない部屋の中で、一つだけ目立っているトルソー。トルソーっていうのは、よく服屋さんにあるような、胴体部分だけのマネキンのことね。そのトルソーは、まだなんにも着てないすっぱだか。

そう。まだトルソーに着せられる服ができていないのだ。

しかし！　まだサマコミまで一ヶ月弱ある。その間、ちょこちょこ日雇いのバイトはするつもりだけど、基本的にお仕事はない。これから頑張って作るぞー！

さあ、さっそく作業開始だ。

まずモチベーションを高めるため、今作ってる衣装のキャラが登場するアニメ、『ミッシング†ナイト』、通称『M†N《エム・エヌ》』の主題歌を口ずさむ。あ、壁が薄いから、お隣に配慮して小声でね。

このアニメ、去年放映された勇者VS魔王もの。一度最終回を迎えて放映終了したんだけど、デザイン性の高いキャラコスチュームが人気を博《はく》し、『ミッシング†ナイト　セカンドシーズン』の製作が決定したのである！

新シーズン始動に当たりキャラクターの衣装も一新され、そのデザインが先月ネットでも発表された。今年のサマコミは、きっと『M†N』の新衣装で来るコスプレイヤーも多いことだろう。かく言う私もその一人。『M†N』に出てくる魔王の僕《しもべ》、邪神を崇《あが》める女神官《プリーステス》のコスプレをするつもりだ。

でも、一番好きなのはやっぱり魔王のキルフィールド・アンゴルモア様！　あの残忍冷酷超ドS《エス》俺様キャラが私のど真ん中直撃。勇者グレンもすごい人気だけど、私は断然キル様派だね。

私はうっとりとキル様の雄姿を思い浮かべつつ、クローゼットに手をかける。

作業前に、クローゼットに保管してある衣装達を眺めるのが私の習慣。今まで作った作品は我が子に等しい。

思えば色んな衣装を作ったものだ。前回作ったドレスなんかは、本当に苦労した。装飾はそんなに多くないけど、スカートのドレープが綺麗に出なくて、何度やり直したことか。胸元のスパンコールも、一つ一つ手で縫《ぬ》いつけている間に夜が明けて、目にクマを作ったっけ。でも妥協《だきょう》しなかったおかげで、かなりクオリティの高い上品なドレスに仕上がったと思う。あ、タック付けにも苦労したな。あれは今回の衣装にも使うから、もう一回見て思い出しておこう。

なんて考えながら、クローゼットを開いた……のだが。


「な……何よこれ――――――――――――――!?」


上下左右の部屋から苦情確実。私は大声を出してクローゼットの前で立ちすくんでしまった。

その中には、私がこれまでイベントで着た衣装達が並んでいるはずだった。人に譲った物もあるけれど、少なくとも十着くらいはあったはず。なのに、それが影も形もなくなっていたのだ‼

それだけなら空き巣かとも思うのだけど、いや、だとしたらものすごくマニアックな泥棒だけど！

おかしいのはそれだけじゃなくて、クローゼットの中には見覚えのない服が並んでいたのだ。それも、男物。

一瞬、本気で部屋を間違えたのかと思った。でも咄嗟《とっさ》に振り返った私の目に映るのは、やっぱり私の部屋。自作トルソーのある部屋なんて、このマンションじゃ私のとこだけだろうし。そもそも鍵を開けて入ってきたんだから、間違いのはずないよね。コスプレ衣装を盗んでいって、男物の服を代わりに置いていく……そんな変な泥棒ってあり？マニアックなんてレベルじゃないよ？

それにしても……と、改めてクローゼットの中を見る。

……なんか、ダサイ服ばかりだなぁ。中年のオッサンが着るような地味なトレーナーやスラックスばっかり。そう思い、何気なくハンガーの一つに手を伸ばした時だった。

ふわっと体が浮き上がり、右手が何かに引っ張られるかのように、すごい勢いでクローゼットの中に引きずり込まれる！

「きゃあああああああああ!?」

為《な》す術《すべ》もなく、クローゼットの中に吸い込まれていく私の体。

ぶつかる！　と思って目を閉じたけど、ぶつからない。おかしい、クローゼットがこんなに広いわけないのに。

恐る恐る目を開けてみると、周囲は真っ暗。引っ張られる感覚はもう消えていたけれど、今度は平衡感覚《へいこうかんかく》がない。足の下には地面の感触もない。上も下もわからない。わけもわからず、クローゼットの中（？）を泳ぐようにもがく私。すると、真っ暗な視界に突然一筋の光が差した。

――そして。

ドスン！

唐突に平衡感覚が戻り、私の体は光の中に投げ出された。

衝撃は感じたものの、痛みがそれほどなかったのは、ふかふかのカーペットの上だったからか。

……カーペット？　私の部屋はフローリングで、こんな上質なカーペットなんて敷いたこともないはずだけど。

「ここ……どこ？」

思わず、そんな言葉を零《こぼ》していた。私は、確かに自分の部屋にいたはずなのに。目の前に広がるのは、見慣れた狭い１Ｋマンションではなくて。

その十倍はあろうかという、ひろーいひろーい部屋だった。見覚えなんて全くない。

床にはふっかふかの真っ赤なカーペット。こんなに毛足が長いのに、チリ一つ絡んでいない。

その上にはダブルベッドの二倍くらいありそうな、大きなベッド。私の部屋には入りそうもない。

そして大理石のようなツヤツヤの石でできた、高級そうな机。

壁のあちこちには凝《こ》った細工の銀の燭台《しょくだい》がついていて、その先では紫色の炎が揺れていた。

うん。ベッドと机はまだいいわ。けどこの燭台は怪しい。普通の人の部屋には普通、紫の炎が灯る燭台なんてない。自作トルソーがデンッと置いてある私の部屋も普通の人から見たらなかなか怪しいだろうけど、この部屋の主はそれ以上にマニアックだわ。

それとも、ここは撮影用のスタジオか何かかしら？　最近ではコスプレ撮影用のスタジオも増えてきたって聞くけど……

そんな怪しい部屋だけど、一つだけ。たった一つだけ、見覚えのある物があった。

それは、私の背後にあったクローゼット。ううん、厳密に言うとその中身。振り返った私は、思わず「あっ」と声を上げてしまった。

クローゼット自体は机と同じ石造りで、髑髏《どくろ》とか目玉とか禍々《まがまが》しい装飾がごてごてとついた怪しい物だ。開いた扉から服が掛かっているのが見えなければ、一見してクローゼットとはわからなかっただろう。いやいやそんなことはどうでもいい。その、掛かってる服が問題。

それは、どれもこれも私が作ったコスプレ衣装だった。自分で作ったんだから間違えようもない。この世で唯一無二の衣装達。

咄嗟《とっさ》に一つ、手に取ってみる。……手を伸ばしてしまってから一瞬焦ったけれど、今度は吸い込まれるようなことはなかった。

……うん、間違いない。やっぱりこれは私が作った物だ。縫製《ほうせい》の仕方、飾りのつけ方、イベントで汚してしまった箇所。こんなところまで全部一緒な衣装なんて、どこを探したってあるわけない。

でも、じゃあなんで私のコスプレ衣装が……こんな見覚えのない部屋に？

よく見ると、クローゼットの外側は石造りだけど、内側は私の部屋と同じ木製だった。下に引き出しがついているのも同じ。開けてみると、やっぱり私の普段着が入っていた。

つまりクローゼットの中だけが、私の部屋の物と同じなのだ。

まるで……クローゼットの中身だけが、入れ替わってしまったかのように。

私がそんな考えに行きついた時だった。

「そこで何をしている？」

食い入るようにクローゼットの中を見ていた私の背後で、突然声がした。

さっきまで誰もいなかったのに。足音もしなかったし、何の気配もしなかったのに。

恐る恐る振り返ると、黒髪ショートの青年が、いつの間にかすぐ傍に立っていた。

「だ……誰？」

「それはこちらの台詞《せりふ》だな。ここは俺の部屋だ。人の部屋に勝手に侵入した貴様こそ誰だ」

真っ赤な瞳に射抜かれて、私は思わず後ずさった。かかとがクローゼットにこつんと当たる。

何、カラコン？　やっぱりここはスタジオで、この人レイヤー？

ううん……でも……

赤い瞳は、とってもミステリアス。切れ長の目に通った鼻筋。抜けるように白い肌は肌荒れとは無縁そう。それらが絶妙なバランスで配置された顔だちは、日本人離れしてすごく綺麗だけど。

――着てる服が、その全てを台無しにしている。

中年のオッサンが着てるみたいな、グレーのトレーナー。そして、下はどう見てもジャージ。端整な顔とは不釣り合いもいいところで、首から下はまるっきり休日のお父さんである。コスプレイヤーだとしても、メイクだけ済ませて着替えがまだってこと？

「どうした、早く答えてみよ。答えぬのなら……」

「ああっ、あの、ええと……私にもわからないんです。自分の部屋のクローゼットを開けて、気が付いたらここにいて」

通報しそうな勢いで黒髪赤目のおにーさんが迫ってきたので、私は慌ててありのままを話した。

「本当なんです。自分のクローゼットの中に見覚えのない服があって。不思議に思ってよく見ようとしたら、クローゼットに吸い込まれちゃって。その証拠になるかはわからないですけど、ほら、この中に私の服があるでしょ？」

うっ、我ながらひどく支離滅裂《しりめつれつ》なことを言ってるな。正直に話してるだけなのに。

こんなんじゃ納得してもらえそうもない……

と思いきや、そうでもなかった。彼は赤い瞳をついっと私の後ろのクローゼットへと向ける。

「ふむ……確かにこんな服は、俺のクローゼットにはなかった」

そりゃそうでしょうよ。マニアックな趣味は部屋を見ればわかるけど、さすがにこのおにーさんがこの衣装を見て「これは俺が普段着てる服だ！」とか言ったらドン引きするわ。

まあ、それ以前にこの人かなりの長身だし、私は普通体型の女性。サイズが合わないのは一目瞭然《いちもくりょうぜん》。彼がこの服を自分のだと言うには無理がある。

「ね、不思議ですよね。まるで、クローゼットの中身が入れ替わったみたいで……」

「事実、そうだろうな」

彼はクローゼットに近付くと、私の服に触れた。

「かすかに魔力の淀《よど》みを感じる。それが空間の歪《ゆが》みを引き起こしてしまったのだろう」

「空間の……歪み？」

何そのファンタジー。いや、でも、クローゼットの中身だけが入れ替わってしまうなんてこと自体、日常では有り得ないわけだけれど。

「あの……もしかして、もしかしてですよ？」

「何だ」

「ここは日本じゃないとか言いませんよね？」

「ニホン？　なんだそれは」

待って待って待って待ってーーー。ドバーッと冷や汗が出てきましたよー。

いや、待って待って。落ちついて自分。

「で、でも、おにーさん、日本語喋《しゃべ》っていますよね？」

「言語が通じることを言っているのならば、当然だ。この城には多数の種族がいる。もちろん言語も異なる故、不便のないよう意思疎通《そつう》が可能になる魔法を城全体に掛けている。言語を持たぬ種族でもない限り、意思疎通ができぬということはない」

城。ここ城なんですか？

確かに、部屋は広いし家具もカーペットも上質そうだし納得～、って納得できるか！と脳内セルフ突っ込みをしてしまうくらいには混乱している。

「えっと……つまり、ここはどこなんでしょう……」

「死の国トゥオネラ。ここはそのトゥオネラを統《す》べる魔王の居城——すなわち、魔王城である」

——という設定でキャラコスのスタジオ撮影をやっていまーす☆

って雰囲気では……なさそう。

トゥオネラなんて国も、魔王が治める国なんてのも、当然ながら聞いたことなんてなく。

つまり、ここは日本でもなければ地球でもない、全く違う世界……ってこと？　そんなの困る！

「か、帰ります！」

叫びながら、私はクローゼットに頭を突っ込んだ。クローゼットに吸い込まれてここに来たのだ。もう一度クローゼットに入れれば、元の世界に帰れるはず‼

……しかし、現実はそう甘くなかった。

あの吸い込まれるような感覚も、浮遊感もない。何も起こらない。

「え、うそ、なんで？」

衣装を押しのけ、頭だけでなく体ごとクローゼットに入る。やっぱり何も起こらない。ただのクローゼットの中。焦る私の背中で、嘲笑《ちょうしょう》が聞こえた。

「無駄だ。今ここから感じる魔力はごく微量。空間を歪《ゆが》めるほどの力ではない。恐らく一時的な現象だったのだろう。……しかし、異空間の存在は把握していたが、異世界の者がこちらに来るなど初めてだ。何故……」

「そんな……だったら、次は、次はいつ繋がりますか⁉」

クローゼットの中から、おにーさんを見上げて問いかける。おにーさんは何か考え込んでいたようだけど、私が声を上げると小馬鹿にしたようにこちらを見下ろしてきた。

そして、絶望的な言葉を投げつけてくる。

「空間の歪みが自然に発生するなど、今まで聞いたこともないな。いくつもの要因が重なった上で、奇跡的に起こったことと見ていいだろう。恐らく次はない」

「そ、そんな……じゃあ、私はどうやって元の世界に帰れば……」

「よもや帰れるなどと思ってはいまいな？」

冷たい声が、ぴしゃりと私を打ち据《す》える。

「気まぐれに問答に付き合うのもここまでだ。さて、ニンゲンの分際で我が居城へ立ち入った報《むく》いを――」

彼の声はもはや頭に入ってこない。涙が溢《あふ》れ、その姿も霞《かす》んで見えた。

「泣いて命乞いか？　いいぞ、無様《ぶざま》に泣き叫ぶが良い」

アニメの悪役みたいな台詞《せりふ》を吐かれた気がするが、それすら耳をすり抜けていく。

私は転がるようにクローゼットから飛び出し、ただただ己《おのれ》の切なる願いを口にした。

「困ります‼　私を日本に帰して下さい！」

「クク……家族に会いたいか？　それとも友か？　恋人か？」

綺麗な顔に冷酷な笑みを浮かべ、彼が問いかけてくる。

その問いに、私は力いっぱい、こう答えていた。

「サマコミです！」

　おにーさんの赤い瞳が、点になった。

「サマ……コミ？　人の名前か？」

「違います我が国最大級のオタクの祭典です!!　年に一度の祭です！　この日までに最高のコス衣装を完成させなければならないんです！　抽選にも受かってスペースも取れてるんです！　今年は神レイヤーも多く参戦するはずできっとキル様コスの人もいっぱいいいて、だから、帰れないと困るんです！　とても困るんです!!」

　私の涙ながらの訴えに、おにーさんは渋面《じゅうめん》になって頭を押さえた。

「魔法が発動してないのか……？　急に言語の理解に障害が……」

「なんとか帰る方法はないんでしょうか？　このクローゼットの中をもう一度入れ替える方法はないんですか!?」

　恥も外聞もあったもんじゃない。ドン引きされようが気にしてる余裕もない。家族は田舎《いなか》の実家にいるし、バイトは長期休業に入ったばっかだし、しばらくは大丈夫。でもサマコミは待ってくれないのだ。サマコミ自体に間に合っても、衣装が間に合わなけれ

ば意味がない。異世界の魔王城で捕まってる場合ではないのだ。

泣いて縋《すが》りつく私の形相《ぎょうそう》にちょっと引いてるおにーさん。だけどすぐにニヤリと笑みを浮かべた。

「俺を誰だと思っている？　空間を少しばかり歪《ゆが》めるぐらい俺の力を以《もっ》てすれば訳もないこと」

パァァァァーーーー
希望の光が今、差し込んだ‼

今、私にはおにーさんが輝いて見える。服はダサいけど顔は美形、いや、ものすごく美形だし、とてもいい人だ、服はダサいけど‼

「お……お願いします‼　今すぐ私を元の世界に戻して下さい！　ついでにクローゼットも元に戻して下さい！」

「断る」

ピシィッ！　と間髪《かんはつ》をいれず叩きつけられた無慈悲な答えに、私は石化した。

そんな私を愉快そうに見下ろし、彼は意地の悪い笑みを浮かべて口を開く。

「俺は魔王だ。何故貴様のごときニンゲンの小娘の願いなぞ聞き入れなければならん。ここまで戯言《たわごと》に付き合ってやったが、それも終《しま》いだ」

魔王。

そっか。さっき魔王城って言ってたもんね。

そりゃ魔王がいてもおかしくない。おかしくないけど。

「うそでしょ？」

「何故そう思う？　トゥオネラの魔王と言えば、俺を置いて他にはおらぬ」

「だって……だって……私の知ってる魔王様は……」


こんなダサい服着てません‼


という言葉を、私はすんでのところで呑み込んだ。

だって魔王と言えば、漆黒の長いマントとか髑髏《どくろ》のアクセサリーとか禍々《まがまが》しい杖とか装備してて、翼が生えていたり角《つの》が生えていたりとか、なんかこう、邪悪な何かが漂ってくるもんじゃないの？

いや、確かに顔だけ見ればね。ちょっと陰鬱《いんうつ》そうな美形で、なんか私の愛するキルフィールド様っぽいし、黒髪赤目とかも禍々しい感じはする。

でも、それを全て台無しにするこのオッサンコーディネート！　禍々しさの『ま』の字もないわ！　魔王失格です！

――と、ここまで頭の中でメガホン持って叫んだけれど、まさか本人の前で口に出すわけにもいかず。

今のところ、彼が……魔王が家に帰るための唯一の頼みの綱《つな》。気分を害されても困る。この世界ではこの装《よそお》いが超ハイセンスデザインなのかもしれないし。

「と、とにかくお願いです神様魔王様！　どうか一刻も早く私を元の世界に戻して下さい！　一生のお願いです‼　なんでもしますから！」

「……ほう？」

ひたすら拝み倒す私を見て、魔王が興味ありげな声を漏らす。

「なんでも、とは？　貴様が何か俺に有用なことができるとでも？」

う……嫁入り前の女性が、男性に対して軽々しいことを言うものではなかった……とはいえ幸か不幸か、私は決してナイスバディでも美人でもない。魔王様のお気に召すとはとても思えない。聞き返すその声が、多分に嘲《あざけ》りを含んでいるのもそのせいだろう。

何も言えない私を見て、魔王の顔から笑みが消える。

そして、ぞっとするほどに冷たい顔をして、氷点下の声を紡《つむ》いだ。

「さらばだ、ニンゲンの小娘よ。我が前に現れた不運を嘆《なげ》きながら消えるがいい」

魔王が手を掲《かか》げると、突然燭台《しょくだい》の炎が風に煽《あお》られたように揺らめき始めた。薄暗かった室内が、さらに暗さを増していく。

パシッと、魔王の手の周りで火花が弾けた。まるで、強力な魔法が炸裂《さくれつ》する前触れのように。

——ううん。〝まるで〟じゃなくて、きっと実際にそうなるんだ。

ああ、駄目だ。私、殺されてしまう。

そう思った瞬間、乾いた私の唇から声が滑り落ちていた。

「——待って下さい！　服！　私、あなたの服を作ります！」

魔王の手の中で膨《ふく》れ上がりつつあった光が、その動きを止めた。

無意識に発した言葉だけど、そうだ、これしかない。

私は震える手をなんとか動かして、クローゼットの中の衣装を指し示した。

「この服は全部私が作った物です。これは自分が着るために作った物ですけど、これから魔王様のために作ります！　魔王様に相応《ふさわ》しい、唯一無二の服を！」

魔王はクローゼットを見やり——並ぶ衣装達にマジマジと視線を這《は》わせた。

そして少し俯《うつむ》き、何か考えるような素振りを見せ——やがて、ふっと、手の中の光を消した。

　腰が抜けて、私はへなへなとその場に崩れ落ちてしまう。魔王はそんな私の傍に膝をつき、再び冷酷な笑みを浮かべて私の顔を覗《のぞ》き込んできた。

「貴様、名はなんと言う？」

「え……と、り、梨世……」

　唐突に名を聞かれ、咄嗟《とっさ》にハンドルネームを名乗った。

　だって魔王に本名教えたら、それ使って呪われそうじゃない？　なんとなくだけど。

　でも彼は、特に魔法を使う様子など見せず。

「よかろう――リセ。貴様に三日の時を与える。それまでに俺を満足させるような服を仕立てることができたなら、貴様を元いた世界に戻してやってもいい」

　――どうやら、チャンスを与えてもらえたようだ。

「だが、俺を失望させる出来なら――その時は、魔物の餌《えさ》にでもなってもらおうか。今ここで俺に殺される以上の恐怖と苦痛を伴《ともな》うだろうがな」

　その言葉に背筋が震える。

　本当に、この人は魔王なんだ。

　この人は私が恐怖するのを楽しんでいる。私の顔が引きつった時、彼の笑みは心底愉快そうだった。

それから彼はすっと立ち上がり、私に背を向けた。そして、

「マギ」

と、名前のようなものを口にする。

すると突然、空中から人が現れて、魔王の足元に跪《ひざまず》く。

「まっ魔王様、お呼びでしょうか！」

赤毛をひっつめ三つ編みにし、分厚い眼鏡を掛けた女性が、どもりながらそう言った。

この様子からすると、魔王の小間使いとかかしら。

「お前にこのニンゲンの世話を頼みたい」

「ににに、ニンゲンですかっ？　つつ、繋いで餌を与えればよろしいでしょうか？」

うわ、これ完全に犬かなんかの扱い。

「いや、服を作れる環境を与えてやれ。期間は今から三日だ。一秒たりとも間違うな」

「ははいっ！　一秒も間違えませ……服、ですか？　わわっ、わたしの作る服が何か
お気に障《さわ》ったのでは……」

「そうではない。ただの気まぐれだ。いいか、きっかり三日だ」

「りょっ、了解いたしました！　このマギにおお、お任せを」

彼女――マギさん？　は終始どもりっぱなしのまま、恐縮したように深々と頭《こうべ》を垂れた。

「リセ、彼女は俺の配下だ。俺が身につける物は全て彼女に任せている。道具や材料などについては彼女に聞くといいだろう。他にも城にある物は自由に使うといい」

意外と気前のいいことを言う――と思ったのは早計だった。魔王の顔に、またあの意地の悪い笑みが浮かぶ。

「ただし、この魔王城には無数の魔物が棲《す》みついている。迂闊《うかつ》に城をうろついて、食い殺されんようにな。言語も知識も持たない飢《う》えた魔獣もいるが、そやつらには特に気を付けることだ」

――この取引。

どこまでも、私に分が悪い気がする……

一　コスプレイヤーと精霊王

「こっ、ここはわたしがいつも服を作ってる部屋です」

その後私は、マギさんの魔法（多分）で一瞬にして別の部屋へと通された。

魔王の部屋よりはだいぶ狭いものの、私の1Kマンションよりはやや広い。窓はないし、魔王の部屋にあったような怪しい燭台《しょくだい》もないけれど、天井付近には光を放つ丸い球体が浮いていて、電球みたいに部屋を照らしている。

部屋の中には、大きな戸棚にクローゼット、作業机が一つずつ。その机の上には布の切れ端が散乱していた。木を削り出して作ったっぽいトルソーもある。

「ここ、使っていいんですか？」

「ふ、服を作れる環境を与えるようにとの、ままま、魔王様からの言いつけですので……。えっと、布とかは、そこの戸棚に。それと、魔王様の命で、先ほどのクローゼットの中の服はこちらに移してありまま、ありまっす」

彼女に指し示されたクローゼットを開けてみると、確かに私が作った衣装達が並んでいた。その下には、引き出しに入っていた私の洋服、鞄《かばん》や小物類などもある。

「これは……その、マギさんが魔法で？」

「はははは い、そうですが、何か不備がゴザイマシタデショウカ？」

「いい、いいえ、ないでゴザイマスが……」

何故カタコトの敬語？ それとも、言語が通じるとかいう魔法がおかしくなってそう聞こえるだけ？ 思わず私もちょっとつられてしまった。するとマギさんの顔が、かっと赤くなる。

「あっごめんなさい、つい」

「わたし、し、喋《しゃべ》るのが苦手なんです」

マギさんの目が眼鏡の奥で泳いでいる。

ああ、それはなんかわかるなぁ。さっきは余裕がなかったもんで、魔王相手にギャーギャー叫んじゃったけども、私も昔は人と話すのが苦手だった。さすがにもう大人だから無難に人に合わせるくらいはできるけどね。と、いやいや、今はそんな話をしたいわけじゃなかった。

「あのう、魔法で物を移動できるなら、マギさんも私を元の世界に移動させたりできるんですか……？ 私、ここじゃない世界から来たんですが……」

「こっ、ここじゃない世界……!?　異なる時空には、異なる世界があっても不思議ではないかもしれませんが……そんな途方もない場所にてん、転移するなど、わ、わたしの微弱な力では無理です。せ、せいぜい魔王城の中の特定の場所とか、少なくとも一度は行ったことのある場所のみですね」

そっかぁ……どっちみち、魔王の配下である彼女が魔王に黙って私を元の世界に帰してくれたりはしないだろうけど。

それにしても、魔法が使えるってだけで私からすれば十分すごいと思うけどなぁ。彼女の力が微弱なら、何もできない人間の私は犬扱いでもおかしくないだろう。なのにマギさんはやたら丁寧に接してくれて、とてもいい人だ。

とりあえず、マギさんに元の世界に帰してもらうことは諦め、私は布が入っているっていう戸棚を開けてみた。

マギさんの言う通りあるにはあるんだけど……なんか、緑とか黄色とか、原色ばっかりだなぁ。

「えっと、ハサミとかは……」

「ハサミ？　ハサミとはなんで、なんでしょうか？」

えっ!?　ハサミないの!?

「あの……じゃあ、どうやってこの布を切るんですか？」

「え、えっとですね、それは……」

マギさんは黄色い布を手に取ると、ぽいっと空中に投げた。投げ出された布は重力に逆らい、ふよふよと浮いている。それに向かって、マギさんが手をかざす。

『我マギが定義する！　吹き抜ける風とは鋭利なる刃《やいば》！』

ザシュウッ‼

屋内だというのに強い風が吹き、私の髪や服を巻き上げる。と同時に、浮いていた布がシャツの身ごろの形に切り抜かれ、マギさんの手元にパサリと落ちた。

「こうして切ってですね、あとはここに針と糸があるので……チクチクと……夜なべして……」

言いながらマギさんは布を机に置くと、針を手にして穴に糸を通そうとした。でも、通らない。というか通りそうにない。針穴の三センチほど横で、何度もスカッてなってる。マギさんは躍起《やっき》になっているが、たぶん糸を通すだけで徹夜作業だろう。魔王の服は彼女が作ってるって聞いたけど、こんな調子じゃかなり苦労してるんじゃないかな。

……しかし、なんてこと。ハサミもなければミシンもない。こんな環境で、魔王が納得するような服を三日で作るなんてとても無理だ。

「あの……リセ、さん？　お、お聞きしても良いですか？」

ふと見ると、マギさんは諦めたように針と糸を机に戻していた。

「あ、はい。なんでしょうか」

「あの、ク、クローゼットの中の服は……その……もしかして、リセさんがお作りに？」

おずおずと問いかけるマギさんに、私は頷いた。

「そうですけど」

「す、すごい……！　わたしの作る服なんかとは全然違う……。ああ、魔王様、やっぱりわたしにお怒りになっているのでは……」

途中からどんどん鼻声になり、尻すぼみに声が消えていく。マギさんは眼鏡を外すと、手にした黄色いシャツ型の生地《きじ》で目元を拭《ぬぐ》い始めた。

「違いますよ⁉　服を作るってのは私が言い出したことで！　別に怒ってなかったじゃないですか！」

あわわわ、なんか私が泣かせたみたいじゃん～。

……でも、服を褒められたのは嬉しい。いや、デザインがいいってことなら私がすごいわけじゃないんだけど。アニメキャラのコスプレ衣装だし。

とはいえ、少なくともあの魔王の服やこの黄色いシャツ（予定）が超素敵デザイン！　っていう価値観なわけじゃないってわかって、ちょっとほっとした。

そうすると、あの服で文句を言わない魔王ってのは、もしかして超寛大な人なんじゃなかろうか。うーん……そもそも、着飾るという概念がないのかな？

改めてマギさんの服を見てみる。

黒無地のダボダボのセーター。グレー系チェック柄の、くるぶしまであるロングスカート。悪くはないけど、とにかく地味で重たい。おまけに分厚い眼鏡は太い黒ぶちなんだろなー。レンズ部分が大きくてフレームが太い眼鏡って、使いようによっては可愛いんだけど、人を選ぶし、一歩間違えるとすごくダサくなる。マギさんはまさに一歩間違えてるな。

おまけになんというか……態度と併《あわ》せて、漂う喪女《もじょ》感がすごいというか……あ、喪女っていうのはモテない女子のことね。人のこと言えないけど。

と、マジマジとマギさんを観察していると、突然キッ！　と眼鏡の奥から睨《にら》まれた。

「わ、わたしだって……負けませんから！」

そんな叫び声だけを残し、一陣の風と共に消え去ってしまう。

え……何？　なんか私、対抗意識持たれた⁉

別に私、マギさんと勝負したいわけじゃないんですけど⁉　ただ帰りたいだけなんですけど⁉

いやいや、問題はそこじゃない。

「私……どうやって裁断すればいいの……？」

静まりかえった部屋の中に、途方に暮れた私の呟《つぶや》きが虚《むな》しく零《こぼ》れ落ちる。

三日よ？　三日しかないのよ？

作れなければ、元の世界に帰れないのよ？　サマコミ間に合わないのよ？

いやそれ以前に、魔物の餌《えさ》にされちゃうのよ？　どうするのよ？

先ほどの風に巻き上げられ、ひらひらと落ちてきた黄色いシャツ型生地《きじ》を握り締めながら、その場に崩れ落ちる。

ここに来てようやく、私はとんでもない世界に飛ばされてしまった自らの運命を嘆《なげ》いた。

本当だったら、今ごろはヘッドホンでアニソン聴きながら衣装を作ってるはずだったのに。

なんで異世界の魔王城で、魔王に服作らなきゃいけないわけ？　しかも命がけで。

あ、だめだ。泣きそう。

「……わあああああああああっ‼」

じわりと溢《あふ》れてきた涙を、大声を出すことで引っ込ませる。ネガティブになってどうする！　泣いてもどうしようもない！　前向きに！　前向きになるのよ‼

気持ちを切り替えて、改めて戸棚をひっかき回す。

「魔王だもの、紫は多少ドギツイ色でも使えるわ。緑もマントの裏地とかなら有りね。白とか黄色はナシ。黒系はとりあえず全部候補に入れよう。まずはデザイン……」

そう、どう作るかも大事だけど、まず最初に何を作るかを決めなきゃ。

そうだ！　魔王なんだもの。『M†N』のキル様の服を作ればいいんだ！

あのアニメは死ぬほど見てるし、いつも妄想してるから、キル様の衣装ならかなり詳細に思い出せる。しかし、同時に決定的な問題もあることに気付いた。

「……駄目だ、全然材料が揃わないや……」

『M†N』はデザイン性が高いことで知られるアニメ。衣装の作りも装飾品も相当凝《こ》ってる。もちろんそれが人気を集めたわけだけど、作るとなるとなかなかに困難。

百均にホームセンター、手芸店と、素材入手ルートが充実した日本でも苦労してたのに、ハサミもないこの世界であのコスチュームが作れるのか？

それにあの人、キル様みたいな角《つの》も翼もないもんなぁ。髪型もフツーだし。今のままだと爽《さわ》やかすぎて、どっちかといえば勇者だ。……性格は陰険だけど。

そうなると角とかのパーツも作りたいし、ウィッグか何かも用意したい。でも、何を作るにしても素材が全然足りない。いや、やる前から諦めるのは良くないぞ。

「城の物は、自由に使っていいんだよね……」

魔王の言葉を思い出して、私はごくりと唾を呑み込んだ。

魔王城にはたくさん魔物がいるらしいけど……じっとなんてしていられない。

このままじゃ布を切ることさえできないんだもの。この部屋にいても状況は打開できない。打開しないことにはサマコミにも行けない！

意を決して、私は部屋の扉に手をかけた。

と、そうだ、武器。武器を確保しなきゃ。部屋の外には魔物が待ち構えているかもしれないんだ。

しかし、部屋の中には布ばかり。針は……ちょっと、武器になりそうにないな。糸は……魔物の首にまきつけてとか！　できるわけないな、無理。

部屋中探して、私が手に取った物。それは、衣装を掛けていた木製のハンガーだった。

私のクローゼットに入っていた、がっしりしたハンガーだ。この木の部分で殴られたら痛い。……殺傷能力はないけど、たぶん痛いはず。この部屋にある物の中では一番マシだと思う。

一応武器を確保したので、私はそれを構えながら扉を開けた。

扉は想像より重くて、ギィッと音を立てる。

開いた隙間から外を覗《のぞ》いてみる——暗くてよく見えないものの、とりあえず魔物が待ち構えてるってことはなかった。もう少し扉を開けて、外の様子を窺《うかが》う。

部屋の中は普通に綺麗なんだけど、外はごつごつとした岩肌の洞穴みたいだった。城の中という感じはしないが、魔王城なんだから別に不思議はない。どうせならドイツみたいな西洋のお城にトリップしたかった……と、そんな願望を言ってみたところで仕方ない。

……今にも物陰から魔物が飛び出してきそうだけど……

しばらくそのまま様子を見ていたが、魔物が現れる気配は今のところ——ない。一歩外に出たら襲われるとかはなさそう。

うん。部屋の中だって安全だとは誰も言ってない。このまま服が完成しなかったら、どの道アウトなのだ。

マギさんが戻ってくるのを待って、布を切って下さいと頼むのも手ではある。でも私に対抗意識を持ったマギさんが協力してくれる可能性は低そう。そもそも戻ってこなくて、時間が過ぎて間に合わなくなったらそれもまたアウト。だとしたら、これが最善の行動！

勇気を出して、私は部屋の外に一歩踏み出した。

もう一歩。

もう一歩。

ほら……魔物なんて、出ない。

もしかして魔物が出るっていうのは、私を怖がらせるための魔王の嘘だったのかも。

そう考えると、少し気が楽になった。

マギさんだって魔王の配下だけど、少なくとも残忍な性格には見えなかったし、魔王城のみんなが敵ってわけじゃない。きっとない。根拠はないけどきっとない。

改めて見回すと、そこは洞穴のような長い廊下で、壁にはポツポツと燭台《しょくだい》が置かれ、紫の炎を揺らしている。そのおかげで完全な暗闇ということはなく、なんとか歩けそうだ。

この燭台は——銀、かな。溶かすことができたらアクセサリーを作れるかも。もちろん、型を作る素材があればの話。あとここ、洞窟っぽいけど、粘土とか採掘できないかなぁ。

そんな都合の良いことを考えながら燭台《しょくだい》から離れ、また一歩、前へ進む。その拍子に、こつんとつま先に何かが当たった。

「石……？」

何気なく拾い上げた石を炎にかざすと、ごつごつした面に交じって、つやつやと輝く面があった。

「もしかして宝石……？　何にしても、研磨《けんま》できればアクセサリーになりそう」

ブレスレット……は難しくても、ブローチとか。杖とかに嵌《は》め込むのも有りだ。

他にもあるかな？　と屈《かが》んでみたら……あるある。

布すら切れない段階で、加工が必要な素材を探すのもアレだけど。この際、使えそうな物は全部確保しておこう。せっかく魔王がなんでも使っていいって言ってるんだし。

となると、カバンを持っていった方がいいかな。両手で持てる量なんて知れてるし、何が落ちてるかわかんないんだし。

そう思い至って、一度部屋に戻ろうと立ち上がった時だった。薄暗い通路の奥に、一対の赤い光が見えたのは。

「宝石が浮いてる……？　わけじゃないよね、うん……」

つうーっと背中を冷や汗が伝う。

「まさか……本当に……」

魔物？　だとしたら、逃げなきゃ。頭ではそう考えてるのに、足が動かない。

そうこうしているうちに、光はどんどんこちらへと近付いてくる。

やがて、燭台の炎に照らし出されたのは――コウモリだった。ただし、骨だけの。

骨だけなのに、落ちくぼんだ眼窩《がんか》の奥には赤い光が瞳のように輝いている。

「き――、き――」

きゃあああああ！

と悲鳴を上げたつもりが、声も出ない。このまま、ここで魔物の餌《えさ》になってゲームオーバー？

そんなの……そんなの……

「ヤダァァァァァァ!!　あっち行ってぇぇぇぇ!!」

喉につかえていた声が、音量ＭＡＸで口から飛び出した。

おまけに廊下に反響して、わんわん響く。自分でもうるさいと思うくらいに叫びながら、私は目を瞑《つむ》り、手にした木製ハンガーをめちゃくちゃに振り回した。半狂乱である。

と、そのうちに、

スコーン！

という気持ちのいい音と共に、手がしびれるぐらいの強い衝撃。

はっとして手を止め、目を開けると、骨があちこちに飛び散り、軽い音をたてて地面に落ちていくところだった。

……当たった？　私、ハンガーで敵を倒しちゃった？

梨世　職業：コスプレイヤー　装備：木のハンガー

モンスターを倒した！　レベルアップ！　てれってれー！

なんてテロップが頭に流れる。

なーんだ、倒せるじゃない！　そうよね！　どんなゲームでも最初に出てくるモンスターは弱いもんね！　最初っからラスボスが襲ってきたらRPG《ロールプレイングゲーム》は成立しないよね！

この状況、全然RPGじゃないけど！

「よーっし！　どんどん倒して材料を集めるぞー！」

と、意気込んだ時だった。

グルルル……

と、低い唸《うな》り声が、暗闇から聞こえてきたのは。冷や汗、再び。

すみません。調子乗りました。もう出てこないで魔物さん‼

という祈りも虚《むな》しく、暗がりから何かが飛び出してくる！

「わひゃあああああああ‼」

さっきまでの意気込みはどこへやら。私はＲＰＧの主人公にはなれないようです。情けない悲鳴と共にべしゃりと尻もちをついて、盾になりそうもないハンガーを咄嗟《とっさ》にかざして身を守る。

……が、魔物のターンは来なかった。

恐る恐るハンガーを下ろした私の目に飛び込んできたのは――

「い……犬？」

そう、犬なのです。もちろん、グロテスクな犬の魔物なんかではなく。どこからどう見ても、ただの犬。それも、子犬。

柴犬――とはちょっと違うな。あれよりふくふくして、目が丸っこい。

これは、あれだ。ポメラニアンだ、柴犬カットの。写真集とかでよく見るやつ。その柴カットのポメラニアンが、さっき私が倒した骨の魔物で遊んでいる。わふわふと、それはもう楽しそうに。

しばらく、ぽかんとしてその微笑ましい光景を眺めていたけれど。

「……けて。助けてくれんかのう～」

どこからともなく悲痛な声が聞こえてきて、我に返る。

あまりにもか細い声なので、最初は風の音かと思ったけど、確かに「助けて」って言っている。

まさか、このポメが？　ううん、このわふわふと楽しそうな様子は、助けてって感じじゃないな。

もしかして……この、骨？

「そこのお嬢さんよ。出会いがしらにバラバラにするとはあんまりじゃ。元通り組み立ててくれい。このモフモフにしゃぶられるのは嫌じゃ～！」

声がすると同時に、骨がカタカタと小刻みに揺れている。

ほ、骨だ！　やっぱり骨が喋《しゃべ》ってる。

「あ……はい！」

骨が喋るなんて正直気味が悪いものの、あんまりにも哀れっぽい声で懇願《こんがん》するので、思わず承諾してしまった。

いきなりコウモリのガイコツが現れるもんだからビックリして殴っちゃったけど、冷静に考えたら、特に襲われたわけでもない。確かに、あんまりだったかも。

「ワンちゃーん、こっちにおいで～」

呼ぶと、ポメちゃんは嬉しそうにシッポを振り、骨を咥《くわ》えてこちらへ駆け寄ってくる。

あー、めっちゃ可愛い～、和《なご》む～。

「それ、ぺっしてもらっていいかな？」

手を差し出して話しかけると、ポメはあっさり骨を離し、私の手にポトリと落とした。

「うわぁ、キミ、すごく賢いんだね！　えらいぞ～」

顎《あご》を撫《な》でると、気持ち良さそうに目を細めるポメ。やっぱり犬だ、犬そのものだ。私の実家でも犬飼っているけど、こうして顎を撫でると喜ぶんだよねー。

しばらく撫で続けていると、ついにはごろんとお腹を出して寝転がった。さも〝もっと撫でろ〟と言いたげだ。すっかりリラックスしているポメちゃんのお腹を撫でてあげる。

うわぁーおなかもモフモフだぁーー！

「お嬢さん。助けてくれたことは礼を言うが、そのぅ……早く組み立ててくれんかのう……」

「あ、ごめんなさい！　ついつい」

骨に言われて撫でるのをやめると、ポメちゃんはお腹を見せたまま残念そうな目で見上げてくる。

「ちょっと待ってね、また後でね」

そう言うと、ポメは大人しく伏せをして待っている。本当におりこうさんだな～。

さて、散らばった骨を集めなきゃ。

と、集め始めたはいいけど……辺りは暗いし、小さいパーツもあるから、結構大変。燭台《しょくだい》の近くでジグソーパズルのように並べてみるものの、魔物の骨格なんて知るわけないし、それはそっちじゃないとか、そこが足りないとか骨本人に怒られて、文字通り骨の折れる作業だった。

「まぁ、こんなもんかの」

ある程度組み上がったところで、骨全体が赤い光を帯びる。それが消えると、コウモリの骨格がふわりと浮き上がった。その頭蓋骨《ずがいこつ》に、眼光のように赤い光が揺らめく。うう、やっぱり浮いて喋《しゃべ》るガイコツなんて気持ち悪い。

「それはそうと、突然殴りつけるとは、なんと乱暴なニンゲンじゃ」

ギロッと睨《にら》みつけられ――目がないからそんな気がしただけだけど――私は縮み上がった。

「す、すみません！　だって、私の世界には魔物なんかいなかったし、襲われると思っ

「なーーーんじゃとぉーーー⁉　失礼な上になーんと不敬な娘じゃ！　ワシは魔物などではない！」

キンキン怒鳴りつけられ、私はひぃっと悲鳴を漏らしながら頭を抱える。どうでもいいけど、ガイコツのくせにどっから声出してるんだろ。魔物に理屈は関係ないのか。

……ん？　今魔物じゃないって言った？

「魔物……じゃないの？」

恐る恐る頭を上げると、ガイコツは腕組みするように骨の翼を器用に組んで言い放つ。

「いかにも！　ワシは全ての精霊の頂点に君臨する、精霊王じゃ‼」

せ……せいれいおう？　このコウモリガイコツが？

「ぬ、疑っておるな？　確かに今はこんな姿じゃが、本当のワシはもっと神々《こうごう》しく勇ましい姿で……そもそもワシの若い頃はじゃな」

ウンチクウンチクと話が続く。

「……というわけでニンゲンも魔物もワシを精霊王様と崇《あが》め、信仰も厚く、毎月欠かさず祭壇に供え物をして、定期的にワシに感謝する祭りをしておったもんじゃ。しかし勇者と魔王の争いが激しくなってからは、皆ワシら精霊の力を戦争の道具として見るようになって、とくに魔物らの野蛮なことと言ったら……ウンチクウンチク……」

秘技『ウンチク話を右から左に聞き流すの術』を発動しつつ、私は状況を整理する。

とりあえず、この魔物……いや精霊王さん？　が、お年寄りなのはわかった。話し方といい昔話が長いところといい、実家の向かいに住んでたお爺《じい》ちゃんにそっくりだ。

「あのぉー、お話し中申し訳ないんですけど、私急いでおりますので……」

暇なら聞いてあげてもいいんだけど、生憎《あいにく》と時間のない身。申し訳なさそうに切り出してみると、幸いにも精霊王さんは長話をやめてくれた。

「なんじゃ、つれないのう」

「お話は、また今度聞きますね！」

三日後、私が生きていたらね……と、遠い目をしつつ社交辞令。ていうか、下手したら魔物にやられて三日未満の命――あっ、そうだ。

「精霊王さん、この魔王城に危険な魔物がたくさんいるって本当ですか？」

今のところ襲われる気配はないし、この魔物っぽい精霊王さんも悪い人（？）ではなさそうだし。やっぱりあれは魔王の嘘なんじゃないかって思って聞いてみた……んだけど。

「本当じゃよ」

うわ、やっぱり聞くんじゃなかった。即答されて絶望的な気分になっていると、精霊王さんは翼で私の後ろを指し示した。

「魔物にも、知能を持つ魔族と、どちらかと言うと獣に近い魔獣がおるんじゃが、特に危険な魔獣ならほれ、そこに」

「ええええええええええ⁉　きゃあああああああああああ⁉」

突然の宣告に、私は悲鳴を上げ、ハンガーを構えながら振り向いた。と、そこには獰猛《どうもう》な獣のごとき魔物が……いなかったし、グロテスクな姿をしたゾンビが……いなかった。

くああ？　とあくびの途中のポメちゃんが、口を開けたまま不思議そうに首を傾げている。

「ええと……どこに危険な魔獣がいるんです？」

「お前さんの目の前にいるあのモフモフが見えんのか？」

「……この子のことですか？」

ポメちゃんのところに歩いていくと、ポメちゃんは立ち上がり、フサフサのシッポをちぎれそうなほどに振ってみせた。私が顎《あご》を撫《な》でてやれば、嬉しそうに目を細める。

「この子が危険な魔物って、骨の姿の精霊王さんにとってだけなんじゃ……」

「何を言っておる。そいつは正真正銘、この魔王城で一番強い魔獣。冥府《めいふ》の番犬ケルベロスじゃ」

「……へ？」

「首にリボンがついておるじゃろ？　それを外すと今の百倍くらいのサイズになって、首が三つに増え、お前さんなど丸呑みじゃあ」

またまたあ。精霊王さんったら冗談ばっかり～！　もー、お年寄りってすぐそうやって若い者をからかうんだからぁ～やだぁ～！　……絶対リボンは外さないでおこう。

「で、お前さんは何をそんなに急いでおるんじゃ？」

あ、そうだった。こんなことをしている場合ではない。私は衣装の素材と裁《た》ちバサミを……

いやっ、ちょっと待て私！　今すごいこと思いついた。

「せ、精霊王さんって、全ての精霊の頂点なんですよね？」

「そうじゃそうじゃ。もっと褒めたたえてもいいぞい」

「じゃあ、風の精霊を操《あやつ》れたりしちゃいます？」

「とーーうぜん操れるに決まっとるじゃろう。姿はこんなになってしまったが、今だとて風も火も水も土も、精霊はぜーーーんぶワシの意のままじゃぞ～」

ぱぁぁーっと、希望の光が私に降り注ぐ‼　いや実際には薄暗いままだけど、あくまでイメージね。

マギさんは布を切る時、確か風の精霊って言ってたよね。

「じゃあじゃあ、その力で好きな形に布を切るなんて、朝飯前ですよねっ‼」

「とーーーーーうぜん……うん？　布を切るじゃと？」

「はい！　私、訳あって、明後日《あさって》までに服を作らなきゃならないんです！　でも、布を切ることもできなくて、困っていて……。だから、お願いです、精霊王さん！　私に力を貸して下さい！」

必死に頭を下げて頼み込むと、精霊王さんは「ふーむ」と思案するような声を出した。

「さぁて、どうするかのう……いきなりワシをバラバラにしてしまったニンゲンじゃからのう……。今までそのモフモフに見つからんようどうにか逃げておったのに、お嬢さんのせいで匂いも覚えられ、今後も狙われてしまいそうだしのう……？」

「そ、そのあとちゃんと組み立てたじゃないですかー！」

くうっ、絶対足元見てるー！

でも取引しようにもお金なんてないし、この世界では何が価値のあるものなのかもわからない。

「そうじゃのう。お前さんの目玉をくれたら、考えてやろうかのう～～～」

「目玉⁉」

精霊王さんの意地悪な声に、私は思わず腕で目を庇《かば》って後ずさった。

目がなくなったら困る。かといって、服を作れなければ命がない……ううう、こんなギリギリの選択やだあああ‼ と、泣きそうになっていると。

今まで大人しくしていたポメちゃんことケルベロスが、突然立ち上がり、猛ダッシュ！

そのまま精霊王さんに飛びかかった！

「んきゃーーー⁉」

精霊王さんはまたもやバラバラに飛び散り、ケルベロスは喜んでその骨にじゃれつく。

「うわっ、やめるんじゃこの犬っころ！ ワシをしゃぶるな、ベトベトになるううう！ あっ、かじるのはもっと駄目じゃあああ！」

ワフワフと精霊王さんの骨で遊ぶケルベロス。

しばらくして、精霊王さんの口から憐《あわ》れっぽい声が上がった。

「その……お嬢さん。お嬢さんの頼みを聞くから、どうかこの犬ころを遠ざけてくれんかのう……」

よし！　ナイスケルベロス！

そんな私の心の声が聞こえたのか、ケルベロスが私を振り返り、「わふっ！」と得意げに鳴いた。

＊　＊　＊

ケルベロスのナイスプレイのおかげで、なんとか服を作る足掛かりを得られたわけだけれども。

再び散らばった骨を集めるのは、結構大変だった。今後は迂闊《うかつ》に散らばらないでほしいところ。

ともあれ組み上がった精霊王さんが事情を知りたがったので、私は簡単に自分の身の上を説明した。

自分は、東京で独り暮らし中のしがないオタクであること。どういうわけか、私の部屋のクローゼットと魔王の部屋のクローゼットが繋がったこと。そのせいでクローゼットの中身が入れ替わり、中を覗《のぞ》き込んだ私は魔王城に迷い込んでしまったこと。そして、魔王に服を作る代わりに元の世界に戻してもらうという取引をし、現在マギさんの作業部屋に滞在していること。

「なるほどのう。何故魔王城にニンゲンがいるのかと思っておったが、そういう理由じゃったか」

本当にざっくりとした説明だったけど、精霊王さんは理解してくれたらしい。

「つまり、お前さんはトウキョウという世界でオタクなる仕事をしているため、早く帰りたいと」

うん、微妙に違うけど、まあいいや。大体合ってる。

「して、名前は」

そういえば、名乗るのを忘れていた。

「梨世です。精霊王さんのことは、なんて呼べばいいですか？」

名乗りついでに聞いてみた。せいれいおうさん、というのは結構呼びづらい。

「ワシか。うーん、そうじゃなあ……、好きに呼んでくれて構わんぞい。なんなら新しくつけてくれても良いぞ」

え、えー!?　すごい無茶振りしてくるなぁ。

精霊の王か……。魔王ならサタンとかかなーって思うけど、精霊王ってなんだ？　炎の精霊ならサラマンダーなんだろうけど、属性わかんないしなー。見た目ガイコツだから、好きなキャラの名前つけるには抵抗あるしなー。

あー、もう、どうでもいいや。

「じゃあ、ガイ……はどうでしょう」

「うむ、なかなかいい名じゃのう！　長ったらしくないのがいい。それなら覚えられそうじゃ」

まさか気に入ってもらえるとは。ガイコツだからガイ、なんていう安直な由来は黙っとこ。

精霊王、ガイ。とか言っておけば、カッコイイ気がしてくるだろう。

「そうだ、ケルベロスにも何か呼び名が欲しいな。なんか響きが怖いし、もっと可愛いの……ケル……ケベ……そうだ、ケルべえってどうだろう⁉」

「わふっ！」

ケルベロス、もといケルべえがシッポを振って返事をする。こっちも気に入ってくれたみたい。私のネーミングセンスについての話は、またの機会でお願いします。

「さて、リセ。それでワシは何をすればいいんじゃ？」

ちらちらとケルべえを気にしながら、ガイが言う。

「うーん、とりあえず生地《きじ》の裁断をお願いしたいんですけど……。もう少しマシな生地も探したいところなんですよね」

最初の部屋にあった布は、テカテカした質感の、ビビッドな色の物ばかり。あれよりはもっと重厚感のある物が欲しい。あとあと、翼や角《つの》とかのオプションの材料も。

「じゃったらこの先に倉庫があるぞい。まあ、ニンゲンからしたらガラクタばっかりじゃろうが」

ガラクタですって！　な〜んて胸躍《むねおど》る響きなんでしょ！

他の人間にはガラクタでも、私にとっては宝の山、なんてことは元の世界でもよくあること。例えば使い古してボロボロになった鞄《かばん》や壊れたランプなどの雑貨でも、金具や装飾を取り外してアクセサリーに加工できるし、小さな布の切れ端なんかも捨てずに集めておいて、ボリュームを出したい場所なんかに詰めたりしている。他人から見たらゴミでも、私にはコスプレの材料なんだ。

ましてや魔王城のガラクタなんて、素敵な予感しかしない。

「お願いします、私をそこに案内して下さい！」

目を輝かせてお願いすると、ガイはちらちらと赤い眼光を瞬《またた》かせた。

「変わったニンゲンじゃのう。……こっちじゃよ」

ガイコツだから表情は読めないんだけど、口調からするとどうやら呆れているらしい。

ともあれ、廊下を飛んでいくガイを見失わないよう後を追う。すると後ろから、ぽてぽてとケルベえもついてきた。

骨の翼を動かし、ガイはカタカタと飛んでいく。

カタカタ、トコトコ、ぽてぽて。そんな音だけが、暗い廊下に響く。一人で歩いているよりもずっと心強いけれど、やっぱり少し怖いなぁ。

「……本当にケルベえ以外にも魔物がいるんですか？」

「じゃから、いると言うておるじゃろ。無差別にニンゲンを襲うような下等魔物は、ケルベロスを恐れて近付いてこないだけじゃ」

「ふ、ふーん。そうだ、ケルベえ、抱っこしてあげよっか？」

「わふっわふっ！」

屈《かが》んで手を伸ばすと、ケルベえが嬉しそうに飛びついてくる。ふふっ、もう離すもんですか！

万に一つもはぐれてしまわないよう、私はぎゅっとケルベえを抱き締めた。

うう～ふわもこであったかい！　どこからどう見ても子犬にしか見えないし、とてもじゃないけど魔物なんて信じられないなぁ。他の魔物もこんな見た目ならいいんだけどなあ～。

「ほら、着いたぞ。ここじゃ」

やがて、ガイがある扉の前で立ち止まる。でも鉄拵《てつごしら》えの扉には、南京錠《なんきんじょう》ががっちり掛かっていた。

「……鍵が掛かってるように見えるけど……」

「……そうじゃのう……」

為《な》す術《すべ》なく、扉の前に立ちつくす私達。

「うーん、ワシが入ることはないからのう。失念しておった」

そりゃそうだ、ガイコツが倉庫に用事などないだろう。

「鍵は誰が持ってるのかしら」

「四天王なら持っとるんじゃないかのう。全員が持っとるかはわからんが」

「し、四天王？　四天王なんていうるんですか？」

うわあー、魔王っぽい！

「おるよ。剣の達人《蒼の覇剣《ソード》》、怪力自慢《黄の剛腕《アーム》》、四大元素の精霊を従える《紅の麗魔《マギ》》、ケルベロスをはじめ、多くの魔獣を操《あやつ》る《翠の飢獣《ハウンド》》。この四人が、この国で魔王に次ぐ力を持つ、魔王直属の四天王じゃ。会っても怒らせんようにな」

ガイの説明に、私は首を何度も縦に振った。

魔王に次ぐ実力者達かー、怒らせる以前に会いたくないなー。

……ん、待て待て。今、聞き覚えのある名前があったような。マギって、もしかしてマギさん？

えっ、マギさんて四天王だったの⁉　そんなにすごい肩書きの人には見えなかったけど……

「もしかして、そのマギさんって人……分厚い眼鏡に三つ編みの女の人ですか？」

「おお、そんな感じじゃ」

うわあああ！　多分人違いだろうと思ってたけど、やっぱりあのマギさんなの⁉

いや、でもまだ信じられない。四天王って言ったら、もっと強そうな迫力とか、それなりの威厳とかが……いやでも、肝心の魔王があれだもん。四天王も推《お》して知るべしか……

「しかし、何故知っておるのじゃ。知り合いなのか？」

不思議そうにするガイに、私は、マギさんが魔王から私の世話を言いつけられたことを簡単に説明した。それを聞いて、ふむ、とガイが頷く。

「それなら、鍵についてはマギに聞けばいいじゃろ」

「でも、マギさん、急にどこかに消えちゃって……」

「部屋に行ってみたらどうじゃ？　マギは大抵部屋におるようじゃし。四天王の部屋はこっちじゃ」

カタカタと音を立てて、ガイが廊下を引き返し始める。

「ガイって何でも知ってるんですね～」

「ふん、伊達《だて》に長く魔王城に閉じ込められとらんわい」

不本意、といった様子でガイが言う。

「え、ガイって魔王城に閉じ込められてるんですか？」

思わず私が聞き返すと、しまった、という顔をした。どうやらあまり知られたくないことのようだ。

「ぬ……ま、まあ、本気を出せばこんな城、抜け出せんこともないんじゃよ？　たかが魔王の呪いじゃし」

私でもハッタリだと丸わかりな言い訳である。しかし、どうも触れられたくないみたいだし、この場は突っ込まないでおこう。

と、そんな話をしているうちに、ホールのような開《ひら》けた場所に出た。左右の壁には大きな扉が二つずつ、合計四つ見える。扉はそれぞれ、青、赤、黄、緑に塗られていた。

「ここが四天王の間じゃ。《紅《くれない》の麗魔《れいま》》というからには、マギの部屋は恐らく赤の扉じゃろう」


ガイがそう言うので、私はケルベえを下ろし、赤の扉の前に立った。

紅だから赤、と見せかけて実は青の扉でしたー！　……なんてないよね？　自分の住んでる城でそんなトラップ仕掛けても無意味だよね？　と、どきどきしながらトントン、とノックをする。

「あのー、マギさん？　いらっしゃいます？　梨世です」

すると、中でガタッと音がした。ううっ、違う人が出てきたらどうしよう。

冷や汗を流して待っていると、急に、
ドン‼　ガタン‼　ガタタタタ‼

という何かが崩れる大きな音と、それに交じってマギさんの悲鳴も聞こえてきた。

「え、マギさん⁉　どうしたんですか⁉　入りますよ！」

ただ事ではないと感じて、扉を押す。扉には取っ手がなかったから咄嗟《とっさ》にそうしたものの、そのまま体はすり抜けて部屋の中に入ってしまった。

「わっ」

「きゃあああああ‼」

予想外の展開に思わず小さな悲鳴を上げた途端、それをかき消す派手な悲鳴が部屋にこだまする。

「だ、大丈夫ですかマギさん！」

マギさんの部屋は、魔王の部屋ほどではないにしろ、十分広かった。とはいえ、魔王の部屋がゴテゴテしていたのに対し、こちらはひどく殺風景。ベッドにタンス、サイドボードとどれもこれといって特徴のない普通の家具だ。

マギさん、服も地味だけどインテリアも地味だわ。ただ最低限の家具を置いたって感じ。でも散らかってはいないし、机の上に物を出しっぱなしにもしていないし、几帳面《きちょうめん》な性格なのかもしれないな。

そんなすっきりしすぎた部屋の中で一つ、大きな大きな戸棚だけがなんだか浮いていた。その戸棚から、洪水のように物が溢《あふ》れてマギさんにのしかかっている。

戸棚から出た色んな物——紙とか本とか人形とか、魔術に使うのかな？　——に交じって、戸棚の中板が床に落ちている。なるほど、物を詰めすぎて壊れちゃったのか。

「マギさん、大丈夫——」

「きゃあああだめえええええ、ここ、来な……だだ大丈夫……じゃないけど、みっ見ない……！」

よほど混乱してるのか、言ってることが支離滅裂《しりめつれつ》なマギさん。

とりあえず戸棚から溢《あふ》れた物を片付けようと、落ちていた紙を拾う。何気なくぺらっと裏返すと、それは肖像画だった。大きさ的にブロマイドっぽい。

描《えが》かれているのは、金髪碧眼《きんぱつへきがん》の、文句なしの爽《さわ》やかイケメン。凛々《りり》しくも優しげな風貌、鮮やかな青いマント。機能性と美しさが両立した鎧《よろい》に、宝石があしらわれた神々《こうごう》しい剣を携《たずさ》えている。頭部には高貴な印象さえ受ける額飾り《サークレット》。

……私、この世界には着飾るという文化がないのかと思っていたけど、この絵の男の人が着用している物は、どれも抜群にセンスがいいじゃない！　アクセサリーも凝《こ》っているし、思わずコスプレしたくなるくらいカッコイイ。

しかも、彼だけじゃない。他の肖像画《ブロマイド》には、他の人が一緒に描かれている物もあったけど、その人達も皆、人気アニメやゲームから抜け出してきたようなお洒落《しゃれ》な美男美女ばかり。

「あああああ‼　見ないで‼　見ないで下さい‼」

私がイケメン達に見惚《みほ》れていると、マギさんが物の山を撥《は》ねのけてガバリ！　と起き上がり、私の手から肖像画を引ったくった。

「わわっ、ワタシが勇者様の肖像画を集めているのにはっっ、理由があって……！　決してファンなどというわけではっ」

勇者。

そっか、魔王がいる世界には、やっぱり勇者がいるわけね……。そういえば、ガイに最初に会った時にも、魔王と勇者の戦いがどうとか言ってたような気がするな。長いウンチク話だったたからほとんど聞き流してたけど……とにかくさっきの肖像画の人がこの世界の勇者なわけね。

――って、ちょっと待って。

「えっ？　マギさんって四天王なんですよね？　四天王が勇者のファンって色々マズイんじゃ……」

思ったことをそのまま口にすると、マギさんの顔色が傍目《はため》からもわかるくらいに青くなった。

「ななっ、なんで私が勇者様のファンだって……ちちち、ちがっ……」

ダメだ、完全に動転している。

「と、とりあえずここ片付けましょう、ね？」

肖像画らしき物はあちこちに散らばっていたが、とりあえずそれには触らずに本を拾う。

四天王が読んでる本って、どんな魔術書なのかなーなんて思って表紙を見て。

ブッ――

と、私が思いっきり噴き出したのと、マギさんが私にタックルして本を奪い取ったのはほぼ同時だった。

でも、私は見てしまった。男の人同士が熱い視線で見つめ合うイラスト表紙。あれは、多分――

慌てて言い繕《つくろ》う。

「みっ見てないです！　見てないですよ⁉　ボーイズラブっぽい表紙の本なんて全然見てないです！」

よく見れば転がっている人形も、これフィギュアじゃないのかっていうほどの精巧さ。金髪碧眼《きんぱつへきがん》で、鎧《よろい》にマントだから、恐らく勇者フィギュア。この世界にもそんな文化があるんだ……

つまり、マギさんはオタク――それも所謂《いわゆる》、腐女子《ふじょし》。

「大丈夫です。私なんにも見てないです。時にですね、私倉庫に入りたくて。その鍵を探しているんですね。ご存知ないですか？」

極めて冷静に、丁寧に、かつ優しく言ったつもりだったけれども。

「うわあああああああああああああん‼」

マギさんが本を抱えたまま大声で泣き出してしまい、私は「ごめんなさいいいい‼」と叫びながら部屋を飛び出したのだった。

「一体何があったのじゃ？　悲鳴やら泣き声やらが聞こえたが……」

「さ、さあ～」

再びケルベえを抱き、魔王城の洞穴のような廊下を進みながら、ひたすらにガイの追及をかわす。

うう、なんだか私、マギさんを泣かせてばかりである。これでは苛《いじ》めてるみたいだ……そんなつもりなんてないのに。それどころか、できれば仲良くなりたいって思ってるんだけどな、オタク同士。

マギさんに鍵について聞けなくなってしまったので、私は仕方なく一度部屋に戻ることにした。

「なんで隠すんじゃ。四天王が悲鳴を上げたり泣き叫んだり、ただ事じゃないじゃろ」

ガイはなおも追及してくる。

四天王のことはよく知らないけど、マギさんに限ってはそうとも言い切れないような。っていうか。

「そんなに気になるなら、入ってくれば良かったじゃないですか？　そもそも、どこにいたんですか？　ガイ、いつの間にかいなくなってるんだもの」

立ち止まってそう返すと、ガイは苦々しい声を上げた。

「そりゃあ、ワシをこんな姿にしたのは魔王じゃし。魔王の配下になぞ関わりたくないわい」

そうだったんだ。いや、他人事《ひとごと》じゃないぞ。私も服ができなきゃ魔物の餌《えさ》なんだ。

こんなところでガイと立ち話してる場合じゃない気がする。

「あ～、早く服を作りたいのになぁ……。倉庫の鍵……」

「く～ん……」

落ち込む私に同調するように、腕の中のケルベえが鳴く。

考えてみれば、倉庫の中に確実に素材があるとも言い切れないんだから、いっそ他の場所を探した方がいいのかも。

「……思ったんじゃが、魔王に聞いてみればいいんじゃないかのう」

「え……ええっ⁉」

ガイの提案に、素《す》っ頓狂《とんきょう》な声を出してしまった。

「自分は関わりたくないくせに⁉」

私だって、自分のこと魔物の餌にしようと思ってる人にあんまり関わりたくないんですけど！

「まあそうなんじゃが。厳密に言うとワシをこの姿にして城に閉じ込めたのは先々代の魔王で、今の魔王についてはよく知らんのじゃ。じゃがリセを生かしているあたり、今の魔王はだいぶ穏やかな性格と見える」

お、穏やかぁ～？

とてもそうは見えなかったけどな。私が怯《おび》えるのを楽しそうに眺めてたあの意地悪な笑顔は。

「私、服が気に入らなければ魔物に食い殺させるって言われてるんですけど」

「先々代なら、リセを見つけた時点でそうしていたじゃろうよ。街や村をいくつも焼いてニンゲンを虐殺したり、城に連れ帰っていたぶったりしとったわ。今の勇者の先祖に討《う》たれるまでの」

ひ、ひえええぇ。さーっと顔から血の気が引いた。

確かにそれを聞いたら、服を作れば無事に帰すって選択肢をくれるだけでも優しい方……なのか？　まぁ、少なくともその先々代よりはマシだよね。

……よし、それなら……

「魔王に……聞いてみる」

ゴクリ、と唾を呑み込み、決心を口にする。

「そうか。まあ、頑張っての。魔王の部屋は、そのふわもこが知ってるじゃろ」

「わん！」

「え、えー！　何それ！　ガイは来てくれないんですか!?」

「だって、今の魔王がどんな人物であれ、ワシ魔王に関わりたくないもん」

子供か！

「お前さんなら大丈夫じゃ、リセ。魔王と駆け引きしたり、四天王を泣かせたり、冥府《めいふ》の番犬を手なずけたり、お前さん、タダのニンゲンとは思えん！」

いえいえ正真正銘タダの人間ですから！

「わふわふう！」

「うう……わかったよ、ケルべえ、今行くよ！」

「じゃあワシは作業部屋で待っとるからの～」

気楽な声を上げるガイに恨《うら》みがましい視線を送りつつ、私は「ついてこい！」と言わんばかりのケルべえを追って歩き始めた……

ぽてぽてと歩くケルべえから離れないように、細心の注意を払って追いかける。

ガイと話してるといくらか気が紛れたけど、シンとして薄暗い魔王城の中を進むのは、やっぱり怖い……。耳を澄ますと、グルルルル……っていう唸《うな》り声さえ聞こえてくる気もする。

「ねえ、ケルべえ……。魔王の部屋ってまだ遠いの？」

「わふ！」

……その「わふ！」は、〝遠いよ！〟なの、〝近いよ！〟なの？　どっちなの？

わからなくて頭を抱えていると、不意にケルべえが何もない通路で立ち止まる。

「ケルべえ？」

「わふっわふっ！」

鳴きながら、ケルべえは急に壁をかしかしと足で引っ掻き始めた。

……オシッコかな？　なんて思いながらぼんやり見ていると、急にヴン！　と気圧が変わった時みたいな、耳の奥で何かが響く感覚がして。

気が付けば、ケルべえの前の壁がなくなっていた。

「え、何？　壁が……」

「わおん！」

一声鳴いて、ケルべえが消えた壁の奥に入っていく。

「あ、待って！」

慌ててケルべえの後を追いかける。ふと、さっきの感覚がして振り返ると、来た道はまた壁で塞がれていた。……これ、ちゃんと元の道に戻れるのかな……？

「わふ～」

何か言いたげなケルべえの声がしてそちらに向き直れば、そこには紫色に光る直径一メートルくらいの魔法陣。その前にケルべえが座っていた。

魔法陣に近付くと、ケルべえが「抱っこ」と言うように私の足をカリカリする。

「わかった、ケルべえ。この魔法陣の中に入ればいいのね」

ケルべえを持ち上げぎゅっと抱きしめながら、私は魔法陣に足を踏み入れた。

途端に怪しい紫色の霧《きり》が私とケルべえを包み込み、周囲の景色が溶けていく。

あ……この感じ、クローゼットに吸い込まれた時と少し似てるかも。

と、その瞬間、ぞわりと嫌な感覚が背中を這《は》った。抱きしめていたケルべえの感覚も、足元にあった床の感覚も消えて、体が宙に投げ出される。

「お、落ちる……ッ‼」

ヒュウウウ、と耳元で風が唸る。咄嗟《とっさ》に下を見て、その直後に後悔した。

——ぬらぬらと光る無数の赤い手が、こちらに向かって手招きしていた。まるで私を捕まえようとするみたいに。

「きゃあああああああ！」

足元を何かが掠《かす》めた気がして悲鳴が飛び出る。

言いようのない恐怖に竦《すく》み上がりながら、それでも私は必死にもがいた。

そのうちに右手が〝ふさっ〟とした何かに当たる。もう、無我夢中でそれにしがみついた。

……それから、どれだけの時間が過ぎただろうか。

気が付いたら、落下が止まっていた。腕の中には、ふさふさした感覚。

恐る恐る見てみると、私の腕の中には小さなケルべえの体があった。そして、私の下には仄《ほの》かに光る魔法陣がある。

「今の……一体何だったの？」

思い返すと、また背中が冷える。どう考えてもただ事じゃなかったけど、問いかけてもケルべえは「わふう」と首を傾げるばかりで、答えてくれる人は誰もいない——と思いきや。

「何故お前がここにいる」

突如目の前に現れた顔に、私はすんでのところで悲鳴を呑み込んだ。

魔王だった。魔王がそこにいた。

改めて辺りを見回すと、見覚えのある部屋。私がこの世界のクローゼットから出て、最初に見た部屋だ。つまり——魔王の部屋。

ちょっと待って、魔王の部屋直通魔法陣ならあらかじめ言っといてくれないと困るよケルべえ！

「わふう」

いや「わふう」じゃわからないよ！

心臓をバクバクさせながら、何の「わふう」かわからない鳴き声に心の中だけで突っ込み。

えーとえーと、何て言おう、そうだ鍵！

「あっあの私、鍵が、倉庫がですね、材料になって」

「ほお……予想外の客だと思ったら、ケルベロスが連れてきたのか」

「わん！」

意味のわからないことをモゴモゴと呟《つぶや》く私に構わず、魔王が感心した声で言う。それに答えるように吠《ほ》えるケルべえ。

あ……ケルべえって、ほんとにケルベロスなんだ。信じてなかったわけじゃ……あ、うん、信じてなかった。だってどう見ても柴カットポメ。いや、それはひとまず置いておいて。

「あっあの！　魔王様、ご多忙中大変恐縮ではございますが、ワタクシ服の素材を探すため倉庫に入りたい所存でして！　つきましては、倉庫の鍵の所在についてお教えいただきたく‼」

できる限り丁寧に言ったつもりだけど、果たして上手く通じてくれるものかしら。

焦る私を、魔王は呆れたような目で見下ろしてくる。くぅ～顔だけ見るとやっぱり超好み。服を見ると萎《な》えるけど。

「……あれだけ脅《おど》したのに、部屋を出て倉庫にまで行ったのか。しかし、ケルベロスを手なずけているところを見ると、ただのニンゲンでもないようだ……」

魔王の表情に、ほんの少しだけ驚きが混じる。

だーかーらー、タダの人間ですってー！　ケルべえが懐《なつ》いてくれたのも、多分撫《な》でどころが良かっただけだし！　あれだけで懐いてくれる冥府《めいふ》の番犬ってのもどうかと思うけど！

「良かろう、貴様に少し興味が湧いた。手を出せ」

「えっ？　あっ、はい！」

ただの人間なんだけどな……でもそれを今主張してもどうしようもない。

私はケルベえを下におろし、言われた通りに左手を差し出した。

その手の上に、魔王が自らの左手を乗せる。

魔王の手はヒヤリとしていて、白くて長い指はとても綺麗。だけど、大きくて、骨ばっていて、ああ、やっぱり男の人なんだなー……って思ったら顔が熱くなってきた。


『魔王が定義する。リセの左手は我が城を開く鍵』


その途端、ぱぁ～っと私の左手が虹色に輝き始めた。

え、ええっ⁉　鍵をくれるんじゃなくて⁉

私が……鍵⁉

「その手をかざせば、倉庫だけでなく魔王城のあらゆる場所に入れるだろう。ただし」

光は一瞬で収まり、私の手はもう何の変哲もないただの左手に戻っている。それでも手を凝視《ぎょうし》している私に、魔王はこう警告した。

「この魔王城には開けてはならぬ扉がある。先ほども言ったが、俺は貴様に少々興味を持った。できれば俺の知らぬ所でくたばらんようにな」

なに、その、超絶中途半端……。どこでも入れる体にしといて、開けてはならない扉があるとか。興味を持ったのに、〝できれば〟死なないように、とか。

開けちゃいけない場所があるなら、あらかじめ教えてよ！

興味があって勝手に死んでほしくないなら、具体的に対策しようよ！

……って思うけど、そんなこと言えるわけもなく。

でも、私の言いたいこと、魔王には全部わかってる気がする。だって顔にはあの、ニヤリとした意地の悪い笑み。――でもこの笑顔。

俺様ドS《エス》ヒーロー好きの私としては、結構好みなんだなあ！

「いつまでここにいる気だ？　ぼうっとしている暇があるとは、余裕だな」

皮肉のこもった声をかけられ、私は弾かれたように回れ右をした。そうだ、私には時間がないのだ。いや、でも、待って！

大事なことを思い出して、再び回れ右をする。結果的に、私は一回転して魔王に向き直った。

「ま、待って下さい魔王様！　サイズ測らせて下さい！」

叫ぶ私に、魔王の目が点になった。あ、来たばかりの時も見たな、この顔。

「あのっ、ピッタリな服を作るに当たって、魔王様の正確な身長や胸囲といったものが必要なんです！　すぐに済みますので！　お願いします！」

そう、材料ばかりに気を取られてたけど、サイズがわからなければ服は作れない。

というわけで、魔王の身体測定をすることになった私。

メジャーなどないので、私が着ていた服の紐ベルトで代用することにした。

しかし、全てのサイズを覚えるのは不可能なので、思い切ってメモする物が欲しいと頼むと、魔王は紙とペンを貸してくれた。……魔王、やっぱり意外といい人なのかもしれない。

「――俺にここまでさせて、三日後下らん物を持ってきたら、楽には死ねんと思えよ？」

前言撤回《ぜんげんてっかい》。やっぱり頼むんじゃなかった……でもせっかく作った服なのにサイズが合わないなんてことになったら目も当てられないし。とにかく、一刻も早くサイズを測ってしまおう！

まず、首の付け根から足下までの長さを、次に上着丈、首からお尻までの長さを測る。次に肩と肩の間の長さ。

「おい。どれだけ測れば気が済むんだ」

「す、すみません！　あと袖丈と股下と胸囲とウエストと……」

指を折って数えていると、「もういいから早くしろ」と魔王に急《せ》かされた。慌てて作業に戻る。

次は袖丈を測るために肩から腕に沿って長さを測る。腕まくりをしたトレーナーの袖から覗《のぞ》く二の腕は、骨ばって血管が浮かぶ様子が男の人らしくて、思わずドキッとしてしまう。

はっ、いかん、採寸に集中しなきゃ。続いてズボン丈と股下を黙々と測る。あとは胸囲と胴回り、ウエストね。

「あっ魔王様、ちょっと両手上げて下さい」

「貴様……」

怒気をはらんだ声が降ってきて、私はビクリとして手を止める。

「うあああ！　す、すみません！」

一刻も早く測ることしか考えてなかったけど！「魔王様ちょっと両手上げて〜」なんて気安く頼むもんじゃなかった！　やってしまった！

「さっきからニンゲンの小娘ごときが、この俺に命令しおって。いい度胸だ」

「いいえ、そんなつもりでは！　ただ、正確な胸囲が測りたかっただけなんです！　そうじゃないと、完璧な服が作れないので……！」

必死に弁明していたら、魔王が両手を上げてくれたので恐る恐る採寸を続ける。ゆったりめのトレーナーを着ていたからか、ぱっと見には細身に見えたけど、こうして胸囲を測ってみると……がっしりしていてなかなかいい体をしている……はっ、駄目よ、見入ってる場合ではないんだってば！　集中、集中するのよ！

そうして服を作るのに必要なサイズを測り終え、念のために指のサイズも測っておく。紐をくるっと指に巻きつけて、巻き終わりに印をつけていると、ふと魔王が呟《つぶや》いた。

「……俺が怖くないのか？」

「え？」

――そんなの、怖いに決まってる。

今この瞬間だって、魔王の機嫌を損《そこ》ねてそのまま魔獣の餌《えさ》にされるんじゃないかって考えてしまって、ガクガク手が震えてる。私のそんな様子を見て、魔王はふっとため息をついた。

「貴様は、何故そうまでして服を作る？」

妙な質問だ。作らなきゃ殺されちゃうから。魔王がそうさせてるっていうのに、何でそんなことを聞くのだろう。

不可解な表情を浮かべた私を見て、魔王はくっと喉を鳴らす。そしていつもの冷笑を浮かべた。

「そうか。俺に殺されるからだったな。フッ、下らんことを聞いた」

結局、魔王が何を言いたかったのかはわからなかったけれど。

確かに、今服を作ってるのは死にたくないからだし、早く帰ってイベントに出たいからだけど。

帰ったら帰ったで、私はイベントのために服を作る。

——なんで、わざわざ自分で作るの？

そう聞かれたことは、これまでの人生で何度かある。そんな時私は、好きだから、達成感があるからだよって答えてる。それ以外に特に理由なんてないと思ってるけど。

魔王に聞かれて、そういえばなんでなんだろうなって。

ちょっとだけ頭に引っかかった。

＊　＊　＊

無事採寸を終えケルべえの案内で部屋に戻った私は、ガイと合流して再び倉庫にやってきた。

魔王に言われた通り、南京錠《なんきんじょう》に左手をかざしてみる。すると虹色の光が弾け、カチリという音と共にあっけなく鍵が開いた。それを見て、ガイがしきりに驚く。

「やっぱりリセはただ者じゃないのう。本当に魔王から鍵を貰ってきてしまうとは」

自分が聞けって勧めたくせに、できないと思ってたのか……なんか釈然《しゃくぜん》としないけど、結果的に上手くいったから良しとしておこう。ここでケンカしたって仕方ないし。

さて、気を取り直して重い石の扉を開けると――ヒンヤリとした、ホコリっぽい空気が流れてくる。倉庫の中に明かりはなく、真っ暗で何も見えない。

「何か、明かりになるものはないかしら……」

「フフフ、そういうことはワシに任せるのじゃ」

ガイが得意げに言いながら、私の前に進み出る。

『我ガイが定義する！　闇を照らす光とは、我が道照らす光明《こうみょう》なり！』

途端に、電気をつけたようにパッと倉庫が明るくなる。

「これって、魔法？」

「そうじゃよ。まぁ、ワシにかかればこのくらいは朝飯前じゃ」

　きょろきょろと倉庫内を見回しながら尋ねると、ガイはふふんと鼻を鳴らした——骨しかないのにどうやって鳴らしてるのか謎だけど。

「さっきの魔法の呪文、ちゃんとした名前じゃなくてもいいものなんですか？　ガイって私が考えた名前ですよね」

　しかも適当に。こういうのって、オタク脳の私的には、本名とか真名《まな》とか、そういうのじゃないと発動しないイメージなんだけど。

「いや、むしろ呪文は偽名で行うのが基本じゃ。魔法は精霊を行使することで発動する。言わば呪文によって精霊と駆け引きしてるようなもんじゃからの。よほどの大魔法の時は真名を使うこともあるが、手の内はそう簡単に明かすものではないんじゃ。それゆえこの世界の者達は皆、通称や称号、役職などで呼び合っておる」

　ふーん、この世界ではそういうものなのか……

「まあなんでもいいってわけではないんじゃがな。それなりに愛着があるとか、因縁《いんねん》のある名前でないと成功しない時もあるからのう。しかし、人から貰った名であれば大抵要件を満たすがの」

　てことは、私の場合『梨世』で大丈夫ってことね。

「私も呪文を覚えれば魔法を使えますかね？」

「無理じゃろ。お前さんからはほとんど魔力を感じないからのう」

うっ、やっぱりそうか……。もし自分で魔法を使えるなら、ガイにあれこれ頼まなくても大丈夫かなと思ったんだけど。教えてもらえば使えるようになるってもんじゃないみたい。

とりあえず無い物ねだりは諦めて、今はある物でなんとかすべく、いざ倉庫の物色！

倉庫の中は雑然としていて、剣とか槍とかの武器や、鎧《よろい》のパーツなどがそこら中に転がっている。

西洋の武器や甲冑《かっちゅう》なんかを見るのは好きなんだけど、ここにあるのは申し訳程度の装飾すらなくて、なんというか、つけたらダサいだろうな～って物ばかりだ。目の部分だけ開いてるフルフェイスの兜《かぶと》とか、鉄板打ち出しっぽい篭手《ヴァンブレイス》とか。まあ、機能性を重視しているんだろうから、仕方のないことだと思うけど。

でも、この素材が銀とか鉄とかと同じような物なら、溶かしてアクセサリーが作れそう。ガイに頼めば火の魔法でなんとかできるんじゃないかな。どうにかして型を作ってそこに流して、今度は水か氷の魔法で冷やすとか。

……それはともかく、みんなホコリだらけだなあ。長いこと置きっ放しになってる感じだ。

「ここの武器とかも、昔は使っていたのかな」

「そりゃのう。この倉庫の武具防具を総動員させて戦っていた時代もそりゃあある」

私の何気ない独り言に、ガイが答えを返してくれる。

「そ、そうなんだ……良かった、今がそんな戦争まっただ中みたいな時代じゃなくて」

私は胸を撫《な》で下ろした。そんな物騒な世界だったら、いくら気まぐれとはいえ、魔王が私なんかに構ってる暇はなかっただろう。見つかってすぐに殺されてたかも、だけど。

「いや、戦争まっただ中じゃよ」

と、私の安堵を吹き飛ばすような言葉が飛んでくる。

「ええ⁉」

「この世界は、魔王が治める大地トゥオネラと、ニンゲン達の大地エルシアン、そして精霊界の三つで成り立っておるんじゃ。とはいえ、精霊界はここことは次元の違う場所にあるから、実質トゥオネラとエルシアンの二つでできていると言ってもいいかの。ただ、エルシアンはニンゲンが住む場所の総称で、その中にもいくつか国があるようじゃがの」

ふむふむ。この世界に来てからずっと魔王城の中にいたので、外の世界のことなんか全くわからなかったけれど。つまりこの世界の中にも、魔王が支配する世界、人間が住む世界、精霊が住む世界があるってことか。

「で、大昔、先々代の魔王が、ニンゲンを支配すべく魔物を率いてエルシアンに攻め込んだ。突然のことに最初は為《な》す術《すべ》もなかったニンゲン達も、やがて抗《あらが》うようになった。そんなある日、一人のニンゲンが精霊王たるワシのもとに来て力を貸してほしいと請《こ》うた。その者はワシら精霊の力を使って先々代魔王を倒し、後に勇者と呼ばれるようになったんじゃ。じゃが戦いが終わったわけではない。トゥオネラには新たな魔王が立ち、以来何百年もの間、魔王軍と勇者軍の戦いがずっと続いておる。その間、勇者も何度か代替わりしておるな」

「そ、そうなんですか？　あんまり、戦争中って感じには思えなかったんだけど……」

魔王もマギさんも、戦ってる様子なんて全くなかったもの。

「今は休戦中のようなものじゃからの。先々代が勇者に討《う》たれた後、力関係が逆転してな、先代魔王の頃は魔物がニンゲンに狩りつくされ、絶滅しそうになったりもしたんじゃ。それでトゥオネラがニンゲンに侵略されかけたんじゃがの、それを止めたのが今の魔王ということじゃ」

「えっ？　じゃあ、今の魔王ってものすごく強いんじゃないですか……？」

「どうかのう……その割には、今の魔王にエルシアンに攻め込む様子は見られんし。

十三年前、魔物狩りに明け暮れるニンゲンをトゥオネラから叩き出し、その勢いで進軍するかと思いきや、ダンマリじゃ。同時に、ニンゲンがトゥオネラに現れることもなくなった。ちょうどその頃、勇者も今の者に代替わりしたとか。ニンゲンは寿命が短いから、何代目かはわからんがな」

ふうん……、魔王と勇者の間にも、色々歴史があるのね。

「そんなわけで、近頃は穏やかじゃの。互いに不可侵ということでバランスが取れてると思うんじゃが、血気盛んな魔王軍の兵士達は、エルシアン侵略に向けてなかなか動きを見せない魔王に痺《しび》れを切らし、一人、また一人と城を去っていったのじゃ。今の魔王軍には、ここにある武具を使うほどの人員がおらんのじゃよ」

なるほど……。でも、人間達を追い返したって時点で今の魔王には力があるし、人望があってもおかしくないと思うんだけどな。魔王軍に人がいないのは、痺れを切らしたというよりセンスが悪いからじゃないだろうか？

だって、勇者はあんなに爽《さわ》やかイケメンで、装《よそお》いもカッコイイもん。それこそ、四天王の中にファンがいるくらいに。

魔王だって、素材は悪くないのに。むしろ私の個人的な嗜好《しこう》で言えば、勇者より魔王の方が顔は好み。魔王ももっと魔王らしい格好をすれば、絶対に人気が出るはずだ。私の衣装が完成したら、もしかして離れていった兵士達も戻ってくるんじゃないかな？

……でもそれは、私が考えても仕方ないこと。とにかく私は自分のために、イベントに出るために服を作らなきゃ。

そんなわけで色々と物色した結果、盾や鎧《よろい》、剣などが持ち切れなくなったので、ガイに頼んで部屋に送ってもらう。そうして私達は倉庫を後にした。

＊＊＊

部屋に戻ると、ガイに頼んだ物が全部到着していた。

さっき倉庫で入手した剣や鎧。

プラース。机の上には、紙と羽ペン。あと、インクの瓶《びん》。これも倉庫で見つけた物だ。

ちなみにガイによると、この紙は魔物の皮でできているらしい。つまり、羊皮紙《ようひし》……じゃなくて、魔皮紙《まひし》か。

「はて、服を作るんじゃなかったのか、リセ」

机に向かいペンを取った私に、ガイが不思議そうに声をかける。

「そうだけど、お手本用の資料がないから、まず自分でデザインを紙に起こそうと思って」

ペン先をインクにつけて、紙の端っこに少し試し描きをしてみる。思った通り描きにくい。

今はデジタルが当たり前だし、私が普段デザインを起こしたりするのもパソコンでだから、つけペンを使う機会なんてないもんなぁ。失敗しても消せないのはすごく痛い。

まあ、仕方ないか。汚くても、作る時に私がわかればいいんだから。

というわけで、意を決して描き出してみる。ガイとケルベえが興味深そうに覗《のぞ》き込んでくる……うう、そんな見られると描きづらいなあ。

「ほう、なかなか大したもんじゃのう」

などとガイは言うけれども。だめだー汚すぎて自分でもわかんないや。

「うーん、まあ、これを元に今から清書かなぁ」

デッサンがめちゃくちゃなのはこの際気にしてないけど、何度も描き直して細かいところが潰《つぶ》れちゃってるし、描き直しは必須である。とはいえ、思ったより詳細に起こすことができた。

私の愛する『M†N』のキルフィード・アンゴルモア様。

服の色は黒が基調。魔王の基本だね。基本的に露出は控えめだけど、ノースリーブから覗《のぞ》く腕が目を惹《ひ》きつけるデザイン。腰に巻いた紫のマントが差し色になってとても映《は》える。

で、そのマントを押さえるベルトは、鎧《よろい》みたいにゴツゴツしてて、防具風。何を防御するのか謎だけど、そこはそれ、カッコイイからいいのだ。

あと、首元には深紅のストール。それを留める、髑髏《どくろ》のモチーフには鎖《くさり》があしらわれていて、ゴテゴテした感じが実に魔王っぽい。

それに、胴体部分に巻かれたベルト。ちょうどいいから、このベルトに背中の翼を固定させて、背負えるようにしよう。

頭は一対の角《つの》と、赤い部分メッシュ。足はロングブーツに、シルバーのひざ当て。

さすが、朝に夕に姿を拝み、妄想しているキャラクターのコスチューム……完璧だ！

というわけで、これを新しい魔皮紙《まひし》に清書してみる。うん……まあ若干間違えたし線もガタガタだけど、いいのよ。他人様《ひとさま》に見せるイラストじゃないんだから、イメージさえわかれば。

「あとは、この通りの物が、今ある素材で作れるかどうかなのよねー」

ペンを置き、両手で魔皮紙を持ってあれこれ考えを巡らせる。

と、机の上に乗ってデザイン画を見上げていたガイが、突然ぎょっとしたように折り重なった布の中に潜《もぐ》っていった。

「ガイ？」

不思議に思って声を上げた時だった。目の前に、音もなくマギさんが現れる。

「わっ、びっくりした！」

私の驚きを余所《よそ》に、マギさんの眼鏡の奥の瞳は恨《うら》みがましそうに私を睨《にら》みつけてくる。

「あの、さっきのこと……」

「さ、さっきのことは誰にも言いません！　もう綺麗さっぱり忘れました！　突然部屋にお邪魔しちゃってすみませんでした！」

何度も頭を下げて謝罪したけど、マギさんの恨めしげな表情はまだ消えない。

どうも私に立場を奪われたと思ってるみたいだし、さっきはさっきで重大な秘密（多分）を見られるしで、ううう、マギさんにとって私の印象は最悪だろうなあ……

できれば敵は作りたくないし、同じオタクである以上、なんとかマギさんとの仲を良好にしたい。そのための手段を必死で考えていると、ふとマギさんの視線が横に逸《そ》れた。

その先を追いかけると、さっき私が描いたデザイン画が。

その途端、マギさんはデザイン画を引っ掴んで大きな声を上げた。

「うわあ、すす、すごい……！」

いつもおどおどしているあのマギさんが、別人のように興奮した様子で詰め寄ってくる。

「ど、どうしてなんですか！　なんでこんなすごいデザインを思いつけるんですか⁉　不公平ですっ！　こんなの……わたしに敵《かな》いっこないじゃないですか……！」

それは誤解だ。これは決して私が考えたデザインではない。借り物である。自作発言したら著作権の侵害だ。マギさんの勢いに気圧《けお》されつつも、慌てて首を横に振って否定する。

「これ、私が考えたデザインじゃないですよ！　私の世界のアニメキャラクターのものなんです」

「あにめ……？　あにめとは何ですか」

「うーんと……私の世界では、絵が音声付きで動くんですよ。それをアニメって言うんです」

「な、なんですって！　それは……す、すばらしいじゃないですか⁉」

さっきよりもさらに興奮した声で、マギさんが食いついてくる。そうだよね、マギさん多分腐女子《ふじょし》だもんね……アニメ興味あるよね……

ん、これは味方を作るチャンスではないだろうか⁉

「でしたら、マギさん！　マギさんも協力して下さい‼」

すかさず、ガシッとマギさんの手を取って叫ぶ。

「は、ははははい？」

「この服が魔王様のお気に召せば、魔王様のクローゼットを私の部屋に繋げてもらえるんです！　そうすれば私は元の世界に帰れるし、マギさんも私の世界にアニメを見に来れます！　サマコミだって一緒に行けます‼」

「ささっ、サマコミ……⁉」

ここで、私は語りましたよ。

サマコミの楽しさ。規模の大きさ。そして、世界的に注目されている祭典だということ。

急に手を取って語り出した私に、マギさんは最初こそ目を白黒させていたけれど、やがてその目がだんだんと輝きを増しまして。

「すっ……素晴らしいです！　わたしも、ぜひぜひニホンのサマコミに行ってみたいですー！」

それでいいのか魔王四天王、《紅《くれない》の麗魔《れいま》》マギ様‼

と思わず心の中で裏拳《うらけん》入れて突っ込んじゃったけど、サマコミの楽しさをわかってもらえたなら私も本望だ！

いやいや違う違う、今はそれが目的じゃなくてですね。

するとマギさんが私の手を握り返して叫ぶ。

「それにはまず、この服を完成させないといけないのですね！　わわっ、わたしも、お手伝いいたします‼」

やった！　四天王《紅の麗魔《マギ》》が仲間に加わった！　てーれってれー。

「でも、まだ全然材料が揃わないんです。鎖《くさり》は倉庫にあった物があるけど、髑髏《どくろ》のモチーフとか翼とかどうやって作ろうかって感じですし、メッシュ部分の毛なんてもうどうしようもないし」

「ほっ、本物を使えばいいんじゃないでしょうか……？」

えっ何、今なんて言ったー⁉

「頭蓋骨《ずがいこつ》や翼ならその辺の魔物から引き抜いてきちゃうとか、毛は魔獣から毟《むし》ってきちゃうとか……」

「わーーーーストップストップ‼　はいちょっと待ったー‼」

うん、えっと、正直今まで、本当にマギさんって四天王かなー？　なんて思ってたけど、すみません、まぎれもない魔王の配下の四天王様でした。間違っても怒らせないようにしないとね。アニメとか見て仲良くなっても、地雷要素を踏まないよう気を付けよう。

まあそれはそれとして……本物を使うっていう発想は悪くないのかも？

「わざわざ抜いたり毟ったりしなくていいですけど……魔物の骨とか毛とか、使えそうな物があったら欲しいです」

そうお願いしてみると、マギさんはにこっと笑った。マギさん、笑うととってもチャーミング。ますますもったいない。

「了解しました、リセさん！　頑張って探してみますね！　なかったら引っこ抜いてきます！」

そのチャーミングな笑顔でやたらめったら物騒なことを口にして、シュンとマギさんは姿を消す。気を許してくれたのか、最初ほどどもらなくなったなぁ。

そんなことを考えていると、布の下からのそのそとガイが這《は》い出てきた。

「《麗魔》のマギを手玉に取るとは……いやはや、リセは恐ろしい子じゃの」

「またそういうこと言う！　私はただ、服を作って帰りたいだけなんですよ！」

そう、とにかく服を作らないと。

布の山から黒い布を取り出して、先ほど書き留めた魔王のサイズのメモを元に大きさを決める。

「ガイ、ちょっとここ持ってて」

チャコペンなんてないので、拾った石を使って布に印をつける。ガイにも手伝ってもらって、なんとか大きさは決定。ガイに頼んで、風の魔法で裁断してもらう。

問題はここからで……

「うー……全部手縫《てぬ》いはきっついなぁ……徹夜しても終わるかなぁ」

針に糸を通したものの、早くもうんざりしていた。一週間ぐらいあればなんとかなるだろうが、これはちょっと過酷。

「もしかしたら、針の精霊に頼めば作ってくれるやもしれんのう」

「針の精霊!?」

火の精霊とか水の精霊とかはＲＰＧ《ロールプレイングゲーム》でもファンタジー漫画でもよく聞くけれど、針の精霊はちょっと聞いたことないな……

「……って、そもそも針に精霊なんているんですか？」

「精霊は全てのものに宿っておる。もっとも、魔法で使われるのは四大元素の精霊がほとんどじゃから、そのことを知る者はあまりおらん。ワシだって、針の魔法など使ったことはないし」

全てのものに、かぁ。そういえば幼稚園の頃、ごはん粒にも神様がいるんですよーとか言われたけど、あれと同じ感じだろうか。日本で言う八百万《やおよろず》の神様みたいな。

「でも、針の攻撃魔法とか結構痛そうなんですけど」

「似たようなことは水の精霊でもできる。その上、水なら氷とか他の形状での攻撃もできるし、癒《いや》しもできるから、皆そちらと契約する」

な、なるほどー。確かに私の知ってるゲームにあるアイスニードルの魔法も、針属性ではなく水属性だもんね。さすが四大元素。

「まあ、とりあえず呼び出してみるかの」

そう言うと、ガイは私が持っている針に手（翼？）をかざした。

『我、精霊王の名において汝《なんじ》に命ずる。我が前に姿を現せ！』

ガイが高らかに唱えると、針がパァッと輝き、銀色の小さな光がふわぁっと飛び立った。

「この光が、針の精霊さん？」

「おっ、見えるのか？　ただのニンゲンに見えるとはちょっと驚きじゃな」

これ、普通の人には見えないものなんだ。

確かに私、心霊スポットとかに行くと、人一倍ゾワゾワしちゃう方ではあるけれど。

「見えるんなら、リセ、お前さんが契約してみたらどうじゃ？」

「え……ええっ⁉　無理ですよ、そんな！」

所詮《しょせん》ゾワゾワする程度の感性ですよ⁉

ただの一般人の私が精霊と契約なんてできるわけがないと思うし、それに――

「ガイ、私に魔力はないって言ったじゃないですか」

「精霊を呼び出すのには魔力が必要じゃが、それはワシがやったし、契約自体に魔力は関係ないのじゃ。それに一度契約してしまえば、呼び出すのにも魔力はいらん。精霊自身の力である程度の魔法は使える。もっと強い魔法にしたいなら、使う者の魔力も当然必要になってくるが」

「でもでも、私みたいなただの人間となんて契約してくれないんじゃ……」

「多分、向こうさんも同じようなことを思っとるぞ」

〝無理無理無理〟を連呼していると、ふとガイが意外なことを言った。

「恐らく、針の精霊と契約しようと思った者など、魔王城にはおらんじゃろう。マギですら針に精霊がいるとは気付かず、普通に使っておったくらいじゃ。もっともマギは四大元素全てと契約しとる大魔法使いじゃし、針の精霊みたいな小さき者から見れば恐ろしい存在じゃろうから、マギがその気になっても無理じゃろ」

お、おお……よくわかんないけど、マギさんってすごい人なんだな。

「そこでお前さんじゃリセ。何の力もないただのニンゲンなら、針の方も恐れることはないじゃろう。しかも今まで誰からも見向きもされない存在だったんじゃ。契約したいと言ったらきっと喜ぶぞ」

そんなものなのかなぁ。でも、もし喜んでもらえるなら私も嬉しい。針には普段からお世話になってるし。

「じゃ……じゃあ、やるだけやってみようかな……」

「よし、その意気じゃ。では、ワシが呪文を教えてやるから、復唱するんじゃぞ」

「わ、わかりました！」

「では、いくぞ。ただ口にするだけではなく、力を貸してほしいと心より願いながら唱えるんじゃ」

「了解！」

——針の精霊さん。この服を縫《ぬ》い上げるのに、あなたの力が必要なの。

私はどうしても元の世界に帰りたい。お願い、力を貸して。

「我、汝《なんじ》との契約を望む。我が名はリセ。汝、契約を受け入れるなら証《あかし》を見せよ」

『我、汝との契約を望む。我が名は梨世、汝、契約を受け入れるなら証を見せよ！』

ガイの言った通りに呪文を復唱すると、銀色の光が強く瞬《また》き、それを核にして光が迸《ほとばし》る。それと同時に、周囲の景色も光に溶けて見えなくなった。

『リセ、我が名を証に、汝と契約を結びます。我が名はニー。我が力は微力なれど、汝の助けとなりますように』

頭の中に直接声が響いてくる。穏やかな女性の声。その声が終わると光も消えた。

「えっと……成功したの、かな？」

特に、力が満ち溢《あふ》れてくるとかそういった感じはしない。

「針の精霊と話はできたのかの？」

「うん、一応……契約を結んでくれるって。あと、名前を教えてくれました」

「名前を！　そりゃまた、えらく気に入られたもんじゃのう」

驚いているのか、ガイがカタカタと骨を鳴らす。

「いつも教えてくれるわけじゃないんですか？」

「そりゃそうじゃよ。前もちょっと言ったが、名前は大事なものなんじゃ」

「じゃあ、教えてもらった名前は、誰にも知られないようにしなきゃダメですよね」

あわわ、今うっかり、「ニーって名前なんだよ‼」ってうきうき報告しそうになってたよ。両手で口を押さえていたら、ガイは意外にも頭を横に振った。

「それは恐らくお前さん専用の名前じゃから大丈夫じゃ。呪文に使っても良いぞ。ほら、火の精霊とかメジャーな奴はいくつか呼び名があるじゃろ？　サラマンダーとかイフリートとか。あれは術者によって違う名前を授けとるからなんじゃ。まあ火の精霊から直接名前を教えてもらうとなると相当な術者じゃが」

なるほど、そういうことか。少しだけど、この世界の魔法の仕組みがわかった気がする。

「さて、契約も無事できたことじゃから、次は実践編じゃの」

なんか、ガイの魔法講座みたいになってきたなぁ。

「魔法を使う時は、まず名乗って、それから『定義』することを宣言する。その後に、精霊をどのように使うかを定義するのじゃ。ここで大事なのはセンスとイメージ力じゃ」

ふむふむ。確かにガイやマギさんが魔法を使う時は、よく『定義する』って言ってる。
だから、布を切る時とかに、『風は刃《やいば》』って言ってるのか。
「実際に定義できるかは、精霊の力と術者の力にかかっていて、法則とかは別にない。
まぁ、あとはやってみることじゃな」
「よ……よし！　わかった！　やってみる！」
ぐっと胸の前で両手を握り締める。
「よいか、リセ、イメージじゃぞ！　頭の中で、精霊に望むことを思い描《えが》くんじゃ！」
自慢じゃないけど、妄想が趣味なオタク女子、イメージするのは得意。
とりあえず私は気分を高めるために、それっぽく針に手をかざしてみた。
『私、梨世が、定義します！　針の精霊、ニーは……』
頭の中で思い描く。
服を早く縫《ぬ》い上げるためのイメージ。自動的に縫ってくれる針。
『ニーは、ミシンである‼』

いやいやいやいや！　これは無茶でしょ‼　自分で言っておきながらなんだけど！

ミシンなんてこの世界にあるわけないんだから、なれるわけが……

ボウン！

「なっなんじゃこりゃーーー⁉」

私の手の下で、小さな縫い針はコンパクトミシンへと変貌を遂げていた。

「うわっ本当にミシンになった⁉」

しかもこれ、私が愛用しているミシンと同じ型。縫う光景をイメージしていたら、ついついいつも使ってるミシンを思い浮かべてしまったんだよね。

ガイは見たこともない道具が突然現れたせいか、あっけに取られている。

そんな精霊王様を尻目に、さっきカットした布をミシンにセットしてみる。あ……でもミシン糸がないや。だけどミシン糸をセットする前に――それどころか電源も入れる前に。

素晴らしい速度でミシン針が上下し、服を縫い上げていく。いつの間にか針には虹色に輝く糸が通っており、服を縫《ぬ》った後は服と同じ黒色に変化していった。

「ぬ、縫えたー！」

そう叫びながらも慌てて縫い方向を変えて、そのままインナーを縫い上げる。と同時に魔法が切れたのか、ボウンと音を立ててミシンは縫い針へと戻った。

「す、すごい魔法じゃ……こんな魔法見たこともないぞ」

ぽかんとしたガイが呟《つぶや》く声が遠くで聞こえた。

「最初に見た時は、魔力などほとんど感じなかったのに、こんな魔法が使えるとは……ますます不思議なニンゲンじゃ」

……また、遠くでガイの声。

あれ……遠く？　ガイ、近くにいたのに、どうして声が遠くで聞こえるのかな？

それになんだか、頭がぼーっとして……

＊　＊　＊

どこか遠くで、人の話している声がする。

私、どうしたんだろう？　さっきも、遠くからガイの声が聞こえた気がするけれど……。また、ガイが私を呼んでるのかな？

返事をしたいのに、声が出ない。体がひどく重くてだるい。仕事が忙しかった時も、衣装作りで徹夜した時も、こんなに疲れたことはなかったんだけど……

「おい、起きろニンゲン」

その声に、一気に意識が戻った。そしてガバリと飛び起きる。

傍らにあったのは、魔王の姿。聞き間違いかと思ったけど、やっぱり魔王の声だった……

どうやら私は気を失ってしまったらしい。床の上で倒れていたからか体があちこち痛むけど、今はそんなことどうだっていい。

私、一体どれくらいの時間、気を失っていたんだろう？　魔王がいるってことは、もう約束の三日が過ぎてしまった？　私は家に帰れず魔物の餌《えさ》決定⁉

「え、えっと……私、一体どれくらい眠って……もしかしてもう……」

「一日過ぎたから様子を見に来たら、お前が倒れていた。放っておくか、そのまま餌にしようかと思ったのだが、その前に聞きたいことができてな」

よ、良かった、まだ一日目か……。いや、餌《えさ》にされかけたから良くないのか。冷や汗を流しながら魔王を見ると、手には魔皮紙《まひし》。

あれは、私が書いたデザイン画だ。それを手の甲でペシンと叩きながら、魔王が再び口を開く。

「このあちこちに巻きついているベルトはなんだ。邪魔だろう」

「そ、それは装飾……飾りです！　邪魔かもしれませんが、かっこいいです。それに、今回はそのベルトで背中の翼を固定する役割もあります」

「翼などなくとも魔法で飛べる」

「そうですが……あった方が威圧的で、強そうに見えると」

「そんな物なくとも俺は強い」

魔王が眉を吊り上げ、私は「ひっ」と小さく悲鳴を上げて後ずさった。が、逃がさないとでも言うように、魔王は距離を詰めてくる。餌にされる危機を感じて、私は無我夢中で弁明を口にした。

「わかっています！　ですが、実際の強さは戦ってみないとわかりません。見た目で圧倒できれば、より簡単に、より多くの者に力を示せると思います！」

ふと、魔王の吊り上がった眉が元に戻る。

「より簡単により多く――か」

ぼそぼそと、私の言葉の一部を繰り返す。その表情は何かを考え込んでいるようにも見えた。

理解してくれた――のかな？

「……なるほどな。貴様の言う通りならば、確かに効率的だ。良かろう」

その言葉に私はほっと胸を撫《な》で下ろす。今頃になって、バクバクと心臓が激しく脈打つのを感じる。心臓に悪いよ……と、元々の疲労もあってグッタリしていると。

『魔王が命じる。彼《か》の者を癒《いや》せ、ウンディーネ』

魔王が呪文を紡《つむ》ぎ、それと同時に突然体が軽くなった。嘘みたいに疲れが引いて、節々《ふしぶし》の痛みもすっかり消えている。

「お前にも、お前が作る服にも興味が湧いた。この俺が癒してやったんだ。残り二日で仕上げてみせろ」

いつもの冷笑と共に魔王がデザイン画をこちらに差し出してくる。

このデザイン画で、私は命を取り留めたわけだ。ありがとうキル様、ありがとう素晴らしき日本のイラストレーター様。おかげで魔物の餌《えさ》にされずに済みました。命を救われました。

「は、はい……！　頑張ります！　頑張って、魔王様らしい服を作ります‼」

デザイン画を受け取りながら叫ぶ。だが、これがいけなかった。

魔王が私を見据《みす》えて再び口を開く。

「魔王らしい……お前のごときニンゲンが、魔王の何を知っているのだ？」

また魔王の眉が跳ね上がる。

ああっ、また余計なことを言ってしまった！　せっかく危機を脱したというのに私のバカ！

せめてこれ以上気分を害さないように黙っていると、魔王は冷たい目をしたまま言葉を継いだ。

「昨日も〝魔王に相応《ふさわ》しい服を〟と言っていたな。俺は生まれながらにして魔王であり、勇者を倒すよう定められていた。だから俺自身も知りたいのだ。魔王とは何なのかをな」

絡みつくような視線は、何か言わないと許さないと語っている。仕方なく、私は口を開いた。

「わ、私はただの人間ですから、魔王が何かと言われても、わかりませんが……」

「ほう、わかりもしないのに軽口を叩いたのか」

「で、でも！」

嘲《あざけ》るように魔王が笑う。

うわー、もう何が魔王を怒らせるのかさっぱりわからない！

わからないからもう思ったまま言うしかない！

でもなんて？　私の中で魔王と言えばキル様だ。キル様らしさってなんだろう？　サディスティックな笑み？　傲岸不遜《ごうがんふそん》な態度？　俺様至上主義？　まさかそんな、一歩間違えば悪口みたいなこと魔王には言えないし……。けれど何故、私がそんなキル様を好きなのかと言えば。

「ただの人間だから……何者でもない、どこに居場所があって何をすればいいのかとわかんない小さい人間だから、生まれながらにして魔王っていう絶対的な存在で、自分のすることがわかってるなんて逆に羨《うらや》ましいというか……そんな存在に憧れるというか……だからええと、その圧倒的な存在が私の憧れる魔王様らしさそのものというか、だからそれを引き立てるような服を作りたい……と思っているというか……」

ああ、だんだん何を言ってるのかわからなくなってきたよ～。

けれど魔王は、私の言葉を聞いて次第に表情から嘲《あざけ》りを消していく。同時に笑みも消えた。

表情のない魔王の顔は、整った彫刻のようだった。恐ろしいほどの美形。この顔だけは超好み。

しばらく私と魔王は見つめ合ったまま、静寂が時を支配する——


「リセさん！　何か色々探してきましょうひゃあああああ魔王様ああああ⁉」


マギさんの声が、静寂を破る。

魔王はマギさんの方を一瞥《いちべつ》した後、何も言うことなくふっと姿を消した。

はあああっと、大きなため息が口から漏れた。どうなることかと思った。

でも、結果だけ見れば、魔王は私の様子を見に来て、疲れを癒《いや》し、私の服も認めてくれた。先々代の魔王は人間を虐殺したそうだし、それに比べたらかなり親切な魔王……だよね……

「はあああ、び、びっくりした……突然魔王様がいるんだもの……」

マギさんの呟《つぶや》きに私は我に返る。見ると、マギさんだけでなく後ろから誰かついてくる。

「お前まだ魔王様《ヘッド》にびびってんの？　魔王配下四天王のくせに？」

「あ、その……こ、心の準備ができてなくて……」

「だから、なんでいちいち心の準備が必要かなぁ」

マギさん相手に軽口を叩くその男の人を見て、絶句。

なんと髪型はヤンキー漫画もビックリの超大盛りリーゼント。そして服は、ヒョウ柄シャツにゼブラ柄パンツという禁断の柄物×柄物。ここまで来るとセンスがないとかいうレベルの話ではない！　私の危険センサーが警報を鳴り響かせている！

「よう、俺は四天王のアーム。魔王様《ヘッド》に気に入られたニンゲンって聞いたから見に来たぜ！」

全身アニマルのお兄さんがそう名乗りを上げる。

あわわ……この人も四天王なんだ。ガイ、魔王が来たから隠れてるのかな？　って思ってたけど、プラス四天王二人もいたら出てこられないよね。

それにしても、この城にまともなセンスの持ち主はいないいんだろうか？　大層な二つ名を持つ四天王がこの出《い》で立ちって、ちょっと理解できない。

「リ、リセさん、すみません……材料探してたら、アームさんが会いたいというので……」

「シャレコウベ探してんだって？　部屋にあったから持ってきてやったぜ、ほれ」

そう言って、アームさんが手にしていた袋をひっくり返す。すると中からバラバラと魔物っぽいガイコツが出てきた。ひ、ひえぇ……

「あと、毛を探してるっていうから、魔獣から毟《むし》り取ってきたぜ！」

ひいっ、なんて乱暴な……魔獣さんごめんなさい。

けど、白くてふぁさっとした長い毛！　これはメッシュ部分以外にもなんだか使えそう。

しかし、なんだな……ダサいカッコの魔王、地味な腐女子《ふじょし》、柄の悪いガラガラ男。残り二人の四天王は知らないけれど、一人はケルべえの飼い主なんだよね……ってことは芝カットポメを伴《ともな》ってるってことだよね。そういえば、ケルべえもいつの間にかどっか行っちゃったけど。

なんかすごい絵面《えづら》だなぁ。やっぱり魔王軍が人手不足なのって、魔王に痺《しび》れを切らしたとかじゃなく、この絵面が問題なんじゃないかな。

「あ、リセさん、服少しできてるじゃないですか！　こんなに早く縫《ぬ》えるなんて……悔しいけれどやっぱりすごい、です」

さっき縫い上げたばかりの服を見て、マギさんが歓声を上げる。

いや、私の力じゃなくて、ニーのおかげなんだけどね。でも、ニーと契約した話をすると、芋づる式にガイのことも話さなきゃならなくなるし、ひとまず黙っておく。

「ふーん、お前、魔王様《ヘッド》に気に入られてるだけじゃなく、マギとも仲良いんだ。こいつがこんなペラペラ喋《しゃべ》るの初めて見たぜ」

アームさんが興味深そうに私の顔を覗《のぞ》き込む。う、ヤンキーにガンつけられてる気分。

「ま、シャレコウベ足んないならオレに声かけな！　ガンガン集めてやるぜ！」

「あ、ありがとうございます……！　でも、これだけあれば十分ですので！」

確か、先代の頃に魔物が絶滅の危機に瀕《ひん》したとかってガイが言ってなかったっけ？　この上味方にもいたぶられる魔物達にちょっと同情しちゃう……いや、彼らの餌《えさ》にされそうな私が言うのもおかしいんだけどさ。

「よしっ！　残り二日、張り切って作っちゃうぞ！」

私が気合いを入れ直したところで。

ぐー。

と、お腹が情けない音を立てた。

「そういえばリセさん、何も食べてないですよね……」

「あ、あはは……私も緊張しちゃって忘れてた……」

確かに、こっちの世界に来てからまだ何も食べてなかった。むしろ自分が食べられそうでそれどころじゃなかったから、空腹感もなかったなぁ。

でも、服を作る目処《めど》が立って安心したせいか、急にお腹が空いてきた。

魔王城のご飯か……ちょっと不安だなあ。だけど三日も何も食べないでいるのはさすがに無理だ。

「あの……何か食べる物を貰ってもいいですか?」

マギさんにお願いしたのだが、返事は思わぬところから飛んできた。

「なら、おれに任せな！　料理は趣味だぜ」

えええ、それは見かけによらないご趣味で……。なんか、魔物の丸焼きとか出されそう。

「ちょっとお伺《うかが》いしたいんですが。この世界では一体どんな物を食べるんですか……?」

こっそりマギさんに聞くと、彼女は頬を手に当てて考え込んだ。

「そ、そうですね～……わたしはビルネの実とかトラウベとかが好きですけど。アームさんの料理というとお肉でしょうかね……」

「お肉……なんのお肉ですか?」

「魔物の」

うわあああああ聞かなければ良かった‼　私もそのなんとかの実でいい！

しかしアームさんはすっかり乗り気で「じゃあ早速狩ってくるかな～」とか言って鼻歌なんか歌ってる。今更遠慮します、なんて言いにくいよう。

結局言い出せないまま、二人は部屋を出ていった。

あう……一体どんな物が出されるんだろう。不安な気持ちになっていると――

「ふー、急に魔王が来たかと思ったら、四天王まで二人来おった。焦ったわい」

ベッドの下からガイが這《は》い出てくる。そ、そんなところに隠れてたのか。今まですっかり忘れてた。

「やっぱり隠れてたんですね。大丈夫ですか？」

「大丈夫じゃないわい。ずっと同じ姿勢だったから、腰が痛くなったわ」

骨だけなのに？　という突っ込みは置いておく。こういうのは気分の問題……なのかもしれない。

ガイはしばらく骨をギシギシ言わせていたが、やがてパタパタと部屋の中を飛び回った。

「しかし、昨日のお前さんの魔法はなかなかじゃったぞ！　あんな道具、初めて見たわい」

なんだかガイの口調が少し興奮してる。元の世界では一般的な道具でも、ガイの目にはすごい物に見えてるらしい。

「でも……なんだか急にすごく疲れちゃって」

「初めて魔法を使った影響じゃろう。すぐに慣れるじゃろうて」

だったらいいんだけど。今回はたまたま魔王に起こしてもらえたけど、時間が限られてる以上眠りっぱなしだと困る。

「もし私が気を失ってたら起こして下さいね。魔王に期限を決められていて、あと二日だけなんです」

「それは構わんが……四天王やあのモフモフがいたら無理かもしれんぞい」

「そういえば、いつの間にかいなくなってましたね。ケルべえ」

ケルべえについて触れてみると、ガイは机に止まり、嫌そうに首を竦《すく》めた。

「餌《えさ》を貰いにハウンドのところに帰ったんじゃないかのう。もう来ないといいんじゃが」

そっかー、ケルべえもお腹空いたんだろうなー。

「ハウンドって……四天王の一人ですよね。なんというか、マギさんもアームさんも個性的というか、アクが強いですけど……残りの二人もそうなんですか？」

聞いてみると、ガイはうーんと首を捻《ひね》るような仕草をした。

「ソードもハウンドも無口で何を考えてるかはよくわからんのう。タイプは全然違うがの」

「そ、そうですか……」

ダサい魔王、腐女子《ふじょし》、ヤンキー、何を考えてるかわからない無口な二人かあ……

「ガイ、魔王軍は勇者達に比べて、なんだか華がないと思いませんか？」

「そうかの？　マギという紅一点もいるし、アームはあの通り賑《にぎ》やかで華やかじゃと思うが」

違う。マギさんはともかく、アームさんのあれは華やかとは言わない。

なんか、こう、上手くプロデュースする人がいれば、あの美形魔王のことだし、魔王軍も活性化しそうなんだけどね……。でもまあ、私には関係のないことだ。

「とりあえず、服を作らないとね」

食事が来る前にボトムも縫《ぬ》っちゃおうかな。もし疲れて倒れても、食事を持ってきてくれたマギさんかアームさんが起こしてくれるだろう。

……どうか、グロテスクな魔物の姿焼きとかじゃありませんように！

＊＊＊

それからしばらくして、アームさんが腕を振るったという料理を、マギさんが持ってきてくれた。

幸い、見た目は割とまともな感じだった。お肉は、魔物をそのまま焼いた物じゃなく、ちゃんと料理用にカットされた物。上に香草のような葉っぱが載っていて、嗅《か》いだことのない、いい香りがしている。その周りには紫色の野菜が敷き詰められていた。ちょっとトレビスに似てるかな。あとネギを焼いたみたいな細長い野菜？　も添えられている。

別のお皿には、ミネストローネみたいな赤っぽいスープ。中に入ってるのは豆かな。形やサイズの違う物が混在してる。

こっちは……ご飯？　トゥオネラの主食もお米なんだ……。白米ではなく、うっすらと緑っぽい。なんか苦そうな気はするけど、食欲を失うほどドギツイ色ではない。それに、匂いは普通だ。

「おう、待たせたな。これで最後、デザートと飲み物だ」

あんまりデザートっぽくない白い塊《かたまり》と、茶色の液体を持ったアームさんが現れ、それらを料理の並ぶ机の上に置く。

覚悟していたようなとんでもない物はない……みたい。それどころか、美味《おい》しそうな匂いがお腹を刺激する。

「家畜魔獣カウマに、ハーブとおれ様の自家製野菜を添えて、マギの火炎魔法でこんがり焼いた『カウマのハーブ焼き』に、バヴィー豆をペリッソでちょっとピリ辛に煮込んだスープ。主食は、同じく自家製野菜を粉末にし、それを使ったスープで米を炊き上げた『野菜のピラフィー』。デザートはカウマの乳と、別の家畜魔獣チキマの肉に甘みを加え、焼いて冷やした物。あとはゲドラ茶だ。さあ、食って感想を聞かせてくれ！」

なんか、説明も美味しそうじゃないか……アームさん本当に料理好きなんだ。魔物も、食用家畜のようだし、牛とか豚だと思えば……うん、大丈夫。っていうか普通に美味しそうだし、私の食欲はもう抑え切れない！

「いただきます！」

木でできたフォークのような物をお肉につき立てる。ナイフは見当たらなかったので、ちょっとお行儀悪いかなって思ったけど、そのままかぶりついた。

うっ、これは……！

強火で表面を焼いているせいか、旨味《うまみ》が中に閉じ込められている……！　肉汁が溢《あふ》れる。とってもジューシー！　スープはちょっと辛いけど、その辛さが豆の淡泊な味を引き立てている！

ピラフィーはどの料理にもよく合って、何杯でもいける。ほのかな野菜の風味はクセがなく、主食としての役割を損《そこ》なわないどころか、絶妙なアクセントになっている。

それはもう夢中で食べた。デザートに肉を使うってのは不思議な感覚だったけど、全然肉の味はしなくて、私の世界で言うならミルクプリンみたいな味で意外だった。これもとってもおいしい。

感想が聞きたいというアームさんに、私は以上のようなことを伝える。なんか料理漫画の受け売りっぽい表現オンパレードだったけれど、アームさんはオーバーなくらい感動していた。

「おおお、おれ様の料理の味をわかってるな、お前！　何故かおれ様が料理を作るっていうと、嫌がる奴が多くてな。ほんとわかってないぜ」

そりゃアームさんがこんな繊細《せんさい》な料理を作るなんて思わないもの。私だって、絶対に魔物の丸焼きだと思ってたよ。

でもこれ、レストラン開けるよ。まずはそのガラの悪い、ガラガラ衣装をなんとかしてコックにでもなれば、それだけでこの閑散《かんさん》とした魔王城も賑《にぎ》わいそうなんだけどな。

まかない目当ての志願兵も絶対来そうなレベル。

しかし、それも……私には関係ないことだ。

美味《おい》しく料理を頂いたら眠気が襲ってきたけれど、お昼寝している暇はない。

ボトムはニーを召喚して既に縫《ぬ》い終わっているから、次は装飾だ。心配していた魔法による疲労も初めての時ほどではなく、ご飯を食べて食休みを取ったら大体回復した。

なので、去っていくアームさんやマギさんを見送った後は早々に作業に戻る。

「うーん……やっぱりグルーガンは欲しいところだなぁ」

飾りに使えそうな鎖《くさり》や、武器などから剥《は》ぎ取ったゴテゴテとした装飾を見ながら、私は我知らずそんなことを呟《つぶや》く。

「グルーガン……？　なんだか強そうな魔法じゃのう」

ガイは机の上でうたた寝しようとしていたのか、眠そう声でそんなことを言った。

ちなみにグルーガンとは、百均とかにも売っている接着用の道具で、グルースティックという接着剤を熱で溶かして使う、ほんとにもう魔法のように便利なアイテムなのだ。工作の時とかに重宝するけど、服にフリルを付けたいって時にも、縫うより手軽にくっつけることができる。

まあ、フリル付けなんかはニーの力でも簡単にできるんだけど、やっぱりちまちました装飾を一つ一つ付けていくような時は、グルーガンがあればなぁって思ってしまう。

「グルーガンっていうのは、私の世界にある、物をくっつけたい時に使う道具なんですけど」

「くっつける……か。ごはん粒の精霊とでも契約すればいいんじゃないかのう」

眠たいのか、ガイが翼で目をこすっている。瞼《まぶた》も眼球もないくせに。おまけに、随分適当なこと言ってるし。

「う、うーん……ごはん粒でくっつけるのは、なんか嫌かも」

「実際にごはん粒を使うわけじゃないじゃろ。くっつける力を使うってだけで」

「そ、それはそうかもしれないけどぉ……」

それならもう普通に針で縫《ぬ》いつけるかなぁ。それで不都合があるわけじゃなし。ただ、便利な物を知ってると、使いたくなっちゃうよねぇってだけの話。それにいくら便利とは言っても、さすがに鎖《くさり》だとか髑髏《どくろ》だとかといったパーツは重みがあるから、グルーガンでくっつけただけじゃ剥《は》がれちゃいそうだしね。

「鉄同士なら、火の魔法で溶かしてくっつけることもできそうじゃが」

なるほどなるほど……私には魔法という概念がないから、なかなかそんな発想は出てこないけど。熱したり冷ましたりとかいった作業が専用の設備なしでできるのは、すごいことじゃないだろうか。

昔シルバーアクセを自作してみようかと思ったけど、お手軽キットを使用しない本格的なやつは、やっぱりちゃんとした設備や道具がないと無理だから諦めたんだっけ。

そこでふと思い立って、私は倉庫から運んでもらったガラクタを掘り返した。その中から鉄の盾と、銀や金の塊《かたまり》を取り出す。鉄の盾を鉄板代わりにして型を作り、銀を溶かして型どりできないかと考えたのである。

「ねえ、この鉄の表面を削ることってできないですか？」

「うーん……風の刃《やいば》でできるかのう……？　削ればいいのかの」

「ただ削るだけじゃ駄目。たとえば……こんなモチーフを彫《ほ》りたいんですけど」

ペンを取り、魔皮紙《まひし》にコウモリっぽいモチーフを描いてみる。魔王のイメージ的にあまり安っぽくならないよう少しリアルにしてみたら、ガイが唸《うな》り声を上げた。

「うーむ……だったら、もっと硬い物……鉱物……地の精霊かのう……」

「お願いします、ガイ！　ちょっとやってみてくれませんか⁉」

「うー……ワシャちょっと疲れてきたのう……」

駄目だ。ガイ、なんか面倒くさくなってる。かといって、ガイが難しそうな顔をする魔法なんて、私にできるわけもないし……四大元素の精霊と契約するって、やっぱりすごく難しいんだろうなぁ。

　さてどうするかと思案していると、カリカリと扉をひっかくような音がした。ガイがびくっと身を震わせる。

「開けるな！　開けるんじゃないぞ、リセ‼」

「わふぅ‼」

　ガイの悲鳴に、聞き覚えのある鳴き声が重なる。

　次の瞬間、バリン！　と扉の隅っこを破って、ケルべえが部屋の中に駆け込んできた。

「うわあああ！」

　慌てたガイは飛び立って空中に逃れる。ケルべえはそんなガイにじゃれつこうとジャンプする。おお、すごい跳躍力。

「リセ！　なんでもするから、そのモフモフを！　そのモフモフをおおお！」

「はいはい」

　ケルべえの前足がガイを掠《かす》め、いよいよガイの声に悲愴《ひそう》さが増す。

「はーいケルべえ、だめよ～。めっ！」

「わふぅ」

　抱き上げてまた顎《あご》を撫《な》でてやると、ケルべえは大人しくなる。それを見てガイはほっと息をついた。

「ところでガイ、なんでもやってくれるって……」

「わかった！　わかったわい！　人使いの荒いニンゲンじゃ！」

なんでもやるって言ったのは自分のくせに。

ガイはぶつぶつ言いながら、鉄の盾の前に立った。


『我ガイが定義する！　地は鋼鉄の剣なり！』


と、空中に宝石の煌《きら》めく剣が現れて。

ズバンと盾を両断する。

「うっ、やりすぎてしもうた。壊すなら簡単なんじゃがの……」

多分、複雑な物を彫《ほ》るイメージというのが、ガイには難しいんだろうなぁ。

「リセ、何か剣と契約するのはどうじゃ。地の精霊と契約したり、大地から剣を生み出したりするのは無理じゃろうが、もともとある剣の切れ味を増したり、細かい作業をさせたりするぐらいなら、もしかしたらリセにもできるかもしれんぞ」

「な、なるほど……やってみます！」

そんなわけで、再びガラクタを漁《あさ》ってみる。

鉱物は全て地の属性になるそうなんだけど、それだけにその大元である地の精霊と契約するのはやはり難しいらしい。そして、名刀などと言われる剣の精霊と契約することも。

そもそも剣が名刀と呼ばれるようになるのは、強力な術者との契約があってこそという場合が多いんだとか。また刃物の精霊は、性格が尖っていたり、すぐキレたり、プライドが高かったりと難が多いんだそうだ。

というわけで私が手にしたのは、錆《さ》びた小刀。性質上だろうか。

「そのサビサビの小刀なら、リセでも契約できるじゃろ」

そう言って、ガイが小刀の精霊を呼び出してくれる。

……なんか親近感を覚えるなあ。私も生まれてから今まで、これといってなんの取り柄もない、その他大勢だった。幼稚園でも、学校でも、職場でも、いつだってそう。

ずっと特別な何かに憧れてた。

だから、違う誰かになれるコスプレにハマっているのかもしれない。

みんなから契約されたがる大精霊じゃない、小さな精霊達。

それは、何者でもない平凡な私自身とピタリと重なる。

『我、汝《なんじ》との契約を望む。我が名は梨世、汝、契約を受け入れるなら証《あかし》を見せよ！』

『我が名を証に、汝と契約を結ぶ。我が名はフィロ。我が力、汝がために』

無事、小刀の精霊――フィロと契約を結べた。すると、図らずも布の裁断が自分でできるようになった。

しかし当初予定していた、鉄に型を彫《ほ》るという作業はやっぱりすごく難しかった。できなくはないけど、鉄はめっちゃ硬いし、かなり細かくイメージしないと上手くいかない。

疲労も多くて何度かぶっ倒れそうになったけれど、その度にガイが魔法で癒《いや》してくれて。

二日目が終わるかなって頃には、型が完成した。

ガイの火の魔法で銀を柔らかくし、地の魔法で現れたハンマーで叩いてから先ほどの型を使って型取りをする。そしてフィロの力で銀を削り、ひとまずモチーフが完成。ガイの力を借りまくりだったけど、ケルべえがいるからか、精霊王様はなんでも言うことを聞いてくれる。ちょっと可哀想だけど、かなり助かるから、ガイには感謝！

これを繰り返し、ロウソクのロウを溶かしてモチーフをくっつけたりしながら、アクセサリーに加工。繰り返すうちにガイも私もコツを掴んで作業はスピードアップしたけれど、これで二日目がまるっと潰《つぶ》れた。

三日目は、マントの作成。

『私、梨世が定義します！　小刀の精、フィロは、ハサミである！』

サビサビだった小刀が銀色に輝く裁《た》ちバサミになり、私のイメージ通りに布を裁っていく。何回もやってるから、結構お手のものになってきた。

「リセの魔法は不思議じゃな。切るんじゃったら普通は剣とか、もっとイメージしやすい物になりそうなんじゃが」

この世界の精霊王であるガイには不思議なのかもしれないけど、私的には馴染《なじ》みのある道具だから、一番イメージしやすいのである。

しかし、魔法って便利だなぁ。他の精霊とも契約してみたいんだけど、短期間にあまりたくさんの精霊と契約するのは良くないとガイに止められた。契約した精霊同士の相性が悪いと、契約を破棄されることもあるらしい。本当に自分に必要な精霊だけに留《とど》めるのが無難だそうだ。

たとえば火と水の相性が悪いのは有名だけど、無名の精霊達の相性まではガイも把握し切れないから教えられないらしい。全てのものに精霊が宿っているならそりゃ覚えられないわ。

ちなみに、四大元素全てと契約するのが難しいのは、相性の悪い精霊同士を従えることになるから、というのもあるようで。マギさんはそんな条件の下《もと》、四大精霊全てと契約しているために四天王の地位にいるのだとか。それだけ術者として優れてるってことだよね。

幸いニーとフィロはそんなに相性が悪いというわけでもなく、どちらも私にとって欠かせない精霊達であるので、ひとまずは二人で満足。できないことはさくっと諦めて、マント作りに精を出す。

マントの色は紫にし、他の素材から飾り紐を作って縫《ぬ》いつける。かなり良い出来になったと思う。

今まで作ったパーツを、トルソーに取りつけて――

「で、できたーーーー!!」

床にひっくり返って叫ぶ私。食事を持ってきてくれたマギさんが、完成した服を見て涙を流しながら拍手してくれた。

いつもと全然違う作り方だったから、違う意味で疲れちゃった。

でもハサミもない状態から、よく完成したものだ。これもひとえに、ガイとニーとフィロのおかげ。あと、ガイを見張っててくれたケルべえも、だね。

それにしてもほれぼれする仕上がり。素材はいい魔王のことだ。きっと似合う。見違えるように素敵な魔王になるに違いない。……でも。

「果たしてこれで、魔王様が気に入ってくれるかなぁ……」

「きっと大丈夫です、リセさん。魔王様、あれで結構楽しみにしてましたから。もちろん、私も」

マギさんが胸の前で両手を組んで微笑む。

そんなマギさんに見守られながら、私は魔王に献上すべく、トルソーからそっと服を外した。

気に入られなければ魔物の餌《えさ》。気に入られれば日本帰還、サマコミＧＯ。

さあ——地獄《HELL》ｏｒ天国《HEAVEN》？

＊　＊　＊

結論。

私の作った衣装を纏《まと》った魔王は——三次元に舞い下りたキル様だった。

やばい。最愛のキャラがテレビから抜け出して目の前にいる。心臓がバクバクして破裂しそう。

イベントにこんな人が現れたら、キル様ファンは卒倒する。

ＳＮＳに投稿すれば、お気に入り登録とコメントの嵐だろう。

どうしよう目が離せない。卒倒しそう。

「ままま、魔王様、素敵です————‼」

マギさんの歓声で我に返るまで、私はすっかり魔王に見惚《みほ》れてしまっていた。

正直、思い通りにいかなかったパーツもあるし、まだちょっと直したい箇所も多々あった。けどこうして実際に着た姿を見たら、あんまり気にならなくなっちゃった。

だってモデルが完璧なんだもの。

私はあくまでもコスプレイヤーで、衣装は作れど、本来はそれを着てキャラになり切るのが目的であり――ああ、だけど、こんなに完璧に衣装を着こなしてくれるモデルがいるなら、衣装作りに専念するのもいいかも……って、思ってしまった。

「魔王様《ヘッド》、イケてますねえ！」

「ふむ……美しい」

「わふぅ‼」

お披露目《ひろめ》の場には、四天王が勢ぞろいしていた。

マギさんとアームさん。「美しい」と評したのは、抜き身の剣のような鋭いオーラを放つ、長い銀髪の男性。おそらくこっちがソードさんで、ケルベえを従えてる無言の少年がハウンド君だろう。

ソードさんは、その長身をスーツでびしっと決めている。いや決めるのはいいんだけど……バラ柄の紫スーツに、カッターシャツはなんとドギツイ黄色。おまけにスーツの上から金ピカのベルトをしている。ついでにネクタイと靴もベルトと同じ金ピカ……

美しい、と呟《つぶや》くからには着飾ることに興味があるんだろうけど、着飾る方向が間違ってる。携《たずさ》えている剣もなんだか小学生の工作レベルのチャチさだし。

ハウンド君は、長い前髪で表情が窺《うかが》えないが、背格好からは十二、三歳の男の子に見える。ちなみに、着てる物はセンス以前の問題で、何故か着ぐるみだった。遊園地とかにいるような、動物の、あれ。あれの頭だけ脱いで、手に抱えている。それでも可愛ければまだいい。なんというかその……なんとも残念な着ぐるみだ。可愛くないどころか、怖い。

何がってまず、目が怖い。怖いってか、ヤバイ。なんというか妙にリアルというか。こんなんだったらシンプルに黒くてまん丸の目の方がいい。あれじゃ小さい子が見たら確実に泣くよ。

ファスナーとかはこの世界にないのだろうか、さっきちらっと見えた背中は、でっかい洗濯バサミみたいな物で何ヶ所か留めただけ。こうなると、ただ地味でやぼったいだけのマギさんが一番マシに思えてくる。マギさんが私に対抗意識を持ったのも、この中では一番マシなセンスをしてるって自負があったからかもしれないなぁ。

と、四天王のファッションセンスのあまりのひどさに、遠い目をしてしまったけど。

「フン、なかなか悪くないではないか」

魔王に声をかけられて、心臓がまた激しく鼓動を打ち始めた。

その上から目線の物言いといい、S《エス》っぽい表情といい。

いいわーもうまんまキル様だわ。いつまでも眺めていたい。

ニーやフィロとも出会えたし、元の世界に帰るのがちょっともったいなく感じる。

それでも私は思い切って口を開いた。

「じゃあ、その、元の世界に……」

「——その前に」

魔王は私の言葉を遮《さえぎ》ると、黒いグローブを嵌《は》めた手を前方に突き出した——その途端。

ドン、と空気が震えた。

突き出した魔王の手に、黒い光が収束していく。そして、その手が頭上高く掲《かか》げられると、魔王を取り囲むようにしていくつもの黒い光球が現れた。魔王が手を振り下ろす。

すると球体から次々に黒い雷《いかずち》が降り注いだ！

「うわちっ」

その一つがアームさんのリーゼントを掠《かす》め、慌てて彼はその場を飛びのいた。魔王の近くにいたマギさんはヒーヒー言いながらシールドを張り、ソードさんはハウンド君を連れて華麗に身をかわし、少し離れた場所で感嘆の声を上げている。

そして私はと言えば、目の前に落ちる黒い雷を見て凍りついていた。でもそれは、怖かったからじゃない。この技を知っていたからだ。

魔王の手の動き、そして、黒い光球や次々に落ちる雷。これって——

キル様の必殺技『裁きの黒雷《ジャッジメントストーム》』にそっくりなんですけど⁉

「ま、魔王様、その魔法は一体⁉」

戸惑う私の隣で、マギさんが驚愕《きょうがく》の表情で叫ぶ。今魔王が使った技は、どうやらマギさんも知らないものみたい……

「この服を着た途端に、体中に魔力が溢《あふ》れてきた。どうやってこの服を作った、リセ。それとも、これが異世界人たる貴様のチカラか？」

魔王の言葉に、私はぽかんとしたまま魔王を見上げた。

魔力が溢れる……？　そんな効果、つけた覚えもなければ、つけようという考えすらなかった。そもそもつけられないし。

それに、今の魔王の、魔法の使い方。纏《まと》わりつく黒い光。魔法を使うポーズ。それらは、『M†N』の魔王、キルフィールドが使う必殺技と酷似《こくじ》してた。

キル様の衣装を着たら、キル様の技が使えるようになるなんて。これは偶然？　そんな偶然ってあるんだろうか？　仮にそうだとしても、服を着ただけで技が使える理由がわからない。

もしかして、ニーとフィロの力？　それとも、精霊王であるガイの力？

でも、ガイのことは魔王には言えないし、確実にそうだという確証もない。

「あの……私は普通に服を作っただけで、なんのことか……」

ギロッと、魔王の赤く冷たい瞳が私を射抜く。

泣く子も黙るような、その冷たい瞳が――

私の好みすぎて困る。まるでキル様に睨《にら》まれてるみたい。もっと射抜いて、なんちゃって。

「ふむ……その目、嘘をついている風ではないな」

えっ、こんなよこしまな瞳が綺麗な瞳に見えたなら、魔王の目は結構節穴《ふしあな》ですな‼

私の心の声を余所《よそ》に、魔王はわずかに目元を緩《ゆる》めて言う。

「……ふん。リセ、お前の衣装、なかなかに気に入った。そこで、お前を我が軍の衣装係に任命したい。手始めに、我が配下の四天王にも衣装を作ってやってくれ」

「え……っ、ちょっと、待って下さい。元の世界に帰してくれるという約束は……」

「もちろん、忘れてはおらぬ」

魔王がニヤッと笑う。

なんか、手玉に取られている気分……でも実際、私が元の世界に戻れるか否《いな》かどころか、生死すらも魔王が握っているんだもの。どう考えても私が優位に立てやしない。

「確か、お前はサマコミという国を挙げての祭典までに、自分の衣装を完成させねばならぬと言っていたな。……元の世界でも、さぞ名のあるデザイナーだったのだろう」

違います、コスプレイヤーです。

ちょっとずつ曲解されてる気がするけど、魔王がつらつら喋《しゃべ》り続けるので口を挟めない。

「その祭典まで、あと何日だ」

えっと……魔王城に迷い込んだ時点であと二十六日で、あれから三日経ったから……

「……二十三日、です」

「それまで、我が軍の衣装と並行して、祭典用の衣装も作れば良いではないか。三日でこの衣装を作れたお前なら、二十余日もあれば我が軍に必要なだけの衣装と、自分に必要な衣装を十分作れるであろう。そのノウハウを我が軍に伝えられるならなお良し。つまりは、期限付きで我が軍にお前を迎え入れたいのだ、リセ」

断れないことを知ってる瞳。

そう。私を生かすも殺すも魔王の腹一つ。その上で、魔王は私にメリットのある駆け引きを持ちかけてくれている。

「約束しよう。二十三日後、必ず元の世界へ帰してやる。その見返りとして、それまで我が軍の衣装係に従事せよ」

——ただ、前日の準備があるのでせめて二十二日後にして下さい。

私に言えたのはそれくらいで。

こうして、私こと梨世は、魔王軍の衣装係になったのでした。

二　コスプレイヤーと勇者様

魔王軍衣装係になった私には、改めて前より広い部屋が宛《あて》がわれた。

そこには色んな金属や魔法のアイテム、美しい布などが、頼まなくてもわんさか届く。ガイいわく、金属はオリハルコンやミスリルなど、なんだか高価な物ばかりのようだ。

他にも、火の力が閉じ込められた『火神《かしん》の目玉』だとか、割ると歌が流れ出て聞く者を眠らせてしまう『セイレーンの囀《さえず》り』とかいう、魔法ショップで高値がつくようなアイテムもあるらしい。私にはただの水晶にしか見えなかったりするんだけど。

布は、魔法を撥《は》ね返す効果付きだったり、剣も弾くような強度を秘めたりしている物。でも私的には効果より、これはベルベットっぽい手触りだとか、オーガンジーみたいだなぁとか、もっぱら材質が気になってしまう。

ともあれ、元の世界でも衣装の材料費捻出《ねんしゅつ》にウンウン唸《うな》ってた私にとっては、もう至れり尽くせりの環境である。費用を抑えるために色んな工夫をするのも、コスプレの醍《だい》醐味《ごみ》ではあるんだけどね。

それでも見たこともない素材を上手く活用して衣装を作るっていうのも、これはこれで楽しい。

「うーん、マギさんの衣装は、こんな感じかな〜」

差し当たって私は、マギさんの衣装のデザインを最初に考えていた。とりあえず、魔王軍の紅一点ってことでコンセプトがはっきりしてるし。

「うーむ……ちょっと露出度が高すぎやしないか？　あのオクテなマギが果たして着るかのう」

「確かに安易に露出させるのは駄目ですが、紅一点にはやっぱり華やかさが欲しいじゃないですか」

マギさんの衣装には、『H†M』に出てくる女将軍の衣装を拝借した。金の刺繍《ししゅう》が入った赤が基調の衣装だから、紅一点で二つ名も〝紅《くれない》〟であるマギさんにピッタリだ。足は惜しみなく出していく方向。防御力はまるで無視だけど、魔法使いだからいいよね。

問題は、ガイにも指摘された通り足や腕がかなり出るから、あのマギさんが受け入れてくれるかどうか、なんだけど……その分胸元やお腹まわりの露出は控えめだし、マントがあるから肩も出ないし、説得すればなんとかなるよね。マギさんほっそりしてるから、手足は惜しみなく出すべき。

「今回は女の子の衣装だからアクセサリーも可愛くしたいし、ガイにはいっぱい頑張ってもらうことになっちゃいますけど」

「うぇえ……年寄り使いが荒いのう」

「申し訳ないとは思ってるんだけど……でも、ガイが手伝ってくれたおかげで、衣装に不思議な力がついたのかもしれないし、お願いします」

ため息をつくガイに、両手を合わせてお願いする。今はケルベえがいないから、ガイの返事も今一つ重い。が、私がつけ足した言葉には少し興味を引かれたようだった。

「ん？　不思議な力、じゃと？」

「はい。魔王が言ってたんです。私の服を着たら魔力が強くなったって」

「ふーむ……それは興味深い話じゃのう。ワシも長いこと生きとるが、魔力を強くする服など初めて聞いたわい」

ガイでも聞いたことがないんだ。先々代魔王を知ってるガイですら知らないんだから、魔王も驚くわけである。

「いや、じゃが、勇者は伝説の剣やら伝説の鎧《よろい》やらを身につけとるとかいう話は聞いたことがある。恐らくはそれらも、装備した者に何か力を与える物なのかもしれん」

「それはそうじゃないですか？　魔王にはそういうのないんですか？　魔王のマントと

か鎌《かま》とか」

「ない」

あっさりと、ガイが即答する。

「性質の違いじゃろうな。魔族は自分の力こそ絶対とする。道具に頼るなど、脆弱《ぜいじゃく》なニンゲンのすることだと思っとるフシがあるからのう。それに、力の強い魔族は進化を重ねるにつれヒト型に近付くが、元は魔獣とかじゃったりするから、着飾るという文化はあまりなかったのじゃ」

ふむふむ、なるほど。これで、あの魔王軍の壊滅的なセンスにも納得がいった。

「以前はヒト型に進化した魔族も素っ裸で戦ってたりしたが、勇者軍からクレームが来て初めて服を着るようになったくらいじゃからの。それも割と最近の話なのじゃ」

ゆ、勇者軍からのクレームを受け入れたんだ。

……でも本当はクレームが来たからだけじゃなくて、魔王も薄々気が付いてたんじゃないだろうか。勇者軍の賑《にぎ》わいは、見た目の力も少なからずあるんじゃないかって。

四天王のみんなも、センスは悪いけど変身した魔王を見て喜んでいたし、着飾ることに興味がないわけじゃない。きっと他の魔族達も同じ感じで、華やかな勇者軍と魔王軍を見比べちゃって、それで離れていった部分もあるのかも。だから魔王は、私に服を作らせたんじゃないのかな。

そういえば、昔のアメリカ大統領がスーツやメイクで見た目をコーディネイトすることで若々しく力強いイメージを作り、それで人気を底上げして選挙に勝ったって話があったっけ。イメージ戦略ってそれだけ大事なものなんだろうな。

「正直ワシも服のことなど気にしたことはなかったが、リセの作った服は確かに人を惹《ひ》きつけるものがあるのう。魔王もニンゲンであるお前さんをわざわざ留め置くぐらいじゃし」

いやいやそれは元の世界のイラストレーター様のおかげなんですけれども。

「でも実際魔王軍の人手不足って、華やかさに欠けるからだと思うんです。魔族は実力主義って言ってましたけど、今は勇者が優勢なんですよね？　だったら、ハッタリや見かけの良さも周囲を惹きつけるのには必要なんじゃないでしょうか」

「うむ、確かにリセの服を纏《まと》った魔王は、強そうじゃ。先々代のようなオーラがあるのう」

あの場にガイはいなかったけど、ちゃっかり見ていたらしい。

「リセの服を着た、四天王……どのくらい変わるのか、正直見てみたい気持ちもある」

おっ、ガイがケルベえの脅《おど》しなしでやる気になった!?　でも、ちょっと意外。ガイは魔王や四天王と顔を合わせないようにしてるから、魔王軍にいい感情がないのかと思ってた。

「ガイって、魔王軍と勇者軍、どっちの味方なんですか？」

気になって聞いてみると、ガイはあっさり、「どっちでもない」と答えた。

「精霊はニンゲンでも魔物でもないし、中立じゃよ。先々代魔王はともかく今の魔王に恨《うら》みがあるわけじゃなし、第三勢力じゃ。請《こ》われればヒトにも魔物にも力を貸すからの。しかしまあ、弱い方に肩入れしたくなるのが人情、いや、精霊情じゃあ」

いやに人間臭い精霊王である。

さて、ガイも協力してくれそうなことだし、マギさんに続いて他の四天王の服も考えなきゃ。

アームさんはなんか脳筋《のうきん》っぽいし、ワイルドな戦士の服かな。でも他の四天王からあんまり浮かないようにもしたい。前線系だから、防御力も多少は考慮された服がいいな。なんかそれっぽいキャラクターいたっけ……

ソードさんは、機能性は多少無視しても、美しさを重視した方がいいかな。ナルシスト系の剣士の衣装が似合いそう。ハウンド君はショタ要員だし、ここは慎重に考察したいところ。可愛さを出したいけど、やっぱり四天王だから邪悪さも大事である。悪役系のショタキャラから拝借しよう。

あと、ケルべえ！　ケルべえにも何かワンポイント欲しいなあ。

リボンにシルバーアクセサリーをつけるとか、その程度でも。

『私、梨世が命じます！　フィロ！　ニー！』

私のフィロとニーを操《あやつ》る姿もなかなか様《さま》になってきたものである。気分はすっかり魔法少女だ。ただし敵を倒すのではなく、もっぱら服を作るためにしか魔法を使っていないけど。

フィロとニーには本当に助けられている。

私の思い通りに裁断してくれるし、一瞬で縫《ぬ》ってくれるし、最高のパートナー達だ。

ガイも割と真剣に協力してくれたので、四天王の服は一週間程度で完成した。

そして迎えた試着の日――

「無理ですうううう！　着れませんんん!!」

と、案の定全力で嫌がっていたマギさんだったけど。

魔王命令でひとたび着用してみたところ、すっかり気に入ってしまったらしい。おどおどした口調もだいぶ収まって、振る舞いに少し自信が感じられるようになった。所謂《いわゆる》、「こ、これが私……!?」状態になった後、違う自分に生まれ変わったみたいな気持ちになったようだ。

わかる。その気持ちわかるよおおお。

ソードさんは、青の衣装の上に黒い鎧《よろい》を纏《まと》った剣士の衣装。胸元の青いバラのモチーフは、元になった衣装にはないんだけど、バラ柄のスーツを着るくらいバラ好きなソードさんのために付けてあげた。ソードさんが育てているバラの花を、ガイの魔法でプリザーブド・フラワーにした物である。

あの小学校の学芸会のような剣も、倉庫で眠っていた剣に細工を施《ほどこ》した物に替えてもらった。

こだわりが強そうなソードさんが気に入ってくれるか少し心配だったけれど。

「美しい……!」

衣装を見た瞬間に、ソードさんは目を見張った。

「まさに私のためにあるかのような美しい衣装だ。こんな美しい服は初めて見た。剣も素晴らしい」

良かった、美意識はまっとうみたいだ。それに剣も、もしあれが伝説の魔剣とかだったらどうしようと思ったけど、そういうわけではないらしい。ソードさんの魔力をのせて魔剣に変えるそうで、剣自体はなんでもいいとのこと。

アームさんのは、屈強の戦士をイメージし、肉弾戦を得意とするキャラの鎧。肩口とすね当てにあしらったファーはアームさんに貰ったあの毛を使用した。鎧の中心に埋め込んだトパーズみたいな黄色い宝石は、魔王城で拾った石を研磨《けんま》した物だ。

そして、あの大盛りリーゼントも、カットさせていただいた。嫌がるかな～って思ったけど、イケてる髪型があるのでちょっとやってみませんか？　って魔皮紙《まひし》に髪型を描いて提案してみたら、意外にもあっさり了承を得られたのだ。

どうやってカットしたかって？　それは、魔法のハサミ――フィロの力。フィロの能力は〝切る〟ことだ。その対象は何も紙だけではない。フィロは期待通り――いや期待以上に働いてくれて、アームさんは見事ちょい悪オヤジ風のワイルドショートに。陽気なヤンキーから華麗なる転身を遂げた。

あと、衣装を着た途端、拳《こぶし》から衝撃波が飛ばせるようになったと言っていて、すごく楽しそうだった。ソードさんも、体がとても軽くなった、風のごとく速く走れるようになったといたく喜んでいた――んだけど、これらの効果については身に覚えがない……

確かに、ソードさんの衣装の元になったキャラは『音速の魔剣士』との異名を取るキャラだし、アームさんの衣装のキャラも衝撃波を飛ばすことができたけど……

魔王が使っていたジャッジメントストームの時と同じだ。やっぱり、私が作った衣装を着ると、キャラクターの能力がコピーされるみたい。原因はわからないけど……魔王も四天王も力が強化されたっていう風に解釈して、純粋に喜んでいるから、まあいいか。

ちなみにハウンド君の衣装は、グリーンの燕尾《えんび》ジャケットに立ち襟《えり》のブラウスをインし、首元には蝶ネクタイ。ボトムはかぼちゃパンツにロングブーツ。実に完璧な絶対領域が表現できた。魔獣使いのキャラコスなので、使わないだろうけど鞭《むち》のオプションも付けてみた。あと、またフィロに頼んで長い前髪も少しだけカットしてもらう。せっかく可愛い顔してるんだから、表情が見えないなんてもったいないもん。

彼は、全くケルベえが言うことを聞いてくれないのが悩みだったそうだけど、衣装を着たらケルベえが初めてお手をしてくれたとはしゃいでいて可愛かった。実のところ初めて会った時は、ケルベえが自分より私に懐《なつ》いていたことがショックだったらしく、口をきいてくれなかったのだけど。

さて、四天王の衣装が出来上がる頃には、風貌の変わった魔王は魔王城の、いや、トゥオネラのちょっとした噂になっていた。どうやら魔王はあの格好で、あちこち視察に行っていたらしい。

どうせなら、生まれ変わった魔王軍をトゥオネラのみんなに見てもらいたい——そこで私は魔王に対し、お触れを出して所謂《いわゆる》一般参賀のようなことを行《おこな》ってはどうかと提案してみた。

新しい衣装を気に入ってくれた魔王や四天王は、この提案にやぶさかではないようだった。

早速、マギさんが魔皮紙《まひし》に手書きでお触れを書く。ご丁寧にも、一枚一枚私の衣装を着た魔王のイラスト付き。っていうか……マギさんイラスト上手《うま》っ！

そのお触れを、四天王が手分けしてトゥオネラのあちこちに貼り出した。その結果……

「結構集まりましたね！」

私は魔王城のテラスから身を乗り出して叫ぶ。時刻は夜だけど、今夜は満月。月明かりが魔王城前の広場の人だかり……いや魔族だかりを映し出している。

ちなみに、満月なのは偶然ではない。ここは、生まれ変わった魔王の姿をトゥオネラに広める重要な場面だからと、シチュエーションにもこだわって提案してみたのだ。

満月をバックに、魔王城のテラスから厳《おごそ》かに魔王が現れる——ちょっとベタだけど、そのくらいやった方が断然カッコイイ。

「こんなに集まるなんて、わたしも少しびっくりです！」

新しい衣装を着こんだマギさんが、両手を組んではしゃいだ声を上げる。

「マギさんのイラストが効いたんですよ、きっと！」

私の言葉を聞いて、マギさんは一層嬉しそうな顔をした。

「そ、そ、そうでしょうか⁉」

「そうですよ、すごく上手でしたもん」

所謂《いわゆる》〝萌《も》え〟寄りな画風だけど、逆にそれが目を惹《ひ》いたのかも。日本でも萌え絵ポスター増えてるもんね。町おこしとか、お役所系の募集広告でも見かけるし。

「じゃあ、そろそろ魔王様をお呼びしてきますね！」

マギさんが城内に戻っていき、私も邪魔にならないように、端っこの方へと引っ込む。

「なんだかワクワクするのう」

どこに隠れていたのかガイが現れ、私の肩にちょこんと乗った。

「私もちょっとワクワクしてるけど……ガイはやっぱり魔王が嫌いなんですか？　また隠れてたし」

「嫌いというより、関わりたくないだけじゃ。前も言ったが、魔王がどうこうというより、リセが作った服に魔族がどんな反応を示すのかが楽しみなのじゃよ」

嬉しいことを言ってくれる。実は、私もそこが楽しみだ。ちょっと不安もあるけれど……

などと会話をしていると、満を持して魔王がテラスに姿を現す。

その瞬間、カッと、スポットライトのように魔王に光が当たる。マギさんの魔法である。

満月を背に、魔王城のテラスに浮かび上がる魔王。そして、その後ろに控える四天王。

あーこれ、私も下から見たかったなぁ！

ざわざわしていた広場は水を打ったようにシンと静まり返る。その様子を見て、魔王が満足気に微笑むのが見えた。

「皆、よく集まってくれた。今宵《こよい》皆に集《つど》ってもらったのは、生まれ変わった魔王軍の姿を見てもらうためだ」

魔王がそう告げると、「おおーっ！」と民衆から歓声が上がった。その盛り上がりたるや、魔王がなかなか次の言葉を継げないほど。そこで魔王が腕組みし、ちらりと四天王へと視線を走らせると、すかさずソードさんが魔王の傍らに進み出た。

「控えよ！　魔王様のご前であるぞ」

同時にマギさんが手を掲《かか》げ、アームさんがファイティングポーズを取り、ハウンド君が鞭《むち》を構える。

再び場が静まると、たっぷりと間を持たせてから、魔王は腕をほどいてその両手を掲げた。

「先代の時代、我らはニンゲンどもの蹂躙《じゅうりん》に耐えてきた。奴らは我が国を荒らし、踏みにじった。だが俺がいる限り、このトゥオネラへの侵略は許さん！　トゥオネラは俺の国だ。俺に刃向かう者は、この力を以《もっ》てして、全て滅ぼす！」

言い終わるや否《いな》や、黒い雷《いかずち》――ジャッジメントストームが、魔王の周りで唸《うな》る。最初に見た時よりさらに多く、まさに何十もの光球が月明かりに照らされ、テラスに雷を落としていく。

おおおおーーー！

観衆から波紋のようにどよめきが広がった。私まで圧倒されてしまう。

歓声はそれからも収まらず、いつの間にかそれは魔王様コールへと変わる。魔王を取り巻く四天王も誇らしげな表情だ。

不敵な笑みで民衆を見下ろす魔王は、どこからどう見ても〝魔王〟そのもの。

私も〝魔王に相応《ふさわ》しい衣装を作る〟という課題を果たした達成感に酔いしれていた。

こうして一般参賀は、大盛況のうちに幕を閉じたのである。


「きききき、聞いて下さいリセさん‼」

一般参賀の夜が明けて。

けたたましいマギさんの声に、私は眠りから目を覚ました。部屋に飛び込んできたマギさんは、寝起きの私に構わず、興奮した声を上げる。

「魔王軍に、百年ぶりの志願者が来たんですよー！」

「ほ、ほんとですか？」

「四天王に就任して初めて、部下ができそうなんです！　ありがとうリセさん！　リセさんのおかげでわたし、生まれ変われた気がします！」

ベッドから起き上がった途端、両手を掴まれブンブンと振られる。

まず百年も志願者がいなかったことに驚いたし、四天王なのに部下がいなかったことも驚きだけど、マギさんがとても嬉しそうなので良しとする。

「上手くいって良かったですね！」

「それで、リセさん……わたし、もっと志願者が増えるといいなぁと思って、ポスターを作ってみたんです。ぜひともリセさんに見てほしくて」

照れながら、マギさんが持っていた大きな魔皮紙《まひし》を私に差し出す。

「うわっ、すごっ⁉」

広げてみてびっくり。眠気もぶっ飛び、私はマギさんが描いてきたポスターに見入ってしまった。

昨夜の一般参賀をイメージしてか、背景には月をバックにした魔王城。センターにはでかでかと魔王が描かれていて、必殺技を放とうとしているポーズ。その脇を固める四天王も、それぞれにカッコイイポーズを取っている。なかなか複雑な構図だけど、デッサンが整っていて超絶上手い。画材はまったくわからないものの、着色も素晴らしい発色で、おまけにカラーセンスもいい。

この画力があったら、サマコミの大手サークルへの仲間入りも夢じゃないわ、マギさん。

しかも嬉しいことに、ポスターに描かれているのは魔王と四天王だけじゃない。かなり美化されてるけど、一番端っこにいるのは多分……私。

「すごくいいと思います！　でも、このメンバーに私がいてもいいんでしょうか……？」

「リセさんはいなくちゃダメですよ！　わたし、リセさんのこと、とっても尊敬してるんです！」

キラキラと目を輝かせ、マギさんが尊敬の眼差しを向けてくる。最初は私に対抗意識を燃やしていたマギさんだったけど、最近はもうそんなことはなくなって、裁縫を教えてくれとせがんでくることもある。

「あと、キャッチコピーは何がいいと思います？　魔王軍、有志募集？」

「ちょっとありきたりすぎないかなぁ。もっと目を惹《ひ》くものがいいと思います」

「そうですよね！　ちょっと考えてみます！」

マギさんがポスターを持って部屋を出ていく。

あんな風に喜んでくれると、私も提案した甲斐《かい》があったというものだ。

さて……四天王の衣装を作るのに一週間かかったし、そろそろ自分の衣装にも手をつけなくちゃ。

一つ大きく伸びをして、作っておいたデザイン画を見やる。元の世界に帰れるはあと十五日後、サマコミの一日前だし、衣装はこっちで用意しておかないと。ちょっと時間がきついけど、ニーやフィロがいればなんとか間に合うだろう。そう思い裁断に取りかかろうとすると。

「リセお姉さん‼」

聞き慣れない呼称に、噴き出しかけた。振り向くと部屋の扉が開き、ハウンド君が息を弾ませながら駆け込んでくる。

「お願いがあるんです。ケルベロスのぬいぐるみを作れませんか⁉」

「あ……えっと、ぬいぐるみ？」

やや動揺している私をよそに、ハウンド君は恍惚《こうこつ》とした表情で語り始める。

「リセお姉さんの服を着てからケルベロスがどんどん懐《なつ》いてくれるようになって、今では、お、お、お腹まで出すようになったんです‼　か、可愛くて可愛くて……ボクはこのケルベロスの愛らしさを、トゥオネラ中に広めたい‼」

あ……なんかハウンド君が、初めて犬を飼ってその愛らしさに目覚めたお父さんみたいになってる。まあ、あんな残念な着ぐるみ着てたら、ケルべえもそりゃあ怖かっただろう。

「ところで、なんでハウンド君は着ぐるみを着ていたのかな」

ちょっとハウンド君と打ち解けたところで、私はふと気になって聞いてみた。

「ケルベロスの愛らしさを自分なりに再現してみたんだ。そしたら、もっと仲良くなれると思って」

ほう……あれで再現と……。これは、ハウンド君にぬいぐるみを作らせるのは危ない気がするな。

それに、ケルべえは確かに可愛いんだよね。マスコットとして推《お》せば、魔王軍の志願者増加に繋がるかもしれないなぁ。

「わかったハウンド君。作れないか考えてみるね」

「お願いします、リセお姉さん‼」

うはっ……ショタのお姉さん呼びの破壊力を痛感。

それはともかく、ぬいぐるみを作るとなると……あのふわふわもこもこを再現するための手立てを考えないといけないな。

ひとまずハウンド君が帰ったので、ケルべえぬいぐるみのことも考えつつ、今度こそ自分用の衣装の裁断——と思ったところで、背後に気配を感じた。何だろう、と振り向いた途端。

「リセ、邪魔するぞ」

「うわあああああ⁉」

私はマギさんのようにめちゃくちゃうろたえてしまった。

振り向いた私の目に映ったのは、黒髪に赤の部分メッシュ（魔獣の毛を染色）、赤い瞳（自前）をし、翼（魔物から千切ったのではない作り物）を背負って、私の作った服を纏《まと》う魔王様。最初のジャージの頃と比べたら別人のよう。本当に、ほれぼれするほどこの衣装が似合う。
そんな魔王様が、突然部屋に現れてつかつかと私に近付いてくる。あちこちに着けた
シルバーアクセが揺れてきらきら光っている……ああ。まずい。心臓が。動悸《どうき》、息切
れが。
「リセ、飾りが外れてしまった。直せ」
何かと思えば、尊大な態度で命令された。これが魔王じゃなければ「何様だ！」って
突っ込みたくなるところだけど、魔王様だもんなー仕方ないなー。
魔王が差し出した飾りとやらを受け取る。あ、なんだ、ボタンが外れただけか。これ
なら、わざわざニーを呼ぶまでもなく、すぐに直せそうだ。
「はい、わかりました」
針に糸を通し、チャチャッとボタンを縫《ぬ》いつける。
「見事なものだ」
珍しく魔王が私を称賛するようなことを言ったので、びっくりして手を刺しそうに
なった。

「昨夜は壮観だった。まったくお前という奴は、面白いことをよく思いつくものだ」

「そんなこと……」

「謙遜《けんそん》するな。——より簡単に、より多く。これもお前の言う通りだった。衣装係ではなく、参謀《さんぼう》にしても良いと思ったぐらいだ」

「む、無茶言わないで下さい！」

学生時代、下から数えた方が早い成績しか取っていないのに、参謀だなんて。せっかく活気づいてきた魔王軍が壊滅すること間違いなし。

それにしても、こんな上機嫌な魔王は見たことがない。そんなに昨日は楽しかったのか、それとも志願兵が来たことが嬉しかったのか。なんにしろ、私の株が上がったようで何よりだ。

「リセ。期限付きと言わず、ずっと我が軍にいないか」

針を片付けつつ気持ちを落ち着かせていた私だったが、突然の魔王のデレに噴き出しかけた。

えっえっえっ……今、なんて？

冗談かと思ったけど、魔王の目は思いの外真剣で。心臓がドキドキバクバクしてきて、咄嗟《とっさ》に顔を背《そむ》ける。顔が赤いのを見られたくなかった。

魔王のことだし、きっと何か打算があってのことなのだ。そんなことはわかってるつもりだけど――こんな好みどストレートの美形お兄さんに必要としてもらえるなんて、元の世界では絶対にないだろう。そう思うと勝手に胸がドキドキしちゃって止められない。

……とはいえ、ずっとここにいるわけにもいかないしなぁ。

「すみません……元の世界に帰りたいので、それはできないのですが……」

正直に言うと、魔王は不満そうな顔で私を見た。

真意はどうあれ、せっかくのお誘いを蹴ってしまったのだ。魔王が良く思わないのも当然だろう。

それでも、「ずっといます」なんて軽々しくは言えない。言えば嘘になる。嘘をついた方が後々魔王を怒らせてしまうことになるだろう。

「……そんなに自分の世界が好きか？」

私が意見を翻《ひるがえ》さないと見たのか、魔王はそう問いかけてきた。

その問いに、私はすぐに答えることができなかった。自分の世界が好きかどうかなんて、考えたことがなかったから。

そんな私を見て、まだ望みがあると思ったのか、魔王の顔から不満の色が消える。

私は慌てて「好きです」と答えた。

「好きか嫌いかとか、今までそんな風に考えたことなかったけど——好きです。平和だし、便利だし、好きなことをして過ごせるし」

「ここでも好きなことをして過ごせばいい。お前に不便をかけたことはないだろう。俺がいる限り危険もない。何が不満だ」

ええと、あなたに魔物の餌《えさ》にされそうになることかな。そんな揚げ足を取るようなこと言えないけど。

「不満とかいうわけじゃないです。でも……やっぱり帰りたいです」

イベントのこともあるけど、それ以上に、元の世界には家族がいる。離れて住んではいるけど、さすがに黙っていなくなるほど親不孝じゃないつもり。

ふう、と魔王のため息が降ってくる。せっかく上機嫌だったのに、気分を害してしまったかな。でも、こればかりは譲れないし。

「……魔王様は、どうして私なんかにずっといろって言ってくれるんですか？」

最初は、人間である私を見下していた風だったのに。

服を作ったから？　でも、もう四天王の分まで作り終えた。一般参賀はたまたま上手くいったけど、実際に民を惹《ひ》きつけたのは魔王の演説が良かったからだと思う。もう十分魔王軍は盛り上がった。わざわざ人間である私を傍に置く理由があるんだろうか？

疑問をそのままぶつけてみると、魔王は「ふむ」と考え込むような素振りを見せた。

一体、何を言ってくるつもりなんだろう。この顔で「お前が必要だから」とか言われたら、うっかり「はい」って言っちゃいそうだ。いや、だから駄目なんだって。相手は魔王様なんだから～。

なんて一人脳内で盛り上がっていると、突然魔王にガッと肩を抱かれ。

そうそう、こう肩を抱かれて「お前が必要だから」とか言われたらいいなーって……えっ、これ、私の妄想じゃなくて？　ほんとに肩を抱かれてる⁉

「少し付き合え、リセ」

そんなことを言われて、私は意識が吹っ飛びそうになった。

「ちょちょっ待って下さい！　まだ心の準備がぁ～！」

急な密着に慌ててふためいたが、魔王の手はがっちりと私の肩を掴んで離さない。混乱していた私は、視界がぐにゃりと歪《ゆが》んだのは胸のドキドキから来る眩暈《めまい》のせいだと本気で思っていた。

そんな私の耳を魔王の冷静な声がぴしゃりと打つ。

「暴れるな。転移の途中で俺から離れると空間の歪みに投げ出されるぞ。魂《たましい》だけになって閉ざされた空間を永遠に彷徨《さまよ》いたいのか？」

「うわああ嫌ですううう！」

唐突に頭が冷えて、私は反射的に魔王のストールにしがみついていた。

その途端、ふっと周りの景色が消え、一瞬で違う場所になる。魔王の部屋に行った時と同じだ。ということは、やっぱり……

「ケルべえ……ケルベロスに案内してもらって魔王様の部屋に行った時も、妙な空間に投げ出されそうになったんですが……。そしたらやっぱり、時空の歪みで彷徨うことになったんでしょうか」

思い出してぞっとしていると、魔王が不可解そうに言った。

「……魔王城に施《ほどこ》されている転移装置は昔からの物で、常に安定して作動している。投げ出されるなどということはないはずだ」

「え？」

でもあの時の様子は、絶対に尋常じゃなかった。

こちらに向かって手招きしていた、あの赤い手。今も思い出すと背筋が寒くなる。

「リセの世界と俺の部屋が繋がったことといい……この魔王城に、何か別の力が干渉しているのか。もしや勇者が何か仕掛けている……？」

　魔王が口元に手を当て、厳しい顔で何か考えている。

　どうしたんだろう。良からぬことが起きているという感じだ。そう考えつつも、そんな魔王の顔に見とれている私は、もっと良からぬ頭をしているのだけど。

「まあいい、後で探りを入れれば済むことだ。それよりいつまでくっついている」

「ひえっ！」

　そういえば、とっくに転移は終わっていたんだった！

　慌てて魔王のストールを離した私は一メートルくらい飛び退《しさ》った。ううっ、まるで火がついてるように顔が熱い。そんな私の顔をひんやりした風が冷ましてくれる。

　え？　風？　そこで私は外に出ていたことに気付く。

　改めて辺りを見回すと、ここは魔王城のテラスのようだった。前に魔王のお披露目《ひろめ》で使ったテラスよりもかなり高い位置にあるようで、柵に近付くとトゥオネラの街並みが一望できる。

　そう言えばずっと部屋の中で服を作っていたから、こんな風にこの世界を眺めるのは初めてだ。お披露目の時は夜で、魔王と集まった魔族達にばっかり目が行ってたから。

　断崖《だんがい》にそって建物が並ぶ、まるで階段のような街。どうやらこの魔王城はこの崖の一番頂上にあるみたいだ。時刻は昼のはずだが、空はひどく曇っていて薄暗い。そのせいかどの建物からも灯りが漏れている。魔族の国というとおどろおどろしい光景を想像してしまうが、なかなかどうして、幻想的で美しい眺めである。

「わぁ……」

「これが俺の国だ」

その眺めに感嘆の声を漏らすと、黒髪を風になびかせて、魔王が私の隣に立つ。そして誇らしげに呟《つぶや》いた。

「お前の国は、このトゥオネラよりも勝《まさ》っているというのか？」

答えに困る質問をされて、口ごもる。

確かにトゥオネラの風景を見て、美しいと思った。

だけど、勝ち負けの話ではないのだ——私が自分の世界に帰りたいと思うのは、別にトゥオネラより自分の国が美しいからとか、そういう話ではない。でも、なんて言えばわかってもらえるんだろう。この流れじゃ、「帰りたい」と言えば、トゥオネラが負けてるってことになってしまいそうだ。

やむなく私は答えをはぐらかした。

「私の質問には答えてくれないんですか？」

「俺が問うているんだ」

苛立《いらだ》ったような魔王の声。……はぐらかせない。

迂闊《うかつ》なことを言うとすぐ機嫌を損ねるくせに、こうやって私にばかり答えさせるから困る。向こうの方が力も立場も圧倒的に強いんだから、仕方ないことだけど。

「……トゥオネラはとても美しいところだと思います。私が生まれたところよりずっと綺麗だと、私は思います」

私がそう答えると、魔王は――笑った。

それも、いつもの冷笑や、ましてや嘲笑《ちょうしょう》でもなく、嬉しそうな顔で。

「そうだろう」

その顔に見惚《みほ》れて、私は一瞬言葉を失くした。

はっ、駄目だ、このままじゃここに残る流れになってしまう。

「でも、好きか嫌いかじゃないんです。私の世界には家族も友達もいる。それに、やりたいこともある。魔王様だってトゥオネラ以外の国に連れていかれたら、トゥオネラに戻りたくなるでしょう？」

「当然だ。俺はこの国の王だからな」

うーん、魔王を私の状況に置き替えても、同じ立場にはならないか……

「お前は王ではない。定められた宿命もない。なのに何故、そんなにも帰りたいと強く願う」

魔王と私の会話は、どうもすれ違っているような気がしてならない。何故帰りたいかって、その理由は今言ったばかりなのに。家族がいるから、友達がいるから、やりたいことがあるから――それは、魔王の中で納得できる理由にはならないのかな。

ううん、魔王が私に問いかけているのは、〝帰りたい〟理由ではなく、〝帰らなければならない理由〟だって気がする。

「確かに、私には魔王様に納得してもらえるような、絶対に帰らなければならない理由はないかもしれません。ただ、私が帰りたいと思うから、帰りたいんです。それだけです」

「それがお前の〝意志〟なのか」

「は、はい」

わかってもらえたのか。そう思って顔を輝かせた私に、魔王は冷たい一言を突き付けてくる。

「理解できんな」

一生懸命押し問答に答えてきたのに、バッサリである。魔王とわかり合おうってことがどだい無理な話なんだろうか。少しがっくりだ。

でも、魔王の言葉はそこで終わりではなかった。生まれながらにしてこの国の王――トゥオネラの魔王だった。

「俺にはずっと自分の意志などなかった。生まれながらにしてこの国の王――トゥオネラの魔王だった」

街並みに視線を移し、魔王が訥々《とつとつ》と語り出す。

さっきトゥオネラのことを語った時、魔王は誇らしそうにしていた。なのに今は違う。冷笑でもなければ苛立ちでもない。その整った顔には何の表情も浮かんでいなかった。

「魔王であれば勇者を倒さねばならない。そう決められていた。だが何故だ？　一体誰が決めた？」

そんな、純粋に答えを求めた問いかけに、私は答えることができなかった。

世界征服をしたいから、勇者がその邪魔をするから――一般的な魔王ならこういう図式が成り立つんじゃないかと思うけど。この魔王は別に世界征服がしたいわけではない……んだよね？　ガイの話を聞く限りじゃ、今の魔王はトゥオネラを荒らす人間を追い出しただけみたいだし。

「えっと、つまり……魔王様は勇者と戦いたくないってことですか？」

「馬鹿を言え。戦いたくないとは言っておらん。それでは俺が勇者に怯《おび》えているようではないか。口のきき方に気をつけろ」

「は、はい、すみません！」

ギロッと横目で睨《にら》まれて、反射的に謝る。幸い魔王はすぐに視線を戻した。

……これだけ魔王軍活性化に協力してきて何だけど、これで勇者と戦争することになったら、なんだか勇者軍に申し訳ない。できれば戦争なんてしてほしくないから、魔王が勇者と戦う気がないならその方が良かったんだけどな……。

「魔王だから勇者と戦わねばならんというのが気に入らんと言っているのだ。そこに俺の〝意志〟がない」

「はあ……」

私には宿命なんかないから、やることが最初から決まってるのはちょっとかっこいいとさえ思うけど……そんな風に決められた道を歩むっていうのも大変なのかもしれないな。コスプレっていう自分の好きなジャンルで居場所を得られた私は幸せな人間なのかもしれない。

……などと、なんとなく魔王の気持ちをわかったような気になっていたけど。

「だからお前に興味があるのだ」

「は？」

やっぱり全然わからない。今までのことと私がどう繋がるのか、さっぱりだ。

「お前に服を作らせたのは、特にそうせねばならない理由などなかった。試しにやらせてみようという、俺の〝意志〟だ。そしてこの服で民の前に立った時、俺は勇者と戦ってもいなかったし、エルシアンに侵略するとも言わなかった。それなのに民は沸き、志願兵が集《つど》った」

そう語る魔王は楽しげだった。もしかして……あんなに上機嫌だったのは、宿命ではないことで民の歓心を得られたから？

「それに、お前は俺に言われたから命を懸《か》けて服を作った。そのくせ、自分の強い意志も持っている。やらなければならぬこと、やりたいことの別《べつ》無しに、お前は動いている。だから俺は思ったのだ。お前は、俺が欲している答えを持っているのではないかと」

そんなに深く考えてなかったから、そう言われてもピンとこない。

でも、やれって言われたことが服を作ることじゃなかったら――例えば料理を作るとか、人間を倒せとか、そういうことだったら、ここまで一生懸命じゃなかったかもしれないし、そもそもできなかったかもしれない。

そういえば魔王は、私に〝何故服を作るのか〟と聞いていた。作らなければ魔物の餌《えさ》にされるから――あの時はそう思ったけど。……結局、私がやりたかったから、なのかな。

「魔王様は、やりたいこととか好きなこと、ないんですか？」

「なんだと？」

また、魔王に睨《にら》みつけられる。うう〜、私が答えを持ってるっていうから考えてるのに。人に散々聞いておいて、答えたら睨むのやめてほしいよ。

「あっいえ……出過ぎたことを言いました！　あの、私、そろそろ服作りに戻りますね」

宿命に縛られるのが嫌なら、好きなことを見つければいいんじゃないかと思ったのだけど。なんかもう、考えることに疲れてしまった。

魔王はもうこちらを睨むのはやめていた。「戻る」と言ったことに対して何も言わなかったので、私はペコリと一礼してテラスを出る。

結局、魔王が何を言いたかったのか、わかりそうでわからなかった。でも、もうそれを考えるのはやめとこう。これ以上余計なことを言って魔王の機嫌を損《そこ》ねたくないし、今は元の世界に帰ることだけを考えよう。

軽く首を振り、私は城内に向かって歩き始めた。そして、ハタと立ち止まる。

来る時は魔王の転移魔法だったけど、帰りは送ってくれる気配がない。さすがに今の今で「部屋に送ってください」と頼む勇気はない。

元の世界に帰る以前に、私は作業部屋に帰るのにも迷いまくって一苦労したのであった。

＊　＊　＊

マギさんのポスターが功を奏し、魔王軍の志願者はうなぎのぼりに増えていく。

ケルべえのぬいぐるみは、雇い入れたお針子《はりこ》さん達にも手伝ってもらって試作した百体が瞬《また》く間に完売。それを聞いて歓喜したハウンド君は、工場に持ち込んで量産できないか掛け合っているらしい。

このケルべえぬいぐるみ、思わぬところで余波を呼んでおり、ケルべえだけでなく、魔王様の人形も作れないかとの問い合わせが殺到。所謂《いわゆる》フィギュアというやつか。

一方マギさんには、魔王軍の日常をコミカライズしないかという打診がトゥオネラ出版社からあったって、本人が嬉しそうに話してくれた。マギさん、本当にイラスト上手いもんね。やっぱりあのポスターは好評だったんだ。魔王のフィギュア化の流れは、ケルべえぬいぐるみからだけでなく、マギさんのポスター効果もあるのかも。

っていうかトゥオネラに工場とか出版社があるのにびっくり。オタク文化が根付く下地は十分にありそうだ。

まあ、そんなこんなで、魔王城も人が増えてきたため、増築、リフォームが行《おこな》われた。マギさんが指揮を執《と》って、魔法の使える兵士総出で行ったので、なんとわずか一日で終了。ちなみに私の部屋は前の二倍くらいの広さになった。

そして、綺麗になった魔王城を見て、ますます志願者が増え……と、かなり良い波に乗っている。

それにつれ四天王も忙しくなったのか、頻繁《ひんぱん》に相談に来ていたマギさんやハウンド君も少し足が遠のいていた。ちょっと寂しいけど、その分私は自分の作業に没頭することにする。

「残り、十一日かぁ……。衣装は、サマコミに間に合いそうだけど」

私の衣装もニーの助けで縫製《ほうせい》を終え、あとは小物を残すのみである。

丈《たけ》の長い黒のローブ。縦横に一本ずつ赤いラインが入っていて、胸のあたりで十字架のようにクロスするデザイン。その上に、たっぷりドレープが入っている黒のケープ。グローブとブーツには金の飾りボタン。頭には、リボンをあしらった黒い幅広のヘアバンド。その他に、ブレスレットとかネックレスとかの細かいアクセサリーがたくさんあるんだけど、それにはまだ手をつけていない。

とはいえとりあえず衣装はできたので、試着してみることにした。ちょうどガイもお昼寝してるし、着替えるなら今のうちだ。……ガイって、多分男（オス？）だよね？というわけで、ささっとお着替え。うん、サイズばっちり！　自分の衣装がやっぱり一番作りやすいや。衣装が変わったからか気持ちが引き締まり、心なしか力が溢《あふ》れてくるような感覚まである。

それにしても、今日は朝から自分の衣装作りに夢中になっていて、久しぶりにちょっと疲れた。根《こん》を詰め過ぎてまた倒れてもいけないし、少し息抜きしようかな。見れば、ガイはまだ起きる気配がないけれど、いつの間にか入ってきたケルべえがそのガイにじゃれつきそうになっている。

私はケルべえを抱き上げると、部屋を出た。

以前は洞穴のようだった廊下も、今は綺麗に内装が整っている。前の廊下もあれはあれで魔王城っぽい趣《おもむき》があって良かったと思うけど、今みたいな黒い大理石の床や壁も高級感が漂っていていいと思う。ちなみに、リフォームには私もかなり口を挟ませてもらった。

「ちょっと城の外に出てみようかな。もし魔物に襲われても、ケルべえと一緒なら大丈夫よね」

「わふん！」

任せとけ、とばかりに鳴くケルべえを抱いたまま、私はあてもなく魔王城の中を歩き始めた。

前はほとんど人気《ひとけ》がなかった魔王城だけど、今は衛兵やメイドがそこら中を闊歩《かっぽ》している。ちなみにそのコスチュームのデザインを提供したのも、私。

私の服に憧れて魔王城に来たっていう人もいて、衣装係やお針子《はりこ》さんも結構増えた。だけど、着ると不思議な力が身に付くというのは、やっぱり私が作った服だけみたい。

「こんなに人が増えたのに、まだ志願者の列が続いてるんだってね」

「わふ！」

「ちょっと見てみたいね」

「わふぅ！」

ケルべえが私の腕から飛び出して先導する。案内してくれるのかな。

ついていくと、やがて喧騒《けんそう》が聞こえてくる。

「うわぁ〜」

やや広めのテラスに出て、そこから見下ろしてみれば、眼下に広がる列、列、列。

長期休み中の某遊園地でアトラクション待ちでもしてるのかっていう、列。

「すごいなぁ、これ全部志願者なんだ……」

しかし魔族だけあって、容姿は色々だ。頭だけ獣とか、腕がゴリラみたいなのとか。下半身が馬のような、ケンタウロスっぽい人もいる。

そんな中、ひときわ目立つ金髪のお兄さんが列に並んでいた。きちんと前を向き、背筋を伸ばした姿は真面目そう。しかも……どこかで見たことのある額飾り《サークレット》を頭につけている。

ええっと……どこで見たんだっけ、これ……と、腕組みして考えていると。

その人が、ひょいっと顔を上げてこちらを見た。

金髪碧眼《きんぱつへきがん》、爽《さわ》やかイケメン。

「あ――――――――――っ‼」

テラスの端っこで虫を追いかけていたケルベえが、私の大声にビクッと体を震わせた。

そうだ、思い出した！　この人、マギさんの部屋の肖像画《ブロマイド》で見た！

「勇者⁉」

多分、それは禁断の言葉だったのだろう。あれだけ騒がしかったのに、私の声を聞きつけた魔族達が、「勇者？」「勇者だって？」とどよめき出す。

やがて辺りは、しん、と水を打ったように静まり返った。さっきの喧騒《けんそう》が嘘のよう。ってか気付いてなかったんですか皆さん。

しかし当の勇者は、そんなことは歯牙《しが》にもかけず。こちらを見上げて、きょとんとした顔で首を傾げている。

「あれ？　キミ、人間だよね。どうして魔王城にいるの？」

緊迫した空気を、多分本人だけが感じていない。

彼はふわりとジャンプして、私のいるテラスへと着地した。

「ウ～～～～ッ」

勇者に気付いたケルべえが、歯を向いて唸《うな》っている。ケルべえのこんな顔、初めて見る。

「ワン‼　ワンワンワンワオーンッ！　ガルルルルッ」

いつも「わふう」としか鳴かなかったケルべえが、勇者に向かって激しく吠《ほ》えたてる。

「これは……ケルベロスかい？　なんだか随分可愛いサイズになってるけど……それにしてもわからない。どうして人間の君がケルベロスと一緒にいるんだろう」

ケルべえは今にも勇者に飛びかかりそうにしているけど、勇者は全く動じない。剣を抜くでもなければ警戒するわけでもなく、ただただ不思議そうだ。

客観的に見れば小さなポメが吠えてるだけだから、よほどの犬嫌いでもなければ気にならないのかもしれないけど。でも勇者はケルべえがケルベロスだって知ってるみたいなのに。

いや、魔物ってわかってるからこそ、飛びかかってきたら容赦なく切り捨てる腹づもりなのかも。そして彼にはそんな自信があるということで……

「だ、だめだよケルべえ。戻っておいで」

慌てて私はしゃがみ、ケルべえを呼び寄せた。いくら冥府《めいふ》の番犬ケルベロスといえど、今はただのポメラニアンだ……多分。勇者には魔物に見えてても、私には可愛いもふもふだ。ひどい目に遭《あ》わされるのを黙って見てるなんてできない。

必死にケルべえを宥《なだ》める私を見て、勇者は得心したという顔でポン、と手を打った。

「あ、もしかして君、騙《だま》されてるんじゃない？　その子は犬か下級魔獣みたいな姿をしてるけど、実は冥府《めいふ》の番犬ケルベロスなんだよ。リボンを外すと君の十倍以上も大きくなって頭なんか三つあるよ」

ひぃっ、やっぱそれホントなんですか。どう見ても柴カットポメラニアンにしか見えないのに……頭三つあるんですか。

想像して、抱き上げかけた手を思わず引っ込めると、勇者が「やっぱり」と声に出す。

いや、違う、騙《だま》されていたわけじゃない。ケルべえがケルベロスだってことも知ってた。ただ、にわかには信じられないってだけで……

「さあ、早く僕と一緒に人間界《エルシアン》に戻ろう。ここにいたら魔物の餌《えさ》だ」

そう言って勇者が心配そうに手を差し出してくる。

その様子からは、心底私のことを案じている気持ちが滲《にじ》み出ていて。

善良な普通の感覚を持った人間。同胞ならではの安心感。

気が付くと、その手を取りそうになっていた。だけど、すんでのところで伸ばしかけた手を止める。

私は……この手を取るべきなのだろうか？

確かに、魔王は最初私を殺そうとしてたし、服の出来が悪かったら魔物の餌にするとも言っていた。衣装係としてこうして良くしてもらっているけど、機嫌を損《そこ》ねたら今だってそうなる可能性も……ゼロじゃないんじゃないかな。

そう考えたら、勇者サイドに行く方が安全な気がする。ガイによれば、ここ最近は勇者軍が優勢らしいし。

でも、今の私は魔王軍の衣装係。ここで勇者の手を取れば魔王を裏切ることになる。

何より私の一番の目的は、元の世界に帰ってサマコミに出ること。勇者サイドに行っても元の世界に帰れるって保証はない。そもそも勇者がどんな人か全然知らないのに、簡単に信用していいものか？　同じ人間だからって、味方であるとは限らない。だとしたら魔王の方が……ううっ、一体私は何を信じるべきなの？

あれこれ考えていると、勇者が一歩こちらに踏み出した。反射的に私は一歩退《ひ》いてしまう。

「……？　どうしたの？」

「あの！　私は……確かに人間だけど、この世界の住人ではないんです。エルシアンから来たわけではないし、元の世界に帰りたいんです。でも、魔王なら、私の世界とこの世界を繋げる力を持っているって。だから私はここにいるんです」

考えが纏《まと》まらないまま、自分の身の上を説明する。別の世界から来たってことを、勇者が信じてくれるかどうかはわからないけど……

「あっ、そういう事情だったんだね。なるほど」

ニッコリ笑った勇者が、ポンッとまた自分の手の平を拳《こぶし》で打った。

うん、あっさり信じてくれました。

「確かに、魔王なら空間を歪《ゆが》める力も持っているかもしれないね。僕には出来そうもないや」

苦笑しつつもこれまたあっさり。

だとしたら、やっぱり私は魔王に縋《すが》るしかないってことよね……サマコミに出るには。

「でも」

私が覚悟を決めた時、勇者はふと眉根を寄せた。今までの穏やかな笑みが消えて、お腹の中がヒヤッとするような険しい顔をする。

「危険だ。確かに魔王は君の願望を叶える力を持ってるかもしれない。でも、彼がそれを叶えると思うかい？　彼らは人の姿をしているけれど、本性は魔物だ。自分の欲求のままにしか行動しない。戯《たわむ》れに君の願いを叶えることもあるかもしれないけど、戯《たわむ》れに食われる可能性の方がはるかに高いんだって、君はちゃんと理解してる？」

――している、はずだけど。

面と向かって言われると、自分がどれだけ危険な賭《か》けをしてるかということを思い知らされる。

「僕には無理でも、僕の仲間には魔法使いや賢者がいる。相談すればなんとかできるかもしれない。まずは身の安全が第一だ。やっぱり君はこっちに来るべきだよ」

正論だ。時間がかかっても元の世界に帰れるなら――サマコミは来年もある。命あっての物種《ものだね》だし……どうしよう。

勇者がまた一歩踏み出す。私は動けない。ケルベえが唸《うな》り、今にも飛びかかりそうにしている。

「動くな」

静かな声が、耳を打った。

一呼吸置いて、私と勇者の間を割るように、魔王が姿を現す。

「とんだ招かれざる客だ」

魔王は勇者の方を見ていて、私からはその背中しか見えない。でも、風になびくストールと黒髪だけで既にカッコイイ。あっ、後ろにもう少し装飾があってもいいかもしれないな……

っと、今はそんな場合じゃない！

まだ唸り続けているケルベえを抱き上げながら、勇者の方をそっと窺《うかが》う。すると、彼はまたきょとんとした顔をしていた。およそ、因縁《いんねん》の相手と対峙《たいじ》するのとはかけ離れた表情。

待つこと数秒。

「ああ！　誰かと思った」

突然、勇者が大声を上げたので、ビクッてなってしまった。

本当に誰かわかってなかったんかい！

「どうしたのその格好。やたらかっこよくなっちゃって」

一瞬皮肉かと思ったけど、勇者の表情にはそんな色は微塵《みじん》もない。

……あ、そうか。勇者はまだセンスの悪い魔王しか知らないんだ。確かに、私が最初に会った時の魔王と今の魔王は別人だものね。いやでも、だからって、全く気が付かないってどうなの。悪気がないなら、天然だとしか思えない。

「言いたいことはそれだけか？」

魔王の周りで、黒い稲妻《いなづま》がスパークする。うわっ、ちょっと当たるじゃないの！　今ちょっぴりビリッとしたんですけど⁉

「ううん、他にもあるけど、とりあえず並び直すとするよ」

はい？

バチバチしてる稲妻《いなづま》にもお構いなし。勇者はクルッとこちらに背を向け、スタスタと歩いていく。

「な、並び直すって？」

思わず勇者の背に問いかけると、彼は首だけで振り返って言う。

「うん。だってあの列、みんな魔王城に入るためのものでしょ？　ちゃんと順番は守らないとね」

　キラッ☆

　ってな効果音が入りそうな爽《さわ》やか笑顔に、私はコケそうになる。

　さすが勇者……筋金入りの真面目っ子なのね……。でも、一触即発《いっしょくそくはつ》の魔王を前に順番待ちとは、天然を通りこして空気読めないというか大物というか。

　当然魔王も黙っているはずがなく、黒い稲妻が一筋、勇者の眼前に落ちる。

「今言え。貴様を待つほど俺も暇ではない」

　進路を阻《はば》まれ、やれやれと言った感じで勇者はこちらに向き直った。

「……最近やけに魔王軍が盛況っていうから、様子を見に来ただけなんだけどね。新しい用事ができた。その子を解放してもらう」

　勇者が人差し指を伸ばして、私を指す。えっ、私？　私ですか？

「ふざけたことを。リセは魔王軍——すなわち俺のものだ。本人に聞いてみるがいい」

　キュンッ！

　俺のものって言いました？　今？　言いましたよね？

　かあああって顔が熱くなって、私は思わずケルべえをぎゅうううっと抱きしめた。

「わふ……ッ」っとケルべえが苦しそうに呻《うめ》く。

「また君は、そうやって人を所有物みたいに。人間は物じゃない！」

うん、すっごく正論だけど～、乙女はイケメンになら所有物にされてもいいっていうか～、むしろされたいっていうか～。

「わふッ……ふ」

あっしまった、ケルべえを抱きつぶすところだった。慌てて力を緩《ゆる》める。

「可哀想に、そんなに怯《おび》えて。こっちにおいで。ここは君がいるべきところじゃない」

あっ怯えてるように見えましたか。そういうわけじゃなかったんですが。

勇者が手を差し伸べながらこちらに近付こうとする。するとケルべえが再び歯を向いて勇者を威嚇《いかく》した。私が口を開く前に、魔王の朗々《ろうろう》とした声が辺りに響く。


『我、魔王が定義する！　深淵《しんえん》の闇は、光を燃やす炎！』


黒い爆炎が勇者に炸裂《さくれつ》する！

いや、一呼吸早く、勇者は宙に逃れていた。けれど黒い炎は勇者を追うように爆発を続け、さすがの勇者もテラスから飛び下りる。その瞬間の呟《つぶや》きが私の耳にも届いた。

「変わったのは見た目だけじゃないってことか……っ」

あの技は魔法ではなく、キル様の技だ。勇者にそれを知る術《すべ》はないけど、魔王が新しい力を得たってことには勇者も気付いたようだ。

彼を追って下を覗《のぞ》き込むと、待機していた魔族達が待ち構えていたように一斉に勇者に襲いかかる。

「ちょっと待ってよ。僕は戦いに来たわけじゃないんだって」

ひらりと勇者が宙に舞い、魔族達の攻撃をかわす。そのまま、塀の上にスタンッと華麗に着地する勇者。しかし間髪《かんはつ》をいれず、その場所を黒い稲妻《いなづま》が打ち据《す》える。

「あぁっ！」

確実に命中したと思って、私は思わず目を閉じる。恐る恐る目を開けると、稲妻は勇者に届いていなかった。彼が頭上にかざした盾に阻《はば》まれ、バリバリと黒い火花を散らしている。

「戦いに来たんじゃないって言ってるのに」

「笑止！　宿敵に縄張りを侵されて戦わぬ者がいるか」

魔王も地面に下り立ち、勇者との距離を詰める。赤い目が細められ、にやっと唇が孤を描《えが》くのを私の２・０の視力がばっちり捉《とら》える。その残忍な表情、まさに魔王。

「死ね」

スッと魔王が手をかざすと、勇者の目の前に禍々《まがまが》しい魔法陣が出現した。魔王がその手をクルッと回すと、それに応じたように、陣がいくつも出現して勇者を取り囲む。

そして次の瞬間、すべての魔法陣から一斉に、黒い光が撃ち出される！

これじゃいくら勇者でも、ひとたまりも――

「ふー、危なかった。驚いたよ」

言葉通り、驚いたような声が頭上から降ってくる。黒く濁《にご》った空に、光を纏《まと》った勇者が浮いている。彼は流れ星のごとく光の尾を引きながら、再びテラスに下り立った。

その途端、石の床を抉《えぐ》る黒い光が、雨のようにテラスに降り注ぐ！

って、待って待ってテラスって私もいるんですけど！

「きゃあああ⁉」

黒い光を避けようとして、逆にバランスを崩して転んでしまう私。その拍子に腕の中のケルべえが放り出されて転がっていく。

「ケルべえ！」

私の意識がケルべえに逸《そ》れた、その瞬間。

「危ない！」

すぐ耳元で、勇者の声。

その直後、降り注ぐ黒い光から庇《かば》うように、勇者が私に覆いかぶさっていた。

「勇者さん⁉」

黒い雨が止んで、起き上がった勇者を見ると、その頬は裂けて血が流れていた。私を庇う前までは傷一つなかったはずだ。私のせいで、怪我を……それも整った顔に。なんてことだ。

ドロッと流れ出た血を勇者は乱暴に手で拭《ぬぐ》い、キッと魔王を睨《にら》みつけた。

「自分のものだと言いながら、彼女を巻き込む……もう許せん」

勇者が片手で私を抱き寄せる。

……私、どっちかっていうと、正統派真面目イケメンより、ちょっと意地悪な俺様派なんだけど。

傷を負いながら私を庇《かば》ってくれるその姿。間近に見える、血で汚れた横顔。宿敵を睨み据《す》える、強い視線。こんな状況なのに、思わずドキリとしてしまう。

「その手を離せ！」

ここにきて、さっきまで余裕の口調だった魔王が声を荒らげる。表情も、いつになく険しい。

このシチュエーション、もしかして……イケメンが私を奪い合ってる⁉

待って、おいしいとか考えないで私の頭！　それどころじゃないよ、このままじゃ私、勇者軍に連れ去られちゃう。それでいいの？

でも、魔王軍にいて無事に済む保証なんてどこにもなくて。

魔王は所詮《しょせん》魔王。戦いの最中《さなか》、小娘の安否なんて気にかける優しさは持ち合わせていないの。お話の中でなら、冷酷なヒーローも大好きよ。ヒロインより私欲《しよく》上等、それくらいの方が男らしい。

だけど私がそのヒロインポジなら、守ってくれないと困るわけ。だって死にたくないもん。

だめだ、勇者の手を振りほどけない。

騒ぎに気付いた四天王が駆けつけ、それぞれ勇者を睨《にら》みつけながら構えを取る。

しかしその時には既に、勇者は呪文を叫んでいた。

『勇者が定義する！　光は此方《こなた》と彼方《かなた》を繋ぐ扉となる！』

急に目の前に眩《まばゆ》い光が現れて、大きな門を形作る。門の向こうに見えるのは魔王ではなく、見たこともない、緑なす景色だった。勇者は私を抱えたまま、迷いなく扉の中に飛び込んでいく。

たぶん、扉の向こうに見えるのが、人間界エルシアン。

「待って、勇者さん！　私は――」

振り返った先で、扉が閉まっていく。魔王城が光に包まれて、見えなくなる――

「わふう！」

「リセ！」

完全に扉が閉まる少し前に、二つの黒い点が飛び込んできて。

そして、扉は消えた。

＊　＊　＊

『魔王が定義する。闇は力を縛り、奪う鎖《くさり》！』

勇者が作り出した光の扉に向かって、俺は渾身《こんしん》の力で魔法を撃ち込んでいた。

集《つど》いし闇が幾重にも連なって鎖状《くさりじょう》の束となり、扉を強襲する。

「ま、魔王様⁉　リセさんを巻き込んでしまいます！」

マギが狼狽《ろうばい》して叫ぶが、俺はそれを無視した。

その可能性を考えていなかったわけではないが、連れ去られるよりはマシだ。傷は癒《い》やせばいい。だが、どちらにしろ遅いということもわかっていた。それなのに、攻撃してしまったのは。

——結局のところ、苛立《いらだ》ちだ。それを認めてしまえば、さらなる苛立ちが襲ってきた。

扉は消え、残っていた光も完全に消えてしまう。

「マギ！」

「ひゃ、ひゃいい！」

不機嫌もそのままにマギを呼びつける。

「結界を強化しておけ。勇者なんぞが入ってこれんようにな」

「すすす、すみません‼」

萎縮《いしゅく》して詫《わ》びるマギの傍らで、他の四天王達も俺に向かって跪《ひざまず》く。

「申し訳ありません、魔王様！　ネズミの侵入を許すどころか御許《おんもと》へ参上するのも遅くなり……」

「すまねえ、魔王様《ヘッド》！」

「すみません……」

ソード、アーム、ハウンドが次々に詫《わ》びる。

俺はそれを聞くともなしに聞きながら、城の中に引っ込んだ。外からは、「魔王様！」と俺を讃《たた》えるような志願兵達の声が聞こえてくる。俺が勇者を追い払ったのだと思っているのだろう。

――忌々《いまいま》しい。

勇者が魔王城にやってくるのは初めてではない。

いくら結界を強化しても、奴は軽々と侵入してくる。それも、何度も何度も。そして、本気で戦うわけでもなくチョロチョロしたかと思うと、こちらが本気になる前に帰っていく。

何をしたいのかと問えば「偵察」とほざく。それを真面目に言うのだから全く理解できない。

だが、だからといって、俺も本気で奴を倒そうとはしていないのだ。

奴が現れれば、魔王として相対し、攻撃もする。だがそれで奴がトゥオネラを出ていったところで、深追いはしなかった。本来ならば逃がすべきではないことはわかっている。この場を勇者の墓にすべく、全力を以《もっ》て潰《つぶ》せばいい。そうわかっていながらやる気にはなれない。

――俺は物心ついた時から魔王で、トゥオネラを統《す》べ、勇者を倒すことを目的として生きてきた。

だが、それは何故だ？　何故俺は魔王で、勇者を倒さなければならない？

その疑念は、勇者が現れるごとに強くなっていくばかりだ。

だが、あの小娘が――リセが現れてから、疑念は少しずつ薄れていった。

あの娘が何かするごとに、風向きが変わる。勇者を倒したわけでもなく、エルシアンに侵略したわけでもないのに、だ。それでも、民は沸き、兵は集《つど》う。

それだけのことを成し遂げながら、自分は何者でもないとのたまい、さらには生まれつき魔王であるこの俺に、羨望《せんぼう》すら抱《いだ》いている。そして、俺にこう問うた。

――好きなものはないのかと。

そのような考えは俺にはなかった。ただ魔王という称号と、勇者と戦う宿命があっただけだ。

面白い。脆弱《ぜいじゃく》なニンゲンならではの考えは、下らなくも、興味深い。

「――理由ができた、か」

部屋で一人椅子にもたれて考えるうち、俺はそれに気が付いた。

気に入りの玩具《おもちゃ》を取り返しに行く。これは俺の〝意志〟だ。

あれはあと十一日間、俺の所有物だ。

ゆっくりと椅子から立ち上がり、そして、息を吸い込んだ。

「ソード、アーム、マギ、ハウンド」

その四つの名を口にすると、間を置かずして、俺の前に四つの人影が現れる。

「お呼びでしょうか、魔王様」

かつて兵が全て去った後も残った、俺の忠実な腹心達が頭を垂れる。彼らを前に、俺は高らかに言い放った。

俺がトゥオネラに君臨してから、初めて口にする言葉を。

「――エルシアン進撃を開始する！」

＊　＊　＊

わんわん、わんわん、わんわん。

やたらと犬の鳴き声がうるさい。おかしいな、私のマンションはペット禁止だし、犬の鳴き声なんかするわけない……それに、なんか草の匂いがするし。

いや、そんなことより、寝ている場合じゃない！　サマコミまであと何日だっけ？

服、服を作らなきゃ‼

と、飛び起きて、ここが自分の部屋じゃないことに気付いた。しかも、魔王城でもない。

いつも薄暗かったトゥオネラでは見たことのない眩《まばゆ》い太陽の光。緑なす草原。剣を構えたイケメン。対峙《たいじ》するポメラニアン、そして空飛ぶガイコツ。

「わーっ待って待って！　勇者さん何してるんですか⁉」

後半、魔王城でとっても見たことのあるものが交じってた。

私は勇者に連れられてエルシアンに来たはずなのに、何故かケルベえとガイの姿がそこにある。彼らがついてきたのは勇者にとっても予想外だったんだろう、剣を構えつつも表情は戸惑っていた。

「何って、魔物が二匹ついてきてしまって……しかし、なんとも倒しにくい外見だなって……」

そりゃあそうでしょう。いくらケルべえが冥府《めいふ》の番犬ケルベロスだって言っても、今の見た目はただの子犬なんだもん。私だって、目の前でケルべえが剣に貫かれるなんて嫌だ。

勇者――勇者さんの気が変わる前に、慌ててケルべえを抱き上げる。

「ケルべえはケルベロスかもしれないけど、リボンを外さない限りはこの姿なんでしょ？　お願い、ケルべえを殺さないで下さい」

ケルべえは多分、私を心配して追いかけてきてくれたんだよね。抱き上げると、私の頬をペロペロと舐めた。やっぱり私には危険な魔物に見えない。勇者さんもその姿を見て戦う気をなくしたのか、一度剣を仕舞いかけた。だけど、思い出したように空を見上げる。

その視線の先には、空を飛び回るガイの姿。ガイは見た目こそ魔物そのものなんだけど、襲い掛かってくる気配がないせいか、勇者さんもとりあえず剣を向けたりはしないようだ。

「……あの魔物も、君を追いかけてきたみたいだけど……」

勇者さんの戸惑いの声に反応したのは、私ではなくガイの方だった。

「だーーーーれが魔物じゃっ！　失礼な勇者じゃのう。ワシは精霊王じゃ‼」

「せ、精霊王⁉」

勇者さんが面食らった声を上げる。しかし、すぐにふるふるとかぶりを振った。

「精霊王の長き不在を良いことに、魔物風情《ふぜい》が精霊王を騙《かた》るな！」

あ、不在ってことになってたんだ。魔王城でガイコツにされてたとかじゃなく。

私の心の声を余所《よそ》にガイはますますいきりたつ。

「無礼な小僧じゃ！　ワシがお前の先祖、勇者アレンティスに力を貸してやったから、人間が魔王軍に抗《あらが》えるようになったと言うに……これだから最近の若いもんは……」

はあああ、とガイの長いため息が降ってくる。おじいちゃんの小言みたいな言い方に私は苦笑したけれど、勇者さんは蒼白《そうはく》になって剣を仕舞った。

「な、何故大爺様《おおじいさま》の真名《まな》を……＊＊＊＊」

「だから精霊王だと＊＊＊＊＊」

ん、あれ？　耳がおかしくなったのかな。急に二人が何を言ってるかわかんなくなってきた。

「わふわふ？」

やっぱり、ケルベえも何言ってるかわかんない。あ、ケルベえは元々わかんなかったや。

「ね、ねえ、ガイ、勇者さん？」

まだ何か言い合っている二人に声をかけると、二人ともぎょっとしたようにこちらを見る。その様子から察するに、二人にも私の言葉が通じていないらしい。

しばらくガイは怪訝《けげん》そうに私の方を見ていたが、やがて得心した、というようにカタカタ何度も頷いた。そして、ついっと私の目の前まで下りてくると、何やら呪文めいたものを唱え出す。

『＊＊ガイ＊＊＊、リセ＊＊＊＊！』

パシッと、一瞬目の前で火花が弾けたみたいな感覚。気のせいかなってくらいのものだったけど。

「どうじゃ、言葉がわかるようになったか？」

「あ……！」

元通り、ガイが何を話しているかわかるようになった！

「わかる！　わかりますよガイ」

でも、なんで急に言葉が通じなくなったんだろ？　その疑問を察したのか、ガイが説明を始めた。

「魔物にはいろんな種族がいて、言語体系も様々じゃからの。魔王城には昔から、それを補《おぎな》う魔法が掛かってるんじゃ。当然それはリセにも及んでいたが、勇者の転移魔法で魔王城との繋がりが切れて、効力が薄まってきたんじゃろう。じゃから、ワシが新たに魔法を上書きしてやったぞ」

あ、そうか。そう言えば魔王もそんなこと言ってたっけ。

それにしても……成り行きで魔王城を出てきてしまったけど。

魔王、怒ってるかな。裏切りだって思ってるかな。それとも、小娘一人いなくなったくらい、歯牙《しが》にもかけないだろうか。

「しかし、こんな形で魔王城から出られるとは思わなんだ。魔王を手なずけるだけでなく、勇者とも通じていたとは、リセはやっぱりただ者じゃないのう」

またガイが変な誤解してる。

「だ、だからねガイ。私はただの……」

「失礼しました、精霊王様!!」

ただのコスプレイヤーで、っていう私の言葉を、突然勇者さんの叫びが遮《さえぎ》った。彼は地面の上に跪《ひざまず》き、深々《ふかぶか》と頭を垂れている。

「大爺様《おおじいさま》の真名《まな》をご存じの上、言語を操《あやつ》る魔法を使われる……そんな魔物がいるはずありません。どうかご無礼をお許し下さい」

「ふむ、わかれば良いのじゃ」

空飛ぶガイコツに、跪くイケメン。妙な絵面《えづら》だけど……ガイは満足そうだ。ケルべえがケルベロスだなんて思えないように、ガイも精霊王なんてすごいものには見えないんだよね。

「君は不思議な人だ。ケルベロスを手なずけ、魔王軍に属していたにもかかわらず、精霊王様とも親しく見える。一体何者なんだい？」

ガイと話してた勇者さんが私に問いかけてきた。しかも勇者さんまでガイみたいな誤解してる。

「誤解です。さっきも言ったけど、私はたまたま魔王城と部屋が繋がっちゃった一般人で……」

「ああ、そうか……あ、君のことは何て呼べばいい？　僕はアクティス・ヘリオーティス・リヒト・グレンツェン。ややこしくてごめんね、色んな地方の古い言葉で全部〝光〟を指しているんだ。通称だけど、万が一にも魔物に名を利用されないように、魔除けの力を込めている」

「あ、アク……あ、はい」

口頭で一回聞いただけじゃさすがに覚え切れない。勇者さんでいいや。

「梨世と呼んで下さい」

「リセ。それに精霊王様。ここは、魔王城の南に広がる荒野を抜け、トゥオネラとエルシアンとの境界を越えたところで、この草原をこのまま北へ進めば、最前線の街ペリペティアがあります。そこに僕の仲間達もいるので、とりあえずそちらへ」

勇者さんの提案に、私は頷くしかなかった。ここにいても仕方ないし、人間界に来てしまった以上、今は彼を頼るしかないだろう。

トゥオネラの空はいつも暗かったけど、ここは明るい。さっきトゥオネラとの境界は越えたって言ってたし、ここはもう人間の領地……エルシアンってことか。

勇者さんが歩き出した方角とは逆の空を見上げると、そちらはどんよりと曇っていた。多分あっちがトゥオネラなんだろう。すごく遠くに山の影が見えるけど、肉眼では魔王城は見えない。かなり離れてるみたいだ。

というわけで、私達はそのペリペティアを目指して歩き出した――は、いいものの。

青々と茂る草原は途方もなく広大で、行けども行けども草ばかり。最初は目を見張ったりしたけれど、代わり映《ば》えしない景色は疲労を加速させていく。

「えっと……まだ、街には着かないんですか……？」

最初は雑談する気力もあったけど、歩き通しで日が暮れてくるとそうもいかなくなってきた。空を飛んでるガイや、体力のありそうな勇者はともかく、一般的な女子の私はいい加減しんどくなってきた。いや、裁縫好きで引きこもりがちな私は、一般女子以下の体力と言えよう。抱っこしてたケルべえも途中で下ろした。そのケルべえも元気いっぱい走り回ってる。

「ごめん、もう少しだから。それとも、ここで野営する？」

現代っ子でインドア派の私としては、野営は遠慮したい。もう少しで着くなら……我慢して歩こうか。しかし、勇者さんの言う「もう少し」ってどのくらいなんだろうか。

「あの、勇者さん。魔王城から人間界まで来たのって、さっきみたいな転移魔法なんですよね？　だったら、街まで転移はできないんですか？　それと……あれで私の世界へ転移する、っていうのはやっぱり無理なんでしょうか」

できればとうにやっているだろうって気はしたけど、ダメ元で聞いてみた。

勇者さんが「その手があったかー！」なんて明るい声を上げてくれるのを期待したけど、当然ながらそんな旨《うま》い話はなかった。

「そうできればいいんだけど、僕の魔力じゃ、細かい転移先の指定まではできないんだ。

僕がトゥオネラに行く時も、大体荒野に下りてそこからは徒歩だしね。行ったことのないところには飛べないし、トゥオネラからエルシアン、みたいな広い範囲ならともかく……たとえば、今から街に転移しようとしても、下手したら遠くなる可能性がある」

なるほど……つまり、私の世界には行ったことがないから無理ということか。最初っから勇者さんは無理だと言ってたしわかってたけど、落ち込むなー。魔王城を出てしまった今となっては、勇者さんの仲間に望みをかけるしかないか。

そう思い、私はトボトボと歩を進める。

幸い、勇者さんの「もう少し」は本当にもう少しで、日が落ちる前には私達はペリペティアに辿《たど》り着いていた。

＊＊＊

「ようこそ、最前線の街、ペリペティアへ！」

わぁ～、こんなRPG《ロールプレイングゲーム》の村人Aみたいな台詞《せりふ》言う人、ほんとにいるんだ～。

飾り気のない、素朴なワンピースの女性にお決まりの言葉で迎えられつつ、ペリペティアの街へと足を踏み入れる。ガイは魔物と間違われかねないので、私がつけていたケープに包んで運ぶ。犬にしか見えないケルべえは、普通に私の足元をポテポテ歩いていた。

ペリペティアは、高いレンガの塀にぐるっと周りを囲まれた街だった。最前線、ということから武装された物々しい雰囲気を予想していたけど、そんなことは全くなくて。街を行きかう人々の表情はみんな明るいし、もう陽が暮れるせいか、宿の呼び込みなどで通りは賑《にぎ》やかだ。

強いて言えば、塀は攻撃に備えた物だと思うけれど、壊れた跡とかも特にない。まさに平和そのものといった風景だった。

「最前線なのに、平和そうですね」

「ああ、昔はさっき歩いてきた草原が戦場だったんだ。あの草原の向こうにエルシアンとトゥオネラの境があるけれど、ここ何年かは激しい戦闘がなかったからね。その間に、街の雰囲気もずいぶん明るくなったって聞いてるよ」

私の疑問に、勇者さんがそんな風に答えてくれる。

「だけど、今もトゥオネラの監視はずっとここで行《おこな》っているんだ。勇者軍の駐屯《ちゅうとん》する宿舎もあるし、何かあればいつでも出撃できるようになってる。ごくまれにだけど、魔物がエルシアンに侵入してくることもあるからね。僕の仲間達がその宿舎にいるから、紹介するよ」

　軍の宿舎というから無骨な建物を想像していたけど、案内されたのはレンガ造りの意外とオシャレな建物だった。観葉植物があちらこちらにセンスよく飾られている。

「あ、勇者ちゃん～。お帰りなの～」

　すれ違った女の子が、おっとりした口調で勇者さんに声をかけてくる。

　私よりも背の低いその女の子は、白襟《しろえり》に紺色のワンピースを纏《まと》っていた。襟元には、とても真似できないほど細かな金刺繍《きんししゅう》が入っている。スカートは膝丈で、パニエをつけてるのかな、綺麗に裾が広がってる。黒いブーティーには服と同じ紺色の大き目リボン。リボンには黒のレースがあしらわれていて、芸の細かさを感じる。

　つま先まで見てから、視線を再び頭に戻す。亜麻色《あまいろ》のボブカットを黒のカチューシャで留めている。カチューシャには金細工のモチーフ。くりっとした大きな瞳はサファイアのようなブルー。この衣装が文句なしに似合う、すごく可愛い子だ。

「あれっ、勇者ちゃん、お客さま？」

　大きな二つの瞳が私を捉《とら》えた。口元に手を当てて首を傾げる姿は、あざといくらいに決まってる。

「うん、彼女はリセ。魔王城で見つけたんだ」

「勇者ちゃん、遅いと思ってたら魔王城まで行ってたの？」

「うん、なんか魔王軍が賑わってるみたいだから、何があったのか気になってさ」

会話をしつつ女の子は腰に手を当て、ぷうっと頬を膨《ふく》らませる。けど、すぐにニコッと笑って私の方に向き直った。

「こんにちは、わたしは勇者軍でシスターをしていますの」

シスター⁉　ああ、言われてみれば紺と白のカラーリングはシスターっぽい気もするけど……聖職者がこんなスカートでいいの？

とはいえ、コスプレしてみたくなるくらい可愛い子なのは間違いない。特徴的な口調を含め狙いすぎな感じはするけど、絶対その手の人から支持されるキャラクターだわ。

「リセを紹介したいから、みんなを集めてくれるかな。報告したいこともあるし」

「了解ですの、勇者ちゃん。そのあと、ご飯にしましょうね～」

シスターちゃんはのほほんと答え、袖口から金色のベルを取り出した。それをチリンチリンと鳴らすと、たちまち宿舎中のあちこちからチリンチリンと同じベルの音が聞こえ始める。

「わたしが作った魔法のアイテムです。二回鳴らしたら、食堂に集合の合図なのよ。さ、わたし達も行きましょう？」

スカートを翻《ひるがえ》しトコトコと歩いていくシスターちゃんに勇者さんが続き、私もその後を追った。

そして、食堂にて。

黒のハードレザーを着込んだパンクルック風のちょっとチャラそうなイケメン、露出度の高いシースルーな衣装に身を包んだスタイル抜群の妖艶《ようえん》な美女、騎士風の豪奢《ごうしゃ》な銀の鎧《よろい》を纏《まと》った正統派美青年……と、古今東西のあらゆる美男美女大集合って感じで、勇者軍の幹部が一堂に会する。勇者さんは私を伴《ともな》って所謂《いわゆる》お誕生席に当たる場所に移動すると、よく通る声を張り上げた。

「みんな、聞いてくれ。最近、魔王城に動きがあったとの報《しら》せを受け、今日ちょっとトゥオネラまで足を運んでみた。報告の通り、魔王軍は活性化しつつあって、魔王の力も以前より強くなっている気がする。ここしばらくは大きな戦いもなく平和だったが、皆気を抜かず備えてほしい」

……魔王城に動きがあった原因は、私なんだよね。こうして聞いていると、私が平和を乱しちゃったような気がするなあ。私、ほんとに勇者軍にいてもいいんだろうか……ちょっと不安になってきた。これ、戦争になっちゃったりしないよね。大事《おおごと》にならないよね……？

　それにしても……さっきまでざわざわしていたのに、勇者さんの話が始まったら急にみんなシンとなるんだな。今しがた勇者さんは〝この頃は平和〟と言ってたけれど、そんな中でもよく訓練されているという感じだ。それに、勇者さんのカリスマ性もすごい。ただ、お喋《しゃべ》りをする人はいないものの、その反応は十人十色。勇者さんの話を聞いて神妙な顔をする人もいれば、終始無表情な人もいるし、ずっとにやにや笑ってる人もいる。さっきのシスターちゃんは「あらあら」と声を漏らしたが、あまり大変そうという感じには見えない。

「はいはい、しつもーん」

　勇者さんの話が一区切りついたところで、パンク風のチャライケメンが授業中よろしく手を挙げる。

「そっちのニューフェイスは？」

　彼の指先は私に向いていて、なんだかちょっと緊張。

「うん、今紹介する。彼女は魔王に囚われていたので連れて帰ってきた」

「り、梨世と言います。よろしく」

「まあ、可愛い子！　魔王に囚われていたなんて、どこの国のお姫様なのかしら？」

妖艶《ようえん》なお姉さんが、私を見て歓声を上げる。うん、やっぱ魔王に囚われてたって言われたら、そうなっちゃうよね。別に囚われてたつもりはないんだけど、勇者側からすれば、魔王城に人間がいたらそう見えるのも仕方ないのかな。RPG《ロールプレイングゲーム》の王道だもんね。

「違うんです、私はただの一般人なんですが……」

「彼女は、どうもエルシアンともトゥオネラとも違う、別の世界から来たようなんだ。それで魔王城に迷い込み、魔王に騙《だま》されていたんだよ」

「あら、それは可哀想に」

お姉さんが長くて綺麗な指を頬に当てて、気の毒そうな視線を私に向けてくる。

別に騙されていたわけではないんだけど……ないよね？　餌《えさ》にされそうにはなったけど。

「ねえねえ、可愛い服着てるわねえ。どこで買ったの？　どこの職人ギルド《ブランド》の？」

「え？　ええっと、これは……自分で作ったんです」

「えっそうなの？　じゃあ、あなたは職人なのね。私は踊り子よ、よろしくね」

ああ、やっぱり踊り子なのか〜。道理でスタイル抜群、服も露出重視なわけだ。でも、こんなに露出が高いのに下品な感じはしないし、アクセサリーもセンスがいい。踊り子ってことはやっぱりゲームみたいに扇《おうぎ》で戦ったりするのかな。

「リセ、自分でその服作ったってことはもしかして……魔王の服も君が作ったりした？」

「え⁉　あ、はい」

突然勇者さんに聞かれて、思わず素直に答えてしまった。すると、踊り子のお姉さんが驚愕《きょうがく》の表情で身を乗り出してくる。

「え、魔王の服ってあのダサダサの？」

「それが、なんかカッコ良くなってたんだよね。僕も一瞬誰かわからなかった」

「あぁ、わかった。リセちゃん、あのダサダサな服に耐え切れなくなったから、服を作ってあげたんでしょ？　わかるわぁ～、魔族のセンスって有り得ないわよねぇ～。素っ裸よりはマシだけど」

あっ、素っ裸の時代があったってマジだったんだ。確か、勇者軍から『服を着ろ』ってクレームがあったんだよね。けど魔族のセンスが壊滅的なことは、勇者軍も予想できなかったのだろう……

私が遠い目をしていると、やがて勇者さんが言葉を継いだ。

「まあそんなわけで、彼女は元の世界に帰る方法を探している。魔力の強い者は相談に乗ってやってくれ」

「りょーかいっ！」

元気に声を上げたのは、さっきのチャライケメン。彼は席を立って私に近付いてくると、ずいっと顔を寄せてきた。

「勇者軍で一番魔力が高いっていったら、賢者のオレだから。何かあったらオレに相談してよ」

後ろの壁に手をついて――所謂《いわゆる》壁ドンしながら、賢者の彼。

さっきのシスターちゃんがかろうじてシスターっぽいカラーリングしてたのに対し、彼は色んな意味で賢者風味ゼロです。

「そんなことないですの。魔力ならわたしも負けてませんの」

「ちょっと賢者ぁ。いつアナタが勇者軍一になったの？　賢者だからってでかい顔しないでよね」

シスターちゃんと、魔女風の大きな黒い帽子を被った女の子がブーイング。

魔女風の帽子――所謂《いわゆる》黒のとんがり帽子なんだけど、クラシックなデザインと見せかけて赤いリボンが映《は》えていたり、裏地にレースがあしらわれていたりと古めかしい感じはしない。黒いキャミワンピなんかとっても今風で、とんがり帽子とのギャップがあるけどそれがまたいい。

「リセ、みんな頼りになる仲間ばかりだ。みんなで力を合わせれば、魔王なんかに頼らなくても君が帰れる方法はきっと見つかるよ。困ったことがあったら何でも言って」

壁ドンスタイルの賢者さんを押しのけ、勇者さんがそう言ってくれる。

——そうだよね。魔王なんかに頼らなくたって……一度でも、私を魔物の餌《えさ》にしようとした人になんて頼らなくたって。いくらキル様にそっくりだって。

いや、待って。冷静に考えてキル様そっくりってのはかなりデカいぞ。って命が懸《か》かってんのに萌《も》え優先でいいのか私⁉　もっとよく考えて⁉

葛藤しつつも、私は改めて勇者軍の面々を見回す。

ここの人達はみんな悪い人じゃなさそうだし、カッコイイし、可愛いし、着ている服もとっても素敵。みんな似合ってる。それこそ、コスプレしたくなるほど。

だけどなんでだろう。何故か私の心には、得体の知れない違和感が引っかかっていた。

＊＊＊

私に宛《あて》がわれたのは、ふかふかのベッドとドレッサーの付いた部屋だった。私の１Ｋマンションの洋間と同じくらいの広さで、ベッドも特別大きいってわけじゃないけど、一人で寝るには十分。シーツはお日様の匂いがして健康的。

部屋に入ってすぐにガイをケープから出すと、ガイは伸びをして骨をポキポキと鳴らした。

勇者さんは、彼の呪いを解く魔法も仲間に考えてもらうと言っていたけれど、ガイはあまりこの姿を人目に晒《さら》したくないらしく、自分が精霊王であること自体を口止めしていた。それで、今までケープの中に隠れっぱなしだったのだ。

「意地を張らずに、賢者さんにお願いすればいいのに」

ぼそっと言うと、ガイは「とんでもない！」と首を振る。

「あんな若造共に頭を下げては、精霊王の沽券《こけん》に関わるわい」

変にプライドが高い精霊王である。

まあ、そんなこんなで、勇者軍での何の不自由のない暮らしはこうして始まった。

食事は日に三回、食堂でみんなと一緒に食べる。一人ずつトレイを持って並び、厨房《ちゅうぼう》の前まで来たら、コックさんに好きな料理を注文するシステムのようだ。学食やフードコートみたいな感じ。

他の皆は「プシュリのピラフィー一つ！」とか「カウマステーキをレアで」とか思い思いに注文している。この世界の料理についてよく知らない私は何を注文すればいいのか戸惑ってしまったけど、それを話したらコックさんがオススメ料理を作ってくれた。

味付けしたご飯を家畜の卵で包んだという、所謂《いわゆる》オムライスのような料理と、野菜のサラダ。よく見たら他の皆のお皿にも同じサラダが載っているから、どうやら全ての料理にサラダが付くみたい。栄養バランスに配慮してるんだろうなぁ。

勇者軍のみんなは気さくで陽気な人ばかり。ご飯を食べている時も、あれこれ話しかけてくる。

「ねえねえリセ、ここの暮らしはどう、困ってることない？」

「えっ、あっ、はいっ！　みんな優しいので平気ですっ！」

周りがあまりに美男美女なので、ついつい上がってしまう。

「ねえリセ～、夕方空いてる？　一緒に買い物行こうよ！」

「い、いいんですか⁉」

「リセ、その服も可愛いけどさー、そろそろ王都の最新ファッションがペリペティアにも入荷されると思うんだよね～。一緒に服、新調しちゃおうよ！」

「服……！　見たいです！　あっ、で、でも私お金が……」

「ねー賢者ぁ、こないだボーナス入ったばかりでしょ？　新しいメンバーに服の一着くらいプレゼントしなさいよ。ついでにアタシにも！」

「はぁ？　なんでお前にプレゼントしなきゃなんねーんだよ。リセはともかく」

「やったね、リセはいいって♪　じゃあ、訓練終わってから、五時の刻に精霊王像の前集合ね！　他に行く人〜！」

魔女風の彼女が、同行者を募《つの》って回る。……なんだか、バイト先の大学生達のノリを思い出すなぁ。訓練は真面目にやってるけど、それぞれ自由に楽しんでるあたり、リア充って感じ。

こうやってみんなでガヤガヤやってる雰囲気は、サマコミに似ていなくもないんだけど。私も、都内のレイヤー仲間と次のイベントについて計画しながらお酒を飲んだり、一緒に手芸屋さんで買い物したりとかは楽しいと思うんだけど、なんていうか……ちょっと気後《きおく》れするっていうか。

だけど、部屋にこもってたところで他にすることもないので、訓練の終わりを告げる鐘の音を聞いてから、精霊王像の前に行ってみた。精霊王像とは、宿舎の前にある、鳥の形をした銅像だ。

精霊王像……ってことは、この銅像は骨になる前のガイを模《も》しているのかな。本人（本ガイコツ？）に聞いてみたいけど、ガイは宿舎の私の部屋で引きこもっている。

「あっリセちゃん！　お待たせ〜！」

踊り子のお姉さんが、私を見るなり駆け寄ってきて、抱きついてくる。女の子同士とはいえこんな過剰なスキンシップ、滅多にしたことないのでちょっと焦ってしまう。ていうか、細ッ！　そのくせ胸はあるんだからズルいよ〜。スタイル良くて羨《うらや》ましい。

お姉さんの後から、魔女ちゃんや賢者の彼、他五、六人くらいがぞろぞろと歩いてくる。あの人達、みんな一緒に出かけるんだろうか。イベントでもこんなに大勢で行動したことないから、ちょっと緊張しちゃうなあ。

「ね〜、みんなどこ行く〜？」

魔女ちゃんの呼びかけに、みんなが「お茶したい」とか「服見たい」とか思い思いに口にする。

「せっかくリセが来てくれたんだから、リセに聞きましょうよ」

やっと踊り子さんが離れてくれたのはいいけど、突然そんな提案をしたのでみんなの視線が私に集まってしまう。

え、え〜⁉　気持ちは嬉しいけど、私に決定権を委《ゆだ》ねられても困っちゃうよ！

「あ、あの〜、私ここに何があるかわからないし、皆さんが行くところでいいですよ」

そう言うと、魔女ちゃんがズイッと私の方へ身を乗り出してくる。

「じゃあさ、リセって何が好きなの？」

コスプレです。……って言っても、わかんないだろうしなぁ。

「う～ん……服を作ること、かな」

「そう言えば、その服も自分で作ったって言ってたわよねえ」

「あっ、そういえばそうだよね！」

魔女ちゃんは目をキラキラ輝かせて私の服をマジマジ見ると、「そうだ！」と手を挙げた。

「じゃあ、職人ギルド行こう！」

「いいね。ちょうど装備を新調したかったし」

魔女ちゃんの提案に、賢者さんも同調する。職人ギルドかあ……ちょっと興味あるかも。

「リセ、それでいいの？」

「あ、はい！　私も見てみたいですし」

「じゃ、決定！」

気を遣ってくれる踊り子さんに頷いて見せると、魔女ちゃんは持っていたステッキをピッと振った。途端にステッキはホウキに変わり、彼女はそれにまたがって飛んでいく。

「こら、街中で魔法を使うなよ！」

それを賢者さんがふわりと空を飛んで追いかけていき、踊り子さんに「自分も使ってんじゃん」と突っ込まれていた。

「ほら、ここが職人ギルドよ」

魔女ちゃんと賢者さんが先に行ってしまうと、他のメンツはその場で駄弁《だべ》ったり途中で寄り道したりで離れてしまったので、踊り子さんが私を街の一角にある工房っぽい建物に案内してくれた。さすがは大人の女性って感じ。

さてさて……と、さっそくギルドに近付いていく。ギルドは石造りの建物で、入口に赤い幌《ほろ》が掛かっている。商品を売っているお店が併設されているらしく、そちらからは魔女ちゃんの声が聞こえてきた。作業をする工房はガラス張りになっているので、私は外から作業を窺《うかが》う。

工房の中には、大きな炉《ろ》と、機織《はたお》り機があった。でも、工程は想像とだいぶ違い、どちらも魔法が主体という感じ。中の人は、動きやすそうな服に作業ベルトという職人風の出《い》で立ちをしており、彼らが魔法を使うと機織り機が白く輝いて、みるみるうちに布が織り上がっていく。職人達はじっと集中してそれを見守っているようだ。

炉の側にいる人も似たようなもので、剣とは関係なさそうな宝石や金属の塊《かたまり》などを、ポイポイと炉に放り込んでは、呪文を紡《つむ》ぐ。すると炉が光って、そこから輝く剣が浮き出てくるのだ。

「すごいわよね～。アタシも一度やらせてもらったんだけど、ちっとも機織り機が動かないの。アタシが使う魔法とは微妙に系統が違うのよね。リセはできるんでしょ？」

「え!? わ、私は……」

なんか、できなそうな気がする。さすがに布から作る発想はなかったな……私はこの世界で職人にあたるみたいだけど、やっぱり違うんじゃないかな。あれよあれよと言う間に出来上がっていく素敵な服や武器を見ていたら、何だか場違いな気さえしてくる。

……そういえば、賢者さんは私が帰る方法、考えてくれてるかなぁ。ちょうど彼の声が聞こえてきたのでそちらを見ると、店先で通りがかりの女の子をナンパしてた。うん、なんだか全く考えてない気がします。

「あの、賢者さん。ちょっといいですか」

賢者が女の子にフラれたタイミングを見計らい、私は彼の服を引っ張る。

「ん、何？ もしかしてデートのお誘いかな～」

相変わらずチャラッ。どうせ社交辞令だろうから、気にせず用件を伝えることにする。

「そうじゃなくて、私が元の世界に帰る方法。何かないでしょうか？」

「あ～その話か～。ずっと考えてはいるんだけどさぁ」

はいはい、女の子と遊びながらね。別にいいけど。この人だってこれで訓練とかで忙しいみたいだし、あまり私のわがままで振り回すのも申し訳ない。だからなるべく急《せ》かさないようにしてるんだけど、私が勇者軍に来てもう三日目だ。残された日数は少ない。

サマコミまでの。

「オレが行ったことのある場所なら、かなり正確に転移できるんだけどさ。その別世界がどんな場所にあるか見当もつかないんだもんな。別の次元とかになってくると、もう魔王の領域なんだよな～」

えっ、何それどういうことですか⁉　じゃ、魔王城を出ない方が良かったってこと⁉

「……やっぱり、魔王に頼むしかないのかなぁ……」

「……それ、本気で言ってんの？　魔王が人間の頼みなんて、聞くわけないじゃん」

思わず漏らした呟《つぶや》きに、賢者さんが真顔でそう返してきたので、思わず口を押さえる。

いつもヘラヘラしているせいか、急に別人になったような気がする。チャラさの消えた鋭い目で真っ直ぐにこちらを見ていた。……敵陣で相手の親玉を頼ろうとした私が迂《う》闊《かつ》だった。

「じょ、冗談ですよっ？　なんか、ちょっと焦っちゃって。すみません」

取り繕《つくろ》うようにそう言うと、賢者さんはちょっと怪訝《けげん》そうに眉をひそめたものの、

「だよね」と言っていつものチャラい笑顔を見せた。ふう。

「まっ、次の休みにでも文献漁《あさ》ってみるから、気長に待っててよ。そう急ぐこともないじゃん、ここでの生活も悪くないだろ？」

うん。悪くはないんだろう。

おいしいご飯が一日三回の昼寝つき。美男美女のリア充に囲まれながらショッピングして、服までプレゼントしてもらって。決して悪くないどころか、羨《うらや》ましがる人の方が多いんじゃないかな。

……だけど、どうしてか物足りない。

魔王城での生活は、魔王の気まぐれで魔物の餌《えさ》にされないかと怯《おび》えながら、毎日ニーとフィロと一緒に服を作って。ダサかった魔王軍が、私が作ったコス衣装でどんどんカッコ良くなって、盛り上がって、城にも活気が出てきて……

なんでだろう。魔物の餌にされかかったのに。勇者との戦いに巻き込まれて、怪我しそうになったのに。何故か懐《なつ》かしいと思っている自分がいる。

今頃、魔王や四天王のみんな、どうしているだろう。

「どうかした？」

私の様子がおかしいと感じたのだろう。踊り子さんが声をかけてくれる。彼女はほんとに大人の気遣いができる優しい人だ。

「ごめんなさい。私……先に帰りますね」

それに引きかえ、私はとても子供っぽい。踊り子さんは嫌な顔一つせず送ると言ってくれたけど、これ以上迷惑をかけたくないので、私は丁重に断った。

トボトボと歩いていると、いつの間にか町はずれに来ていた。

ぼんやりしているうちに知らないところに来てしまった。宿舎まで帰れるか一抹の不安が過《よぎ》ったけど、大きな建物だし、誰かに聞けば帰れるだろう。でも、まだ帰る気になれなかった。

そこは小高い丘になった公園で、街の様子が一望できた。日没が近付いていたが、露店を片付ける商人達や帰路につく子供達で通りから賑《にぎ》わいが消える様子はない。だけどこの辺りには人気《ひとけ》もないので、私はその場に座り込んだ。空を見上げれば、見事な夕焼けだった。

「リセじゃないか。こんなところでどうしたんだ、何かあったのかい？」

ぼんやりと夕日を眺めていたら、不意に聞き覚えのある声がかけられる。振り向くと、勇者さんが心配そうにこちらを見ていた。

「いえ……何でもありません」

「本当に？　何か困ったことでもあったんじゃないか？」

「そんなことないです。みんな優しくしてくれますし」

「だったらいいんだけど」

それでもまだ、勇者さんは心配そうだ。そりゃあそうか、こんなところで一人寂しく夕日を見ていたら、何かあったと思うだろう。こんなに私のことを心配してくれてるのに、魔王軍が気になるなんてとても言えない。私はなんとか作り笑いを浮かべ、話題を変えることにした。

「勇者さんこそ、どうしてここへ？」

「僕？　さっき隣国の視察から戻って、今はペリペティアの見回りだよ」

さすが真面目な勇者さん。平和を守るのに余念がないんだな。でも、トゥオネラだけじゃなくて隣国まで視察っていうのはちょっと意外だった。

「勇者さんって、そんなこともやってるんですね。魔王と戦うのだけが仕事かと思ってました」

「うーん、本来はそうなんだけどね……」

何故か、勇者さんが複雑そうな表情をする。

「勇者という称号は、どこの国でも影響力があるからね。何か国同士の揉め事があったら、必然的に勇者が仲裁役になっちゃうんだ」

「え、ということはエルシアン中を回ってるんですか⁉」

私は思わず驚きの声を上げる。でも今一つ腑《ふ》に落ちない。魔王と戦うべき勇者が、何でそんなことまでしてるんだろう。その疑問を察したのか、勇者さんが説明してくれる。

「二百年くらい前、勇者軍が勢いづいてから、エルシアンでは魔物を根絶やしにしようって過激なことを考える国々が出てきてね。そこまでせずとも平和が保てればいい、っていう穏健派の国々との間で、争いまで起こり始めたんだ。それを発端に、色んなことでいがみ合うようになって……その頃からだね。そういう諍《いさか》いの仲裁も、勇者の仕事になったのは」

勇者さんは苦笑しているが、その顔はどこか寂しそうだった。

でも、無理もないと思う。それまでの勇者は人間の平和のために戦ってきたのに、魔物との戦いが落ち着いたら人間同士で争うことになるなんて。勇者にとっては皮肉な話だ。でも皮肉な話はこれだけではなかった。

「十三年前、今の魔王がトゥオネラから人間を追い出した時に、魔王軍への警戒を強めるということで一旦は纏《まと》まっていたんだけど、その後、魔王軍は攻めてこなかったんだ。だからその二年後、僕が勇者になった時に〝今のうちにトゥオネラを滅ぼそう〟っていう過激派が出てきて力を増してきていた。そうしたら最近、魔王軍に動きが起きて、それでまた一致団結して守りを固めようって方向に落ち着いてきてる。変な話だけど、今はこれで上手くバランスが取れているんだよ」

魔王軍が動き出したおかげで、エルシアンの平和が保たれたってことか……

魔王と勇者。二つの勢力は、対立することで互いの領地を守っている面もあるんだ。

私が魔王軍を立て直したことで、エルシアンに迷惑がかかったわけじゃないってわかってちょっとほっとした。自分でもどっちの味方なんだって思うけど、魔王と勇者さんが殺し合うような戦いは見たくないっていうのが、正直な気持ちだ。都合のいい話かもしれないけど。

「僕は、必ずしも人間が善で、魔物が悪というわけじゃないと思っている。悪があるとすれば、それは他者を虐《しいた》げる弱い心だ。だから、僕はもっと強くならないと。魔王からも、人の心の弱さからも、エルシアンを守れるようにね」

――それが、勇者さんの戦う理念なんだ。だから、勇者の概念を根底から覆《くつがえ》すような事態を目にしていても、勇者さんは勇者さんでいられるんだね。

……じゃあ魔王は？

魔王は自分が魔王であることを疑問に思っているように見えた。

そして、その疑問の答えを持っているのが私だとも。

「さ、そろそろ宿舎に戻ろうか」

勇者さんに促《うなが》され、私は「はい」と返事をして立ち上がった。

だけど心はますます、勇者軍の宿舎より、トゥオネラの魔王城へと傾いていた――

＊＊＊

「わふ……ん」

勇者さんと別れて部屋に戻ると、ベッドの上でケルべえがお昼寝をしていた。

「ケルべえ。ハウンド君に会えなくて寂しくない？」

「わふう?」

ふと聞いてみると、ケルべえが頭を起こし、薄目を開けてこちらを見る。けれどその目はすぐに細くなり、丸い頭がカクンカクンと舟を漕《こ》いだ。よっぽど眠いみたい。

「リセ、最近服を作らなくなったのう」

しばらく、そんなケルべえの愛らしい姿を観察していたんだけど、不意にガイに話しかけられて、私はぼすんとベッドに座り込んだ。

「だって、作る必要ないんですもん。ここにはイベントもないし、私に衣装を作ってほしいっていう人もいないし」

膝の上に肘をついて、私は手の平に顔を埋めた。

私が作らなくても、ペリペティアの街には立派な職人ギルドがあるし、素敵な服もあちこちで売ってるしで、誰も着る物になんて困らない。私は服を作るのは好きだけど、コスプレイヤーであって、仕立て屋さんじゃない。裁縫を習ったこともないし、本職の職人さんには、どうやったって勝てない。別に勝つ必要もないし。

——そうなんだ。ここには私の居場所がないんだ。

魔王軍では魔物の餌《えさ》にされそうにはなったけど、みんな私の作った服を喜んでくれたし、私も楽しかった。

それに魔王……もっと違う服も作ってみたかったな。オーソドックスな魔王っぽい服もいいけど、こっちの賢者さんが着てるみたいなハードドレザーのパンク風な服も、魔王ならもっとクールに着こなせるんじゃないかなぁ。

「ねえ、ガイ。魔王、怒ってますよね」

「なんでじゃ？」

「私が勇者軍に来て」

ふーむ、とガイがベッドの上で首を捻《ひね》る。

「魔王たる者、いちいち気にしないとも思うが、どうじゃろうのう。リセのことを気にかけておるように見えたし、勇者に取られたとなると、攻め込んでくる可能性もゼロじゃないのう」

「ええ⁉」

私のせいで本格的に戦争になるってこと？　それは困る！

でも、魔王が私を取り返しに来る……それはちょっとときめくシチュエーションかも。

「……何ニヤニヤしてるんじゃ、リセ」

「えっ、してませんよ⁉」

ガイに突っ込まれて、私は慌てて顔を引き締めた。うん、戦争は困る。

それに、魔王が私を取り返しに……来るかなぁ、来ないような気がするなぁ。俺様を裏切ったからやっぱり魔物の餌にする！　とかなら、やりかねないと思うけど。

「ねえ、ガイって……転移魔法とか使えたりします？」

「誰に向かってモノを言っとるんじゃ。ワシは精霊王じゃぞ。使えんわけないわい」

「えっ、じゃあ、ペリペティアに来る時になんで使ってくれなかったんですか？」

「そりゃあその……今はこんな姿じゃし。力の大部分が先々代の魔王の呪いで封印されてるんじゃ」

それってつまり使えないってことでは。いや、逆に考えればガイの呪いを解けばもしかして……？

「もしかして、ガイの力が戻ったら、私を元の世界に戻せちゃったりするんじゃないですか⁉」

「う〜ん……あ、いや、も、もちろんできるに決まっとるじゃろう！」

いまいち胡散臭《うさんくさ》いなぁ……。でも、ガイが力を貸したから昔の勇者軍は魔王に勝てたっていうし、もしかしたら魔王より強いのかもなぁ。でもその後魔王に呪いをかけられて魔力を封じられたんだから、弱いのかなぁ……わかんないけど、ガイの呪いを解いてみるってのも一つの手かも。

「ガイにかけられた呪いって、どうやったら解けるんですか？」

「それがわかったら苦労せんわい！　魔王城から出られれば解けるかと思ったんじゃが、一向に解ける気配はないし、自分で解くには力が戻ってこんことにはのう」

「じゃあ、やっぱり賢者さんに解いてもらうのは」

「いやじゃいやじゃ！　あんな若いチャラ小僧に借りを作るのはいやじゃ〜‼」

駄々《だだ》っ子か！　気持ちはわからなくもないけど。

「はぁ。どうやったら魔王城に帰れるかなあ……」

ぽつりと呟《つぶや》くと、寝ていたはずのケルベえがピンと片耳を跳ね上げた。

「なんじゃリセ、魔王城に帰りたいのか？」

驚いたようにガイに言われ、自分でも意外なことを口にしたのに気が付く。

「ううん！　帰りたいわけないじゃない！　あんな、私を魔物の餌《えさ》と思ってる人のところに……」

……ちょっと、帰りたいかもしれない。

マギさんやハウンド君にも会いたいし、アームさんの料理もまた食べたい。ソードさんには新しいスーツの相談を受けていたっけ。

ニーやフィロを使える間に作っておこうかなって服もまだまだあった。

それに、魔王。

――何故、お前は服を作る？

ふと彼の問いかけが頭を過《よぎ》る。そして、今になって、初めてその答えが浮かんだ。

一番、自分が自分らしく在《あ》れるから。衣装を作ることが私のアイデンティティだから。

自分で着るのも大好きだけど、好きなキャラの衣装を作ることで自分らしさを表現できた。

一番自分らしい自分が必要とされた――だから、命懸《いのちが》けでもやりがいがあったんだ。

ついでに魔王城には、今まで作った衣装達もあるはず――処分されてなければ。

そして何より、私にはサマコミまでに帰るって目的があった。大切な目的を叶えるために、リスクを負うなんて当然のことじゃないか。

「私、魔王城に帰る!」

「わおん!」

前言を翻《ひるがえ》し、私は立ち上がった。ケルべえもまた、弾かれたように立ち上がる。

その時だった。

グラリ――と、大きく地面が波打った。

「地震!?」

思わず叫んだ瞬間、リンリンリン! と三回続けてベルの音が鳴り響く。すると、急に宿舎が騒がしくなった。窓を開けて外を見てみると、街の人達も騒然とした様子。ただならぬ雰囲気だ。

「リセ！」

ノックもなしに、勇者さんが私の部屋の扉を開ける。

「魔王軍に動きがあった。もしかしたら魔王が攻めてくるかもしれない。君は街の人達と安全な場所に避難するんだ！」

思いがけない言葉に、私はガイと顔を見合わせた。だけどすぐに勇者さんが廊下を駆け出そうとするので、慌ててその背に呼びかける。

「勇者さんは⁉」

「軍を率いて、草原まで出撃する。魔王の目的は君かもしれない。絶対に街から出ないで。君のことは必ず守ってみせるから」

普段の私ならキュンとしてしまうところだけど。私は、走って宿舎を出ていく勇者さんの後を追いかけていた。

この世界での私の職業は、勇者に守られるお姫様じゃない。魔王軍の衣装係。だから帰らなくちゃ。

「だめです、勇者さん！　もし魔王の目的が私なら、私が行かないと！」

外に飛び出し、私は叫ぶ。勇者さんは厳しい顔で振り返り、首を横に振った。

「だめだ、危険すぎる！」

「危険でもいいんです！　お願いです、勇者さん。私を魔王のもとに送って下さい」

グラリ、とまた地面が揺れた。今度は、なかなか収まらない。小刻みに大地が震えている。

さっきまであんなに晴れていた空が、トゥオネラの空みたいに濁《にご》り始めていた。

「——人間を守る勇者として、それはできない」

一言、呟《つぶや》いて。

勇者さんは軍の指揮を執《と》るために走っていく。宿舎の前には、勇者軍の幹部や兵士達が武装して集まりつつあった。あのチャラい賢者さんさえ、真剣な顔をして勇者さんと何か話している。

賢者さんに頼んでも、断られるだろうな。

勇者さんも、賢者さんも、ガイにも無理。それなら歩いてでも——

この地鳴りの中、あの広い草原を？　来た道を思い出すと、決意はもろくも崩れそうになる。

どうしよう。

途方に暮れた、その瞬間。

「わおん！」

ひときわ高く、ケルべえが鳴いた。

「わふわふ！」

見下ろすと、ケルべえが首をさかんに振っている。まるで——リボンを外せと言わんばかりに。

「ケルべえ……魔王城に連れてってくれるの？」

もしやと思い聞いてみると、「そうだ」と言わんばかりにケルべえは何度も吠《ほ》えたてた。

「リセ、まさかケルべえの封印を解く気か⁉」

「私のせいで魔王が攻め込んでくるなら、止めないと。残り八日、私は魔王軍の衣装係で、約束を破ったのは私なんだもの」

「危険じゃぞ！　どうなっても知らんぞ⁉」

「危険でもいいの！　私は最後まで衣装係をして、そして魔王に元の世界に帰してもらうの！　そしてサマコミに出るの！　そのためなら命懸《いのちか》ける‼」

気合と共に、蝶結《ちょうむす》びになっているケルべえのリボンの端を引っ張る。

シュルッと、ケルべえの首からリボンが外れた。

「わふーん！」

その直後、私とケルべえ、ガイの周りで突風が起こる。濁《にご》りかけの空が一気に暗転して、禍々《まがまが》しい気配が辺りに立ち込めた。

目の前にいた芝カットのポメラニアンに、さっと黒い影が差して。

その小さな影はみるみるうちに大きくなり、私の大きさを越え、天まで届きそうな勢いで膨《ふく》らんでいく。あまりの変化に、私は尻もちをついてしまった。

「出たぞ……冥府《めいふ》の番犬、ケルベロスじゃ！」

ガイの叫び声に、ピシャーンと雷《いかずち》が落ちる音が被さる。

ワオオオオオオオオオオオオオオオ……ン

耳をつんざく遠吠《とおぼ》えは、あのわふわふ鳴いてたケルべえのものとはとても思えない。

影の大きさは、三階建て住宅を優に超えるほどになり。ぴちゃっと目の前に雫《しずく》が垂れ、雨が降ってきたかと見上げてみれば。

「あ……あ……」

大きな口から垂れているそれは、雨じゃなくて……ヨダレでした。

巨大な頭が一つ、二つ、三つ。それぞれに二つずつ輝く赤い瞳。それらが全てこちらを向いている。

「ケ……ケルべえ？」

「わふう」

あ、あれえ？　今、わふうって言った？　今？　この三つ頭の巨大な影が？

その真ん中の頭が地面スレスレまで下がってきて、ちょうど私の真ん前に鼻先が来る。まるで〝乗れ〟って言ってるみたい。

「乗って……いいの？」

「わふう」

一応聞いてみると、右の頭から気の抜けた鳴き声が降ってきた。やっぱ、ケルべえなんだ……

私はその鼻先から山登りのようにしてケルべえの大きな体によじ登り始める。うっ、結構大変。毛を掴んで登ってるけど、これケルべえ、痛くないかな……？

「リセ！」

背後から声をかけられて振り向くと、勇者さんがこちらに向かって剣を構えていた。賢者さんも、魔女ちゃんも、騎士さんも、みんな臨戦態勢。

「待って、攻撃しないで！　この子は何もしないから！」

そんな彼らに向かい、私は大声を張り上げた。並みの魔法や剣なんかじゃケルベえはビクともしなそうだけど、対する勇者さん達はケルベえが一歩踏み出すだけで、ぺしゃんこになっちゃいそう。

「私、魔王に会ってくる。もしも魔王が私を取り戻しに来るんだったら私が行かなきゃ。私のせいで魔王と勇者さんが戦って傷ついてほしくない」

あっ私、今ちょっとヒロインっぽい。

でも、別に、私のために争わないで～って意味ではない。

最初のきっかけはともかく、魔王も四天王も、私が作った衣装を気に入ってくれてた。私も衣装以外に、ポスター作りやぬいぐるみ作りに協力してた。

少しの時間だけど、私は魔王軍だったんだ。放っとけない。

もちろん勇者軍のみんなにだって怪我してほしくない。ここのみんなも私を歓迎してくれたし、とっても良くしてくれた。ただここが自分の居場所かと言われると……ちょっと違ったんだけど。

「ケルべえ、お願い！　私を魔王のところに連れてって！」

ワオオオオオオオオオオオオオン‼

左右両方の頭が大きく吠《ほ》えた。ケルべえが前足を上げると体がグラグラ揺れたので、私はその茶色い毛並みをガッシと掴む。

ズン！　と、大きな衝撃。ケルべえが歩くたびに、ビュウビュウと風がすごい勢いで流れる。体がめちゃくちゃ大きいから、たった一歩で何メートルも進む。これなら、あの広い草原もあっという間に越えられそうだ。

「勇者さ～ん！　みんな～！　お世話になりました～！」

聞こえたかどうかわからないけど、私はケルべえの頭から、ペリペティアに向かって大きく手を振った。

三　コスプレイヤーと魔王様

「なんだか、様子がおかしいのう」

ガイがそんなことを言ったのは、草原を抜け、荒野に差しかかったあたりだった。ちなみに、この草原と荒野の境目が、エルシアンとトゥオネラの境界になるらしい。

ガイの呟《つぶや》きと同時に、耳元でビュウビュウ唸《うな》っていた風がピタリと止まる。つまり、ケルべえが足を止めたのだ。そして姿勢を低くして、グルルル……と警戒するような声を上げる。

「ケルべえ、どうしたの……？」

確かに、ガイの言う通り様子がおかしい。地鳴りも相変わらず続いている。

最初私は、この地震を魔王軍が攻めてくる足音かと思っていたんだけど、それにしては変だ。荒野に入り、魔王城も見えてきたけど、魔王軍は影も形も見えない。ケルべえがトゥオネラの方角を警戒するのも変。魔王軍や魔王が来たなら、ケルべえは警戒したりしないはず。

「ケルベロス！」

聞き覚えのある声に、ケルベロスの唸り声がピタリと止んだ。この声はハウンド君だ！

『ハウンドが定義する！　我が鎖《くさり》は、飢獣《きじゅう》を縛る枷《かせ》となれ！』

ハウンド君が呪文を唱えると、ケルべえの三つの首を、光る鎖がそれぞれ取り巻いた。

すると、ぐんぐんケルべえの体が縮んでいく。このままじゃ私がケルべえを潰《つぶ》してしまうので、飛び降りられそうな高さを見計らって、私はその茶色い頭からジャンプした。

「あ、リセお姉さん！　戻ってきてくれたんだ！」

燕尾服《えんびふく》の裾をなびかせながら走ってきたハウンド君が、嬉しそうな声を上げて抱きついてくる。

「お姉さんと一緒にケルベロスまでいなくなっちゃうし、かと思ったら封印が解けた姿でこっちに近づいてくるしびっくりしたよ。封印解いたの、お姉さんだったんだ」

「うん、ごめん。なんとかして魔王城に戻りたくて……」

「わふうん……」

柴カットポメに戻ったケルべえが、項垂《うなだ》れる。それを見て、ハウンド君はケルべえの顎《あご》を撫《な》でた。ちなみにこの撫でどころは私が伝授したものである。

「いいよ、リセお姉さんを連れ戻してくれてありがとう」

気持ち良さそうにケルべえが目を細める。ハウンド君、少しケルべえの飼い主らしくなった感じ。

「ケルベロスはまだ子犬だから、力のコントロールが上手くなくて、長くあの格好のままでいると危険なんだ。だから、ここからは歩きでもいいかな。近くにマギさんがいるはずだから」

「私は大丈夫。でも、ハウンド君はどうしてここに？　それに、マギさんもいるって」

「それは……歩きながら説明するね」

そう言って、ハウンド君は荒野に向かって歩を進めつつ語り出した。

＊　＊　＊

私が、勇者さんと光の扉の中に消えた後のこと――

魔王はそれと同時に、魔法をブッ放していたらしい。

『魔王が定義する！　闇は力を縛り、奪う鎖《くさり》！』

その呪文は、ハウンド君も驚くくらいの強力な魔法だったそうで。そして、それを撃った時の魔王は、珍しく苛立《いらだ》ちを露《あら》わにしていたらしい。

……転移があと少し遅かったら巻き込まれてたんだよね。そう思うとちょっと帰るのをためらってしまう。

でも、私がいなくなったことを、四天王のみんなは寂しがってくれたんだって。仲良くなりかけていたマギさんはもちろん、アームさんやソードさんも私のことを気にかけていたそうだ。

加えてハウンド君も、とても寂しかったと素直な言葉で伝えてくれた。現金なもので、それを聞いた途端、早く魔王城に帰りたいって目がウルウルしてしまった。

それでも四天王のみんなは、志願兵への対応や新人指導に追われて忙しく過ごしていたらしい。

ところが突然、魔王から四天王に緊急召集がかかった。ハウンド君が言うには、緊急の召集は今のメンバーになってから初めてなんだとか。それが昨日のこと。

四人が魔王の部屋に勢ぞろいすると、魔王はゆっくりと椅子から立ち上がり、片手をかざしてこう言ったそうだ。

「これより、エルシアンへ進軍する」

ハウンド君は耳を疑ったと言っていた。

勇者を倒すのが魔王軍の悲願。

それは四天王にとっても同じだけど、今の魔王になってから大きな戦闘は一度もなかったから、戸惑ってしまったらしい。マギさんなんか「えええええええ!?」と絶叫してたとか。

でも、ソードさんとアームさんはこの日を待っていたようで。

「おお！　ようやく我らが悲願が達成される時ですか」

「腕が鳴るぜ！」

二人とも、楽しそうにニヤッと笑っていたそうだ。それを見てマギさんもやる気になったらしい。

「こ、このマギの大魔法で、勇者に目に物見せてやります」

ちなみにハウンド君は、肝心のケルベえが私と一緒に行方不明になったので、「お役に立ちます」と言いたくても言えなかったそうだ……ゴメン。いや勝手に付いてきたんだけど、なんかゴメン。

ともかく魔王は集めた四天王に、こう言ったらしい。

「エルシアン進撃に当たって、『眠れる魔神』の封印を解こうと考える」

「……眠れる魔神、ですと」

ハウンド君以外の三人が反応する。年若く、魔神とやらの話は初めて聞いたというハウンド君は、魔王に尋ねたらしい。

「魔神って、なんですか？」

余談だけどハウンド君の年齢を聞いたら、なんと六十歳なのだそうだ。見た目はどう見てもティーンズだから、正直途中で話を忘れかけるくらいにはびっくりした。

とまあ、それは置いといて、魔王の答えはこうだった。

「先々代が遺《のこ》した大いなる力だ。この魔王城の地下には、大いなる力が眠っている。そういう話を聞いたことはないか？」

逆に問い返してきた魔王に、答えたのはマギさんで。

「聞いたことはありますけど……め、迷信かと思っていました」

「先々代が死んでから今まで、その存在が表に出たことはない。だから、この俺とて魔王になるまでは迷信と思っていた。しかし、先代が倒れ俺が魔王城に入った時、地下から漂う強大な力の気配に気付いたのだ。巧妙に幾重にも封印が施《ほどこ》されているから、マギほどの魔力があっても気付くのは難しいだろうよ」

マギさんでもわからないほどの封印とは、それを施した先々代の魔王の力が窺《うかが》える話である。

「じゃあ、なんで先代は勇者にしっちゃかめっちゃかにやられたのに、その魔神を使わなかったんスかね？」

アームさんの問いかけは、私も少し考えたことだった。

「未完成だったのだ」

そう答える魔王は、さもつまらなそうだったと言う。

「先々代はエルシアンを征服すべく、かつて世界を焦土《しょうど》と変えた魔神の復活を試《こころ》みた。そこで魔神に施された封印を解こうとしたが、彼《か》の魔王の力でも叶わなかった。贄《にえ》となる血が足りなかったのだ。戦場に巨大な魔法陣を敷き、そこに流れた血を魔神に注いだが、足りなかった。先々代が討《う》たれるまでにニンゲンも魔族も含め、多くの血が流されたがそれでも足りなかった。先代の頃は、忌《いま》わしくも同胞の血を多く流す羽目になったが、魔神を復活させるには誰の血でも変わらぬ。先代は劣勢のふりをしながらも機会を窺《うかが》っていたのだろう」

「その魔神が、復活すると……？」

「〝する〟ではなく〝させる〟のだ」

マギさんの問いを受けて、つまらなそうだった魔王の顔に笑みが差したらしい。

「俺はこれ以上同胞の血をくれてやる気はない。復活には未だ血が足りぬようだが、代わりに俺の魔力を注いで叩き起こしてくれる。それでもし不完全だったとしても盾代わりにはなるだろうよ」

それを聞いた時、ハウンド君は鳥肌が立ったと言っていた。それは魔神が怖いからじゃなくて、魔王がカッコ良かったからなんだって。

それほどまでに血を欲する恐るべき魔神。その魔神でさえ、魔王は道具のように使おうとしている。それを悟ったハウンド君は、改めて魔王をすごいと思ったんだとか。その気持ち、わかる。

そんな魔王の振る舞いと、私の衣装で自軍が活性化していたことで、四天王はみんな魔神復活に乗り気になったみたい。早速、魔王の部屋にある転移装置を使って、魔神のもとに向かったそうだ。

転移した先には、地下に続く長い階段があった。

一番下まで着くと、そこには大きく開《ひら》けた空間があり、地面には古代文字が入り交じった複雑な魔法陣が広がっていたのだそうだ。その赤く光る魔法陣の下からはとても禍々《まがまが》しい気配がして、四天王は体を押しつぶさんばかりの威圧感に一瞬怯《ひる》んだみたいなんだけど。

魔王だけは違った。

魔王はためらいなく魔法陣に足を踏み入れたんだって。バチッ！　と火花が散り、強大な力が溢《あふ》れ出して、四天王は固唾《かたず》を呑んでそれを見守るしかできなかった。なのに、魔王はその力の奔流《ほんりゅう》のただ中にあっても、いつもと変わらず涼しい顔をしていたって。

その顔がなんだか目に浮かぶ気がした。

「おい、魔神。俺はこれからエルシアンを攻める。力を貸せ。俺に従うなら復活に足る魔力をくれてやる」

告げた言葉の、なんと尊大なことか。聞いている私が呆れてしまうくらい。でも、そこが魔王のカッコイイところなんだよね。

そんな魔王の上から目線な要求に、魔神は魔法陣の下から答えた。赤い光が瞬《またた》く。

『……我はここで眠りながら地上を見てきた。エルシアンとは、か弱き者の巣か？』

その声は、まるで地の底から響いてくるかのように聞こえたらしい。

『そのような小さき場所を壊してなんとする。世界の滅びこそが我が喜び。貴様が我が人形となって、我に愉悦《ゆえつ》を与えよ』

「断る」

魔法陣は瞬《また》きを繰り返し、激しい力の流れに魔王の髪やストールはバサバサと大きく波打った。そんな中で、魔王はなんともあっさり魔神の言葉を切って捨てたのだ。

「俺は王だ。誰かのもとに降《くだ》る気などない」

その途端――辺りはグラグラと揺れて、ワンワンと空気が鳴いた。まるで笑っているかのように。

『愚《おろ》かな。我は神だ』

「王は支配する者だ。神すらもな」

『驕《おご》るな小僧よ。これまで血を注いでくれた礼代わりに下僕にしてやろうというに。断るならば貴様にも滅びを与えよう』

「断る。俺の支配を受ける気がないなら、永遠にそこで眠っていろ」

そう言うと、魔王はフイと踵《きびす》を返したとか。

「引き上げる。俺に逆らう者など不要だ。そやつは、此度《こたび》の戦いで復活せぬよう後で改めて封印してやる」

そう告げて魔法陣を出ると、力の奔流《ほんりゅう》がフッと消え、光の瞬きも収まる。

だらんと垂れたストールを翻《ひるがえ》して、魔王がさっさと階段を上っていく。四天王もその背を追う。

四天王ですら圧倒された魔神に一歩も引けを取らなかったというのだから、やっぱり魔王はすごい。ハウンド君も同じことを思ったようで、魔神の力がなくても魔王さえいればいいと思ったって。

でもその時——一度は消えた魔神の声と気配が、魔法陣の光と共に戻ってきた。

咄嗟《とっさ》に反応できなかったハウンド君は、アームさんに思い切り腕を引っ張られる。直後、マギさんの声が響いた。

『イリス・エルトベーレが定義する！　ウンディーネは我らを護《まも》る盾！』

光り輝く壁が魔王と四天王を覆い、大きな衝撃が走る。

この時、マギさんは真名《まな》でシールド魔法を使ったらしい。そして、ギリギリのところでアームさんがそのシールドの中にハウンド君を引っ張ってくれたそうなのだ。

もし、アームさんが腕を引くのがもう少し遅かったら。もし、マギさんが仮の名で魔法を使っていたら。ハウンド君は、ここに来られなかったって言ってた。

けれど、マギさんが真名《まな》まで使ったのに、そのシールドにはヒビが入っていたんだって。

魔神の攻撃を受けて、魔王は立ち止まり、いつになく怒った様子で階段から魔法陣を見下ろした。

「貴様……」

『誠に愚《おろ》かよ。まだ完全ではなくとも、自力で封印を破れるくらいの力は既に取り戻しておるわ。もう少し血が欲しかったが、それもここしばらくは満足には送られてこぬ。良かろう。貴様程度が君臨する世界など、今の力でも簡単に滅ぼせるだろう』

魔法陣が一際強い光を放ち、その中央に人の形をした赤い塊《かたまり》が姿を現す。

血のように赤く、ぬらぬらと光るその塊《かたまり》が手を掲《かか》げると、先ほど以上におぞましい力が辺りに満ちていくのがわかった――そう話すハウンド君は少し震えていた。

『魔王が定義する。闇は力を縛り、奪う鎖《くさり》』

地面から揺らめき立つ力の奔流《ほんりゅう》の前に、魔王は高らかに呪文を唱えた——

私はふと気になって、魔王は何故真名で魔法を使わなかったのか聞いてみた。するとハウンド君は首を横に振ってこう答える。

『魔王』と『勇者』といった唯一無二の称号は、真名と同等、場合によってはそれ以上に力を持つものなんだって。それでいて真名とは違い、知られても魔法や呪いの干渉を受けることはないから、力を行使する時はもっぱら称号を使うらしい。むしろ真名を使うとリスクの方が大きいので、四天王でさえも魔王の真名は知らないそうだ——と、また話が脱線してしまった。

魔王が放った魔法と、魔神の力は正面からぶつかり合い、そこら中の壁や天井に亀裂が入る。

その激しい力のぶつかり合いの中、ソードさんが地を蹴った。そして、魔神の放つ赤い波動に向けて、剣を一閃。すると、波動は真っ二つになってたちまちのうちに消えてしまった。魔法や目に見えない力をも切ってしまうのがソードさんの力らしい。

力の拮抗《きっこう》が途絶えた瞬間を逃さず、アームさんが一気に魔神へと間合いを詰めて、その拳《こぶし》を叩き込む。大きなガタイからは想像もつかない速さ。もちろん、一発で終わらない。

「うらああ！」

アームさんの激しい乱打に、魔神は大きくのけぞると、そのまま塵《ちり》になって霧散した。

「やった！」とハウンド君はガッツポーズを取ったらしい。

でも、それだけでは終わらなかった。

急に激しく地面が揺れた——私がエルシアンにいた時に起きた地震が、これだったようだ。おまけに禍々《まがまが》しい気配は消えるどころか、まずます濃くなっていく。揺れは立っていられないほどにひどくなり、マギさんが叫んだ。

「ひとまず脱出します！」

このままじゃ天井が崩れてしまうかもしれない——そこで、みんなはマギさんの転移魔法で魔王の部屋まで戻ってきた。揺れはその後も続き、魔王城は騒然となったらしい。

魔神は復活した——そこで魔王は宣言する。

「……やむを得ん。勇者より先に、魔神を討伐する」

「しかし、良いのでしょうか。先々代や先代が力を注いできた魔神を……」

「構わん。あんなモノに縋《すが》っていた奴らが間違っていたのだ」

躊躇《ちゅうちょ》するマギさんの言葉を、魔王は一蹴《いっしゅう》した。そして不敵に笑ったんだって。

「俺は魔王だ。俺に逆らう者は誰であろうと容赦せん」

＊　＊　＊

ハウンド君の話に一区切りつく頃には、私達は魔王城にだいぶ近付いていた。ところどころ崩壊しているのが、肉眼で確認できる。

トゥオネラの空はいつ見ても曇っているけど、魔王城の真上の空だけ、それよりもさらに暗い。暗いというか、ぽっかりと穴が空いたように真っ黒だ。私には魔力を感じることはできないけど、何かおかしいっていうのはわかる。

「こっちだよ、リセお姉さん。今、荒野に陣を敷いてるんだ。ほら、旗が見えてきたでしょ？」

ぼうっと魔王城を見ていると、ハウンド君に腕を引かれた。揺れる燕尾服《えんびふく》の裾を追いかけていくと、ハウンド君の言う通り旗が見えてくる。

……見えてきたけど、旗、めっちゃダサッ！

三角の旗は、目の覚めるような原色の黄色。その真ん中に、黒字でデカデカと文字が書いてある。なんて書いてあるかは読めないけど。

「ねえ、ハウンド君。あの旗なんて書いてあるの？」

「え？　『魔王軍』だよ」

そのものズバリかーい。あんなダサい旗背負って戦ったら、私なら士気が下がるわ。そんなダサい旗の周りに、わらわらとたくさんの魔族達がいる。おそらくは魔王軍。私がデザイン提供した服を着ている兵もいるけど、まばらだ。おそらく数が足りてないのだろう。着ている人の物も、ちょっとボロボロになりつつある。そりゃそうだ、実戦を想定して作ってないもの。

「ハウンド！　それに、リセさん⁉」

上空から聞き覚えのある声が降ってくる。マギさんだ。赤い光に包まれながら空を飛んできたマギさんは、クルッと優雅に一回転して私の前に着地した。その様《さま》には四天王らしい貫禄《かんろく》があって、最初会った時のオドオドしていた彼女とは別人のようだ。

ただ、私の作った服を着てはいたが、その上からグレーの風呂敷《ふろしき》っぽい物を羽織り前で結んでいる。

「マギさん……なんですか、その風呂敷」

「フロシキ？　ああ、これですか？　そのう、魔神と交戦した時に服が破れてしまって……」

そうか。マギさんの服、ちょっと露出度高かったもんね。破れた位置が悪いとかなりセクシーなことになってしまうだろう。

「だったら着替えたらいいのに……」

風呂敷マントよりは、地味服の方がまだマシというものだ。しかし、マギさんは首を横に振った。

「リセさんの服じゃないと、魔神にはとても対抗できないんです」

あ、そっか、なるほど。そういえば魔王も言ってたっけ。私の服を着ると不思議な力が付くって。私の力なのか、ニーやフィロのおかげなのかはわからないけど。私が作った服は、私が思ってる以上に役に立っていたわけだ。

「それよりリセさん。戻ってきたなら、魔王様に会って下さい。結構心配しておられましたから」

「いつ誰が小娘の心配なんかしていた？」

不意に聞こえてきた声。

その途端、心臓が脈打つ。声すら私のど真ん中ストレートを突くんだ、この人は。いや、人じゃないか。この……魔王は。

振り向くと、黒髪をなびかせた魔王が不機嫌そうに立っていた。相変わらず、完璧な着こなしで。

だけど、魔神との戦いはよほど激しいものだったのだろう。服はあちこち破れてボロボロだ。

だけど、ダメージを受けながらも毅然《きぜん》として腕組みをするその姿は、どこからどう見ても魔王そのもの。

「何故戻ってきた、リセ？」

そんな魔王が口にしたのは、完全に予想外の言葉だった。

てっきり、裏切ったと罵《ののし》られると思っていた。また魔物の餌《えさ》にするとか言われた時のために、あれこれ回避策を考えていたのに。

「人間のお前は、エルシアンの方が居心地が良かろうに」

うん……確かに、どう考えても勇者さんのとこの方が待遇は良かった。

でも結局、私はここに戻ってくることを選んだ。

「……前に、私は何者でもないって言いました」

きっと魔王にとっては他愛無い会話だったから、覚えてないかもしれない。それでも魔王が何も言わなかったので、私はその先の言葉をはっきりと告げた。

「けど、今の私は、魔王軍の衣装係です」

言いながら気付いた。勇者軍にいた私は、きっと何者でもない私だったんだって。だから落ち着かなかったんだ。

「もちろん、あと七日間だけですけど」

魔王軍もなかなか居心地いいけど、それでもサマコミが最優先なのは変わらないもんね。

「なるほど」

ニヤリと魔王が笑う。

「良かろう。ならばさっそく務めを果たすんだな。前にお前が作った服は見ての通りだ。力も少し減退してしまった。それに、これでは魔王らしくないのだろう？」

「そんなことは、ないと思いますけど」

服がボロボロになっても、今の魔王はすごく魔王っぽい。マギさんも、風呂敷マントを着てても大魔法使いっぽい。服が変われば中身もそれっぽく変わるってよく言うけど、多分魔王や四天王達もそうだったんじゃないかな。

「でも、作ります。魔神なんか敵じゃなくなるくらいの服を」

「……気に入らんな。元々あんなものは俺の敵ではない」

口ではそう言いつつも、魔王の顔は満足そうな笑みを刻んでいる。

その笑顔を見て、私もやる気がみなぎってくる。

しかし、どうやって素材を調達しようか。魔王城は今、戻れるような状態じゃない。どうせなら今の服をそのまま直すだけじゃなく、もっとカッコ良くなるようマイナーチエンジと行きたいところだけど。考えあぐねていると、急に周りの魔族達の動きが慌ただしくなった。

「え、何？」

緊迫した空気の中、誰かが叫ぶ声が耳に飛び込んでくる。

「勇者軍だ！」

その叫びに振り向き、目を凝《こ》らすと。

荒野の向こうに、金色で縁取られた、青の旗が見えた。その中央には、鳥を模《も》したモチーフ。あのセンスの良さ、まさしく勇者軍。

その途端、空気が変わった。なんというか、嫌な気配というか、体が重くなる感じ。と同時に頭の奥に鈍《にぶ》い痛みが走った。頭を押さえていると、魔王が信じられないことを叫ぶ。

「魔王軍の兵士達よ！　今こそ宿敵、勇者を討《う》ち取る時。全軍掛かれ！」

「え⁉」

たちまち魔王軍がわっといきり立ち、押し寄せる勇者軍に向かって進軍を始める。突然の動きに、私は頭痛と戦いながらも慌てて魔王の服の裾を掴んだ。

「ちょっと待って下さい！　今の相手は魔神でしょ⁉」

「うるさい！　俺の邪魔をするな！」

こちらを見もせず、魔王は上空へと飛び立っていく。その赤い瞳は異様なほどにギラついていた。

掴んだ服が、手の平からスルリと抜ける。マギさんも呪文を唱えると、魔王を追って空へと飛んでいってしまった。

「ま、待ってマギさん！　みんなも、ちょっと待って下さい！」

必死に叫ぶけど、誰も聞いてくれない。勇者軍に向かって駆け出していく兵達の上空には、プテラノドンみたいな空飛ぶ魔獣に跨《また》がったソードさんやアームさんの姿もあった。

「どうして⁉」

みんな、怖い目をしている。誰も私なんて見ていない。

そうだ、ハウンド君は……⁉　近くにいたはずの彼の姿を捜すと、まさに駆け出していこうとするところだった。咄嗟《とっさ》に、その腕を掴む。

「待って、ハウンド君。今戦う相手は魔神じゃなかったの⁉　魔神を放っといていいの⁉」

くるっとこちらを振り返ったハウンド君の目は、今まで見せていた人懐《ひとなつ》っこいものじゃなかった。細い腕を掴む私の手を、バッと振り払う。その力は小さな少年のものじゃなくて。

私は手をさすりながら、ハウンド君も六十年生きてる魔族なんだってことを思い出す。

「でも、勇者はボクらの宿敵なんだ。ずっとずっと昔から、魔王と勇者は戦う運命なんだ」

まるで呪文のようにそう唱えたあと、ハウンド君は足元で唸《うな》るケルべえの首から鎖《くさり》を解いた。みるみるうちに、ケルべえの姿が山のように大きく変化する。

「行け、ケルベロス！」

ハウンド君の呼びかけに、ケルべえが三つの首から一斉に炎を吐いた。荒野はたちまち火の海になり、その中を魔王軍と勇者軍が入り乱れる。混乱は私の立っているところにも及び、熱は私の肌をも焼こうとする。

鍔《つば》迫《ぜ》り合いをしていた二人の兵士がこちらへ倒れ込んできた。

「きゃ……！」

「リセ、こっちじゃ！」

私が押しつぶされそうになった時、ガイの声が聞こえた。無我夢中でその声がする方に足を動かす。

『精霊王が定義する。我が陣はニンゲンも魔物も立ち入ることあたわず』

ガイの姿が見えたと思ったら、私の足元から光が立ち上り、周りをすっぽりと取り囲んだ。足元には金色に光る魔法陣がある。炎の熱も感じなくなった。

「怪我はないかの」

「ありがとう、ガイ……」

ほっと胸を撫《な》で下ろす。一瞬、ほんとにこのまま死んじゃうかと思っちゃった。

ガイの魔法陣の中にいると、火も人も魔物も私を避けていく。陣はとても小さいけれど、私が歩くと一緒についてくるようだった。

「みんな、どうしちゃったんだろう……今まで魔神を倒すって言ってたのに……」

「何か、良からぬ力が働いておる」

「え……？」

ガイが陣の中から辺りを見回し、そんなことを言う。

「良からぬ力って……？」

「魔王のものでも、勇者のものでもない強い力じゃ。恐らく――」

魔神――と。

そう呟《つぶや》くガイに、私はゴクリと息を呑み込んだ。

じゃあみんなは魔神に操《あやつ》られて、戦っているって言うんだろうか。

落ち着いてもう一度周りをよく見てみると、争っている魔王軍、勇者軍の兵士達を、紫色のモヤみたいなものが包んでいるのが見えた。でも、ガイにはそのモヤがない。

「……ガイは、正気なんですよね？」

「おお。ワシは骨と魂《たましい》だけで、洗脳される脳ミソがないからの。しかしリセも正気のようじゃな」

「そうみたいです。ねえ、ガイ。あの紫色のモヤみたいのは何？」

「見えるのか、リセ⁉」

「う、うん」

「それは魔力の流れじゃ。そうか……その服の力か。リセが魔神の洗脳を免《まぬが》れたのも、その服に魔法を撥《は》ね返す力があるからじゃ」

ガイの言葉に、私は思わずマジマジと自分の服を見た。

　そうか、この服にも不思議な力があったんだ！　そして、私はそのおかげで助かったんだ……

「しかし、本当に不思議な力じゃ。何故リセが作った服には力が宿るんじゃろうのう」

「私もすごく不思議です。ガイに心当たりがないならやっぱりニーやフィロの力なんでしょうか」

「針や小刀にそんな力があるとは……むう……」

　服を凝視《ぎょうし》しガイが考え込む。ややあって、ガイの落ち窪《くぼ》んだ眼窩《がんか》の中で赤い光がその輝きを増した。

「そうか……針や小刀が従えるもっと小さな精霊全ての力が、この服には宿っているのかもしれん」

「え、どういうことですか？」

　尋ねると、ガイはカタカタと骨を鳴らした。少し興奮しているみたい。

「精霊にも力関係があるんじゃが……大体の精霊は四大元素の下に振り分けられる。例えば、液体ならだいたい水の精霊の僕《しもべ》という具合にな。そうやって細分化していくと、針や小刀にもそれぞれ統《す》べる精霊がいる。じゃが針や小刀の従える精霊達がそれほど力を持っているものか……むう……」

ガイはまだ唸《うな》っている。

「でも考えられるとしたら、そういうことなんですね」

「そうとも言い切れん。前にも言ったが、魔法で一番大事なのは願う力じゃ。リセが願いながら服を作ったから、精霊は願いを叶えたんじゃ」

確かに、衣装を作る時はいつもそのキャラクターのことをすごく考えてた。

じゃあ私の妄想力を、精霊達が本当のものにしてくれたってこと？　すごいな私の妄想力！

待って待って。ということは……

このコスチュームのキャラクターは、女神官《プリーステス》。魔王城で作っていたサマコミ用の衣装で、試着したまま今まで着ていた物だ。女神官なら、魔法はお手のもの。それに、確かにこのキャラには、魔法が効かないという設定がある。

……本当に、この服にそのキャラクターの力があるんだったら。

「ねえ、ガイ、この陣はどれくらいの時間、効力があるんですか？」

「今のワシじゃそう長くはもたんのう。だから、避難するなら今のうちに……」

「じゃあ、急ぎます！」

ガイの答えを聞いて、私はすぐに走り出した——火と戦いの、激しい方へと。

「おいおいリセ、どこに行くんじゃ⁉　ワシは避難しろと言ったんじゃ。何故危ない方へ行く⁉」

私の肩に止まったガイが、悲鳴のような声を上げる。

「魔王を探すんです！　ハウンド君の話じゃ、今ここで戦って血が流れたら魔神の思うツボでしょ⁉」

「どうやって探すと言うんじゃ！」

「わからないけど、魔王を正気に戻さなきゃ、元の世界にも帰れないじゃないですか！この衣装ならきっとなんとかなります！」

普段の私ならきっとガイと避難していたけれども、この衣装が私に思わぬ勇気を与えてくれた。

が、陣の力が弱まっているのか、少し熱さを感じるようになってくる。

「リセ、もうあまりもたん！」

闇雲《やみくも》に探していたんじゃ駄目だ。足を止め、深呼吸して、目を閉じる。

「リセ⁉」

ガイが叫ぶ。でも集中すると、近いはずのその声も遠くに聞こえた。

今の私は、魔力を感じることができる。だったら、魔力で魔王を探せるかもしれない。

集中するにつれて、真っ暗な中に紫のモヤが浮かび始める。

その中に二つ、かすかな白と黒の光が見えた。暗い中に黒の光が見えるっていうのも変だけど、確かに見えたんだ。

「こっち！」

叫んで駆け出す私に、何がなんだかわからないと言いたげなガイが、それでも一緒に来てくれる。

やがて、周囲に黒い稲妻《いなづま》が走り始めた。

これはきっと、魔王の力！　そう確信した時、聞き覚えのある別の声が降ってきた。

『マギが定義する！　サラマンダーは更なる力を得る！』

上空から、マギさんの声。炎が猛《たけ》り、陣の中にいても熱さに咽《む》せそうになる。

『賢者ルークが定義する！　我が親愛なるイフリートは、魔の支配を断ち切る！』

わずかに炎の勢いが弱まったので、大きく息を吐く。やっとちゃんと呼吸ができた。

それより、今の声にも聞き覚えがある。この声は……賢者さん⁉

「賢者さん！」

炎の向こうで、黒いハードレザーを纏《まと》ったチャライケメンがこちらを振り向く。

「おっ、リセじゃん」

彼は勢いの衰《おとろ》えた炎をまたぎ、私の方に近付こうとする。だけど、途中で立ち止まった。

「あ、でもリセは魔王軍なんだっけ？　参ったな、そしたら敵だ」

賢者さんが、ためらいながらも私に向かって手をかざす。

ゾクリと肌が粟立《あわだ》つ。魔王軍なら、同じ人間でも容赦しない——目がそう語ってる。

でも、私は震える足を踏ん張った。違う、賢者さんも魔神に操《あやつ》られているだけなんだ。

「確かに今の私は魔王軍です。でも、あなた達と戦いたくないですし、戦う気はありません。目を覚まして下さい、賢者さん。あなたは魔神に操られているんです！」

「何を言ってるリセ？　オレも人間を傷つけるのは嫌だけど……勇者軍と魔王軍は戦う運命なんだ」

駄目だ、言葉じゃどうにもならない。

ゴウッと、炎が勢いを取り戻す。それと同時に、空中にいたマギさんが私の前に下り立った。

「リセさん、下がって。巻き込んでしまいます」

「駄目です！　マギさんは操《あやつ》られているんです！　今戦う相手は魔神のはずです！　目を覚まして！」

「操られてなどいません。四天王は魔王様の手足となるだけです」

駄目だ……マギさんにも話は通じない。

この女神官《プリーステス》が使う魔法に、何か状態異常を解除するようなものがなかっただろうか。

ううう、キャラ的には絶対使えるはずなのに、そんな魔法を使う話がなかったから、呪文がわからないよ！

でも諦めない。魔王の魔力を追ってきたんだ。……この近くにいるはず。

辺りを窺《うかが》っていると、黒い稲妻《いなづま》が降ってきた。上か！

「ガイ、私を上まで運んで！」

「結界を保ちながらは無理じゃ！」

「っ！　そんな……」

ここからじゃどうにもならない。失意のうちに目を閉じると、不意に瞼《まぶた》の裏に小さな光が現れた。

『リセ。あなたの願い、叶えます』

聞き覚えのある声。え？　この声……この声を聞いたのは――ニーと契約した時！

「ニー？　ニーなの？」

『はい、そうです』

問いかけに、ニーがチカチカと瞬《また》きながら答える。

「願いを叶えるって……どういうこと？」

『あなたは、今まで見向きもされなかった私達と契約してくれました。嬉しくて、私達は他の精霊達にもあなたのことを伝えたんです。するとあっという間にトゥオネラ中の小さき精霊達の知るところとなり、あなたに力を貸したいと次々と衣装に宿ってくれました』

思ってもみなかった言葉に呆然とすると同時に、じわりと胸が熱くなる。

じゃあ衣装の不思議な力は、ニーやフィロだけの力じゃなくて、ガイの言う通り、他のたくさんの精霊達が力を貸してくれていたからなんだ。しかもニーやフィロの統《す》べる精霊だけでなく、トゥオネラ中の精霊達が。

ニーは何やら笑うような気配と共に続ける。

『皆、あなたが思い描《えが》く〝キルサマ〟のイメージを楽しんでいましたよ』

えっ、結構よこしまなことも考えてたんですけど！　それも国中の精霊に知られたんですか⁉

『さあ、イメージして下さい、リセ。大空に飛び立つ、あなたの姿を。私達の力で、あなたを空へとお送りしましょう』

そう言い残して、小さな光――ニーの姿がフッと消える。

私は身悶《みもだ》えしそうになる心をとりあえず抑え、目を閉じた。

――ニー達と契約できて、嬉しかったのは私の方だ。ニー達への感謝を胸に、私は強く願った。そしてイメージする。空へと飛び立つ、自分の姿を。

『小さな精霊達！　私を空へと運んで‼』

足の裏から、地面の感覚が消える。フワリ、と体全体を浮遊感が包み、耳元では風を切る音がした。

「ほ、本当に自分で空を飛びよった！」

ガイの素《す》っ頓狂《とんきょう》な声に目を開けると、私は大空へと浮き上がっていた。

……うわわ、ちょっと待って高い！　あまりの高さにビビっていると、急にガクリと体が傾いた。

「うぉっ、何やっとるんじゃリセ！　集中せんかい！」

「だって、落ちたら死んじゃうじゃないですか！」

「全く、さっきの度胸はどうしたんじゃ……そんなんじゃ魔王のもとまで辿《たど》り着けんぞ。あとはワシがついておる、結界の中じゃから怪我はせんじゃろう。多分」

ううっ、そこは嘘でも「多分」をつけないでほしかった～！

なんとかバランスを保ち、上空へと進む。

周りを魔王の稲妻《いなづま》が幾筋も走っていく。今どれくらいの高さだろう……いやっ、下は見ないぞ！

そうして飛び続けていると、ようやく、魔王の姿が見えてきた。

地上の炎から立ち上る熱気で見づらいけど、確かに魔王。それに勇者さんもいる。

二人もやっぱり紫色のモヤに包まれていて、魔王はゾクリとするほど冷たい目をして勇者を見ていた。冷笑はよく見るし、睨《にら》まれることもあるけど、魔王のこんな冷たい顔は初めて見る。肌がピリピリするくらいだ。対する勇者さんも同じで、いつもの穏やかな表情は見る影もなかった。

「魔王様！　勇者さん！」

夢中で二人に呼びかける。だがそれが引き金となってしまった。

勇者さんが剣を振りかぶり、そのまま魔王へと切りかかる。しかし、魔王はそれを素手で受けていなした。いや、よく見ると手に黒い光が纏《まと》わりついており、その魔法の力で対抗しているようだ。

剣を弾かれた勇者さんが大きく飛び退《すさ》り、空中に着地する。彼が立っている足元には、見えにくいけれど白い魔法陣があって、それが足場になってるらしい。

『魔王が定義する！　闇は光を焼き尽くす！』

『勇者が定義する！　光は闇を浄化する！』

間合いができると今度は魔法の撃ち合いになった。それぞれが相対するような呪文を叫び、黒と白の光が真っ向からぶつかり合う。当初、二つの力は拮抗《きっこう》していたが、徐々に黒が白を押し始めた。

「何……っ⁉」

光が押されると同時に、勇者さんの体もズズッと空中を後退していく。

「さらばだ、勇者よ！」

魔王が吼《ほ》えると同時に、黒い光がグワッと膨《ふく》れ上がって白い光を呑み込んでいく。

いけない、このままじゃ勇者さんが危ない！

「待って下さい、魔王様！」

咄嗟《とっさ》に私は魔王の背中にしがみつく。ガイの結界越しでも魔王の力が伝わり、体がビリビリ震える。

しまった、ちょっと考えなしだったかも。もし操《あやつ》られた魔王が私にも攻撃してきて、ガイの結界が壊れたら——そう考えると血の気が引いたが、幸い黒い光はフッと消えた。

「何をする、リセ！」

怒りと苛立《いらだ》ちに任せて、魔王が怒鳴りつけてくる。しかし怯《ひる》んでいる場合ではない。

魔王に説明をしようと口を開きかけたその時、キィン！　と甲高い音が響いた。勇者が振り下ろした剣を魔王が先ほどと同じく手で防いでいる。再び剣を振りかぶった勇者さんを見て、私は慌てて叫ぶ。

「勇者さんも、やめて下さい！　お願いです、私の話を聞いて！」

「リセ、どいてくれ。いくら君が魔王軍と言っても、僕には同じ人間を傷つけることはできない」

さすが勇者さんだ。チャラ賢者よりも真面目で良い子である。

「勇者さん、聞いて下さい。魔王城で魔神が目覚めたんです。そして、あなた達はその魔神に操《あやつ》られているんです！」

「魔神——魔神だって⁉　あの、大地を焦土《しょうど》にしたという伝説の魔神か⁉」

やっと話が通じた！　——と喜ぶには早すぎた。

「君が復活させたのか、魔王！　この世界を灰にする気か！」

「そうだ、貴様を滅ぼすためにな‼」

「待って下さい魔王様！　魔王様は魔神を倒そうとしてるんですよ！　思い出して下さい！　あなたは魔神に操られているんです！」

「なんだと？　俺が操られるわけがないだろうが！」

めっちゃ操られてるじゃないですかー！

手荒に払いのけられ、思わずバランスを崩しかけるが、なんとか立て直す。

「リセに手荒な真似をするな！」

「黙れ！　リセは魔王軍だ。貴様にとやかく言われる筋合いはない！」

再び二人の間にバチバチと火花が散り、魔法の打ち合いが始まる。それを見て私は説得を諦めると、大きく息を吸い込んだ。

『二人とも、やめなさーーーーーーい‼』

苛立《いらだ》ちのままに叫ぶと、ブワッ！　とひときわ強い風が吹き抜けて。

そして、その風が、紫のモヤを晴らしていく。

……もしかして魔法？　あれが？

ひょっとして呪文なんてなんでも良かったり……して。

「……！　僕は、今まで何を……？」

「リセ、お前、今何をした」

モヤが消えると、勇者は頭を押さえ、魔王は茫然《ぼうぜん》と私を見ていた。気付けばガイもいない。いつの間にかどこかに隠れてしまったようだ。

二人が正気に戻ってくれたようなので、改めて説明する。

「魔神に操られて、二人は戦っていたんです。でも、今は二人が戦ってる場合じゃないでしょう！」

モヤが晴れても、まだ両軍の争いは止まらない。敵同士には違いないから、引きどころを見失っているんだろう。早く二人に止めてもらわなきゃ。私は必死に訴える。

「魔神——魔神だって⁉　あの、大地を焦土《しょうど》にしたという伝説の魔神か⁉」

それ、さっきも聞いた！　うわ、操《あやつ》られてた時の記憶ってなくなるの⁉

「君が復活させたのか、魔王！　この世界を灰にする気か！」

あわわっ、このままじゃさっきと同じ流れだよ！

「違います、勝手に復活してたんです！　そうですよね、魔王様！」

「余計なことを……」

慌てて口を挟むと、チッ、と魔王が舌打ちする。

「魔神も勇者も、どっちも俺が倒すべき相手だ。順序が逆になるだけのこと」

「でも、勇者さんと戦って消耗してから魔神を倒すのはキツくないですか⁉　しかも、ここで戦えば魔神は逆にパワーアップしちゃうんですよ⁉」

「勇者と戦って消耗？　キツい？　貴様は俺をなめてるのか」

相当気に障《さわ》ったのか、魔王が宙を滑って私に詰め寄り、ガッと私の襟首《えりくび》を掴む。

「キャー嘘ですごめんなさい魔王様最強です！」

あっ、でもこの強引で乱暴な感じ、嫌いじゃない……

「魔王！　仮にもリセは魔王軍なんだろう！　自分の仲間に乱暴な真似はよせ！」

「俺の下僕を俺がどうしようと勝手だ」

下僕……仲間じゃなくて下僕なんだ……まあいいか、下僕でも。いや、そんなこと言ってる場合じゃないから！

「リセ、魔神がパワーアップとはどういうこと？」

勇者さんが尋ねてくる。

「ええと、先々代の魔王が、流れた血を魔神に注ぐための魔法陣をこの辺一帯に敷いてるって聞きました」

「……なるほど。確かに、今ここで争っている場合ではなさそうだ」

さすが勇者、ものわかりがいい！　私は勢いに乗ってたたみかける。

「そうです！　勇者と魔王は争う運命かもしれませんが、魔神は全てを滅ぼそうとしてる。魔神にとっては勇者も魔王も敵なんです。ここは一時休戦して、一緒に魔神を倒すのが得策ではないでしょうか⁉」

「俺に勇者と結託しろだと⁉」

「あっ魔王様、絞まってます首絞まってます！」

ジタバタもがいていると、勇者さんが飛んできて魔王の手をガッと掴んだ。

魔王がギロリと勇者さんを睨《にら》む。

「……離せ。俺は貴様と協力などしない」

「わかってるさ。僕が勝手に一時撤退し、勝手に魔神を倒す。それでいいだろう」

「……気に入らんな」

魔王が勇者の手を振り払ったので、私の首から手が外れる。急に自由になったせいで、うっかり落っこちそうになった。

「魔神は魔王城にいる。すなわち俺の獲物だ」

「僕は勇者だから、魔王城を攻めるのに何の問題もない」

バチバチと二人の間で火花が散る。またかい……私はもうヤケクソ気味にパンと両手を合わせた。

「わかりました。魔王と勇者は争うのが運命というなら、争いましょう。どちらが先に魔神を倒すかってことで、一つ」

……なーんて、そんな都合良くはいかないかと乾いた笑いを浮かべると。

「「いいだろう」」

まったく同じ言葉が同時に二人の口から零《こぼ》れた。

いいんかーい。

依然火花を散らす二人を見ながら、私は心の中で裏拳《うらけん》を飛ばした。

＊　＊　＊

かくして事実上、魔王軍と勇者軍は一時休戦となった。

マギさんと賢者さんが消火活動に当たったおかげで、もう火の手は収まっている。

大変なのがケルベえだった。炎を吐き散らしていたケルベえは魔力を消費したためか、体がいつものポメサイズに縮んでしまっていた。

ううん、それはいいのだ。問題は……頭が三つのまま。あの愛らしい柴カットの丸いもふもふ頭が三つという、何ともシュールないでたちになってしまったのである。

ハウンド君も少しビビっていたが、多分急激に魔力を使いすぎたせいだろうから、少しすれば戻るんじゃないかと言っていた。焦った、戻らなかったらどうしようかと思った。ポメ顔は可愛いけど、やっぱ三つはいらないよね、一つでいいよ、うん。

魔王と勇者は、共にトゥオネラとエルシアンの国境付近に陣を張った。

それはいいけど、争いをやめられれば力が供給されないと気付いた魔神が、いよいよ地上を滅ぼそうと出てくるかもしれない。急がなきゃ。私も、私の仕事をしなければ。

そうして衣装作りに取りかかったわけだけど、勇者側の力を借りられるようになったのは、私にとって正直ありがたかった。マギさんや賢者さんの助力を得て、転移魔法ですぐにペリペティアへ行ける。魔王城よりさらに豊富な素材が選び放題。しかも、領収書を貰えば勇者軍の経費で落としてもらえるというので、高い素材も買い放題。

そこら辺にある物で工夫して作るのも好きだけど、何しろ魔神と戦うのだ。最高の一品を作らなければならない。しかし、素材の問題はないとしても、時間の問題がある。

魔王と四天王だけでも五人分。だけど、魔神との戦いはいつ始まるかわからない。魔王一人の服を作るのに三日かかったことを考えるとキツイ。だからといって魔神戦までの時間が長ければいいってものでもない。私が魔王軍の衣装係をするのはあと六日。すなわち、サマコミまであと七日。

いやっ、今はとにかく目の前のことに集中だ。

「あーーーーーーっ、でもどう考えても時間が足りないよおおお‼」

気持ちばかりが焦り、つい大声を上げてしまった。傍で私の作業を見ていたガイが、驚いてビクッと跳ね上がる。

「急にどうしたんじゃ、大声を出して」

「時間が足りないの！　魔神との戦いが始まるまでに、全員分の衣装を作りたいのに！　魔神はいつ攻めてくるかわからないし！　私はあと六日以内には帰りたいし！　でも六日間ずっと衣装を作り続けても、五人分なんて完成させられる気がしない‼」

口に出してみれば、考えないようにしていたことが堰《せき》を切ったみたいに喉から溢《あふ》れ出してきた。と同時に、自分のやろうとしていたことがどれだけ無茶なことかを改めて思い知る。

「針と小刀の力を借りてもか？」

「それでも間に合わないよー‼」

確かに、ニーとフィロのおかげで劇的に作業は進む。けれど、それでも細かい細工には時間がかかる。細工などしなければいいのかもしれないけど、それじゃ私が衣装を作る意味がない。中途半端な物なんか作りたくないし、それじゃ力も宿らない……気がする。

「ガイ！　私の作業が超速くなるような魔法をかけて下さい！」

「む、無茶を言うでない！」

藁《わら》にも縋《すが》る思いで言ったのだが、あっさりと却下される。確かに無茶だ……。

「リセ、ワシではなく、自分の力を使ったらどうなのじゃ」

「……私の？」

落ち込む私に、ガイが意外なことを言う。

「ガイにできないことが、私にできるわけないじゃないですか……」

「そうかの？　リセが使う力は、ワシにはできんことばかりじゃないか」

グスッと鼻を啜《すす》りながら、私は改めてガイの方を見た。

「でも、切ったり縫《ぬ》ったりはこれ以上速くできないですよ……」

「針や小刀の力ではない。衣装の力じゃ」

——衣装の。それは、完全に盲点だった。

私の作ったコス衣装には、そのコスチュームのキャラが持つ力が付与される。それは、私が着ても発揮されるということは女神官《プリーテス》の衣装で実証済だ。

つまり、傷を癒《いや》したければ、傷を癒す力を持つキャラの衣装を着ればいい。ということは、速く衣装を作るには……？　仕立て屋のキャラ？　そんなキャラいた？　しかも普通に作るのではない。早く作るキャラクターだ。そんなマニアックな能力を持ったアニメキャラなんて……

ん、待てよ。アニメじゃなくて、ゲームならどうだろう。最近やってなかったけど、去年ハマってたオンラインゲームでは、自分の職業を何種類もの中から選べた。私が選んだ職業は、確か職人。ゲーム上での一日で、何種類ものアイテムを作れるキャラだ。

作った物の中には、武器の他に、防具となる鎧《よろい》やドレスもあった。

あれなら……毎日ステータス表示画面でキャラクターを見ていたし、衣装も大体覚えてる。

「もしかして……でも、もし駄目だったら……」

もし、私が望んだ能力がつかなければ、自分の服を一着余分に作る分、無駄な時間を食ってしまう。だけどこのままじゃ、どの道間に合わない……

ぶつぶつ呟《つぶや》きながら考え込んでいると、フウ、とガイのため息が降ってきた。

「自分の力を信じるんじゃ、リセ。魔法はイメージが大事じゃ。お前さんならやれる！」

心強いガイの言葉に、私は覚悟を決めた。

『リセが定義します！　ニーはミシンです！』

記憶を辿《たど》りながら、私は職人の衣装を作り始めた。自分のサイズなんて、頭の中にバッチリ入ってる。これまで誰の衣装より自分の衣装をたくさん作ってきたのだ。ニーもフィロも、今までで一番活き活きしている。自分の衣装が一番作り慣れている――その自信が力になっているのかもしれない。

だから、もっと自信を持たなきゃ。イメージするのだ。職人としての力を。ゲームで遊んでいた時のことを思い出して、職人がアイテムを、服を作っていた時のことを思い出して。

そうやって一日かけて、私は職人の衣装を作り上げた。

白いブラウスに、エンジ色のハイウエストスカート。ブラウスには、甘くなり過ぎない程度にさりげないレースをあしらい、袖は作業の邪魔にならない七分丈。スカートは前が割れて、中にはタック付きの生地《きじ》がちらりと覗《のぞ》く。外側は厚い生地だが、中の生地はやわらかいので肌当たりがいい。せっかくいい素材があるので、生地にもこだわってみた。

その上から茶色の作業用エプロン。色は地味だけど、ポケット部分のさりげないピンクボーダーと胸下と裾にあしらったボタンやピンがアクセントになった、カントリーなデザインだ。

エプロンのポケットには、糸切りバサミや指抜きなど、裁縫の必須アイテムが差してある。

どうやら、エルシアンでも衣装を作るのは魔法が主流らしくて、裁縫道具があまり揃わず、ほとんど自作することになった……裁縫道具を作るなんて変な感じではあるけど、実際に使うわけじゃないので、全部目立つように大きめに作ってある。

あとは、ピンクッション。こちらも思い切って大きく作り、リボンを上下二ヶ所につけて腕に固定している。リボンの片方は目立つように大きく結んでアクセントに。

最後に大剣のように大きなハサミ（剣を改造して自作）を背負い、ブーツの折り返しにリボンを結んで、完成！

袖を通す際、つい恐る恐るといった動きになり、私はぶんぶんと首を横に振った。

そして胸を張り、堂々と衣装に袖を通す。

途端に、体中に力が満ちていくのを感じた。女神官《プリーステス》の衣装を着た時と同じ。これは——

「できる！」

ぐっと手を握り締め、そして開く。

『ニー！　フィロ‼』

今まで一体ずつしか召喚できなかったニーとフィロが、同時に目の前に現れる。だが、ぽんっ！

とコミカルな音がして、突如二人の姿が消えた。それと同時に、空中に何か現れる。

淡く光りながらふよふよと浮かぶそれを手に取ってしげしげと眺める。

……えっと、ゲームのコントローラー？

両手に収まるサイズのそれには、十字キーとボタンが並んでいて、家庭用ゲーム機のコントローラーに酷似《こくじ》していた。でも、なんでコントローラーが？

訳がわからず立ちすくむ私の耳に、〝ズンチャ、ズンチャ〟って感じの軽快なBGMが聞こえてくる。見れば周りの景色が一変していた。魔王軍のテントの中にいたはずなのに、いつの間にか作業机、窯《かま》や炉《ろ》などの設備のある工房に変わっている。そして、一緒にいたガイの姿はどこにもなかった。

「え？　何？　どういうこと？　ガイ？」

変化はそれだけではなかった。突然目の前にウインドウが開く。パソコンのモニター部分だけが浮いている感じだ。そこには『アイテムを作る』『終了する』という文字が並んでいて、『アイテムを作る』の横にアイコンがある。もしかして、と思い十字キーの下を押すと、アイコンは『終了する』の方へと移動した。やっぱり、このウインドウとコントローラーは連動しているみたい。

とすると……これが、この衣装の力？

「とにかく、試してみよう」

こうなった以上、やってみるしかないだろう。今度は十字キーの上を押して『アイテムを作る』にアイコンを戻し、ボタンを押す。すると、左側に新しいウインドウが開いた。一番上に『作成できるアイテム』とあり、その下に『キル様の服』『キル様の服2』『終末の魔女の服』といったアイテム名と思《おぼ》しき物が並んでいる。都合よく、私が作りたいと思っていた物ばかりだ。

いや……魔法はイメージが左右するらしいし、私の脳内が反映されているとすれば当然か。ゲーム画面で見るのと実際に見るのとでは感覚が全然違うから、今まで気が付かなかったけど、そういえばこの工房もウインドウも、私がやってたゲームとそっくりだ。

「よーし！　じゃあさっそく」

『キル様の服』を選択する。すると、また新しいウインドウが開き、アイテムの画像が出てきた。これは、私が最初に魔王に作ったキル様のコスチューム。そうそう、時間がないから、今回はこの服を手直しするだけにしようかなって思ったんだよね。

でも本当に作りたかったのは、こっち。十字キーを動かして、私は『キル様の服2』を選択する。

パッと画像が上書きされて、モスグリーンの軍服みたいなコスチュームが出てくる。これこれ！　『M†N　セカンドシーズン』のキル様の新コス！　『この服を作る』を選択する。

「えっと次は……あー、やっぱり素材の選択か～」

ゲームと一緒だ。またウインドウが開き、素材の一覧が出る。『緑の布』『魔獣の革』『銀の鎖《くさり》』などなど、一通り素材の確認。うん、やっぱり私が今手元に持ってる物ばかりだ。

「これとこれと……あとこれかな」

素材の上でボタンを押すと、選択した素材の背景色が変わる。そうしていくつか必要な素材を選び、最後に『作成』にカーソルを合わせる。目の前に、『本当に作成しますか？』の確認のウインドウが出て、『はい』を選択すると、『キル様の服2』の横に『作成中』のアイコンが付いた。

「よーし！　他の服も作ってみよう！」

同様の手順でマギさん用の『終末の魔女の服』も作成し、そちらにも『作成中』のアイコンが出る。よしよし、次はアームさんの服だ。と、コントロールを動かすが。

ブー。

と音がして、赤いウインドウが開いた。

「なになに？　『これ以上作れません？』」

うーん、仕方ない。私は最初のウインドウに戻ると、『終了する』を選択した。すると――

ボウン！

という効果音がして、手にしたコントローラも、ウインドウも、工房も、全てが消え去る。

気が付くと、私はさっきまでいた魔王軍のテントにいて、目の前には完成したキル様とマギさん用の魔女の服があった。

「な、なんじゃなんじゃ⁉　何がどうなったのじゃ⁉　一瞬にして服が完成しおったぞ⁉」

「わ、ガイ。今までどこにいたんですか？」

「何を言っておるんじゃ、ワシはずっとここにいたじゃろう。それより、今の魔法はなんじゃ！　針と小刀を呼んだ途端、服が完成してしまうとは……」

興奮するガイはひとまず置いといて、私はできた服を手に取ってみた。イメージ通りにちゃんとできてる。でも、確かに服ができるのは一瞬だったみたいだけど、作る服や素材を選択する過程はあった。それもガイには見えてなかったみたいだ。

「ガイ、さっき私がニー達を呼んだらすぐに衣装ができたんですね？　時間は経ってないってこと？」

「じゃから、そうじゃと言っておるじゃろう！」

すごい！　たとえ一度の魔法で二着が限度だとしても、好きなだけ衣装が作れちゃうじゃないの！　なんて素晴らしいの！

興奮するガイの手（翼？）を持って、私はピョンピョンと飛び跳ねた。

「すごいすごい！　よーし！　じゃんじゃん作るぞぉ～！」

「おおすごい！　その意気じゃリセ！」

二人でひとしきり興奮した後、私はもう一度ニー達を呼ぶべく手を掲《かか》げた。

が、その途端、意識が遠くなり。グルンと視界が回り、あっと思った時には倒れていて。

気が付いたのは、翌日の朝だった。

結局、この魔法は消耗が大きすぎて、一日二着作るのが精一杯だった。あ、途中でレベルが上がって三着になったから、五人分の衣装を作るのに四日かかった。それでも劇的に速い。

この力……元の世界でも使えたら、ものすごい便利だろうなぁ。時間が短縮できたら、イベント前のバイトももっと増やせるし。ま、働きながらクオリティ高い衣装作ってるレイヤーさんもたくさんいるわけだから、甘えですけど。

素材もいい物が手に入るから、まだまだレイヤーとして未熟な私でも、なかなかのクオリティ。

魔神の方にも動きはないし、ガイの服も作っちゃおうかな～なんて思っていた矢先。

魔王軍に動きがあった。


「勇者軍に出し抜かれる前に、こちらから魔神に総攻撃をかける」

私の進捗《しんちょく》状況を見に来た魔王がそう告げた。が、その直後、怒号をあげる。

「何故貴様がここにいる！」

魔王軍陣営のテントで作業していた私は、追加で衣装を頼みに来た人物の寸法を測っていた。

「だって、リセの作る服には特殊な力があるって話じゃないか。魔王軍が活性化したのもそのおかげなんだろ？　だったら、僕のもないとフェアじゃないじゃないか」

首だけで魔王を振り返り、ケロッと答えたのが勇者さん。

彼は今まで身に付けていた伝説の剣やら鎧《よろい》には執着していないらしく、ちょっと前に同じようなことを言って私のテントに押し掛けてきたのだ。作って下さいと言われたら断れないのが私の性《さが》である。

「リセは魔王軍の衣装係だ。何故貴様の物を作る必要がある」

「君、ちょっとケチだよね」

またもバチバチと両者の間で火花が散る。しかし、争いのレベルはひどく低い気がする。なんというか、仲良く喧嘩しなって感じ。遊びに来ていたケルべえも三つの頭で呆れたように見ている。

「だから、今は争ってる場合じゃないでしょう。喧嘩するなら、どっちの服も渡しませんよ」

「リセ、貴様どっちの味方だ」

魔王にギロリと睨《にら》まれる。しかしいい加減慣れてきたせいか、怖くなくなってきた。むしろその視線は私にとってご褒美というか。怖いけどやっぱりその顔好きだ。絶対本人には言えないけど。

「どっちの味方っていうか、魔神の敵です。魔王城には私が作った服が置いてあるし、魔神がいたら取りに行けないじゃないですか。だから魔神を倒すためにできることがあるならやりますよ。それに、勇者さん」

今しがた測り終えたサイズをメモしながら、私は勇者さんを見上げた。

「魔王軍が強くなったのは、魔王様自身の力ですよ。私の服は後押しに過ぎません」

これは別に魔王をヨイショしたいわけではなく、本心からそう思っている。

私自身が前向きに変われたのも、コスプレの力、衣装の力だから。いくら私の服に力があっても、魔王や四天王自身にやる気がなければ、魔王軍の活性化はなかったと思うから。

「だからこそ、魔王様。それを証明するためにも、勇者さんにも同じ条件で戦ってもらった方がいいと思います」

むう、と魔王が黙り込む。依然気に入らないようではあるが、納得はしてもらえたようだ。

「しかし、ここは俺の陣営だ。用が済んだらさっさと立ち退いてもらおうか」

「言われなくても出ていくよ。全く君は心が狭いね」

「何故勇者である貴様に広い心を持つ必要がある。今すぐ消さないだけありがたく思ってもらいたいものだが？」

逆に仲良いんじゃないかって気もしてくるな、この二人。

ともあれ、睨《にら》み合いながらも、私に「よろしく」と言って勇者さんはテントを出ていった。

「お前の言い分もわからなくはない。しかし、二度と勇者など入れるな。不用心だろう」

「勇者さんは卑怯なことはしませんよ。真面目っ子ですから」

「そういう問題ではない。俺が嫌だと言っているのだ」

へ？　それって……ま……まさか、まさか、ヤキモチ⁉　んなわけないよと自分で冷静に突っ込んではみるものの、少々心臓に悪い台詞《せりふ》である。私はドキドキを顔に出さないようにして尋ねる。

「えっと……総攻撃まであとどれくらいですか？」

魔王と四天王の服はできているけど、まだ勇者の服ができていない。でも、勇者の服を作りたいから時間を下さいと言っても聞き入れてくれないだろうなあ。

「明日の予定だ。まあ、魔神の出方次第だが」

良かった、何とか間に合いそうだ。

しかし、魔神、不気味なくらい静かだな。先々代の頃から今までずっと力を蓄《たくわ》えてきたことを考えると、魔神にとって一週間やそこらなど、私の一分にも値《あたい》しない時間なのかもしれないけど。

とにかく急がなきゃ、と気は急《せ》くのだが。なかなか魔王が出ていってくれないので、作業を始められない。かといって、出ていけなんてとても言えないし。

「リセ」

「何でしょう」

「契約期間はあと三日だ。本当に元の世界に帰るのか」

「……私は約束通り、衣装係としてできるだけのことをしました。だから、約束は守って下さい」

フン、と魔王が鼻を鳴らす。

「ずっと我が軍に従属してくれても構わんのだがな。そんなにサマコミとやらが大事なのか」

魔王の言葉はすごく嬉しい。コスプレ活動とはちょっと違うけど、そのノウハウがこの世界で役に立って、ここも私の居場所としては悪くないのかなって思う。でも。

「そうですね……魔王軍も楽しいです。でも、私はここに来て、自分が大好きな趣味があって、それに打ちこめる幸せを教えてもらった気がするんです。だから、今は早く帰りたい。帰って服を作って、サマコミに行きたいんです」

その夜。私は手縫《てぬ》いである物を作っていた。

ガイの服と、ケルべえのリボン。

これらはほんと小さいから、すぐだった。まあ、ガイが着られるような服は特殊な構造になるから、思ってたよりちょっと時間食っちゃったけどね。サプライズにしたかったから寸法取ってないけど、多分どうにかなるでしょ。これを着てれば、バラバラにもなりにくいはず。

ケルべえのリボンは、最初につけていたのと同じ、黄色と緑のストライプに、レースとビーズで飾り付けした物。それにゴムを付けて、耳に結べるようにした、所謂《いわゆる》犬用のリボンだ。本当はケルべえにも服を作ってあげたかったけど、大きくなったら破れちゃうからね。

そして、私が全てを作り終えた頃、魔王は全軍に召集をかけた。

「これより、総攻撃をかける」

朗々《ろうろう》と響く魔王の声。

応《こた》えて魔王軍の兵士達が「おおーっ！」と気合のこもった声を上げる。

完璧だ。完璧すぎる。完璧な着こなしである。

アニメ『ミッシング†ナイト　セカンドシーズン』の新コス版キル様。新コスチュームが発表されてまだ間もないけど、ちゃんと覚えてた私の脳ミソを褒めてあげたい！コスプレにかけちゃ私の記憶力は尋常ではないのである、エヘン。その意欲を何故勉強や仕事に向けないのかっていうのは言わないお約束よ。でも、その私の脳内イメージを忠実に再現してくれたニー達にも感謝だね！

その衣装はといえば、軍服モチーフの、モスグリーン。新コスチュームは主要キャラをアースカラーで纏《まと》めてきたのだ。黒じゃないのは意外だったけど新鮮だし、何よりキル様はどんな服を着てもカッコイイ。そして今目の前にいる魔王は、完璧に三次元キル様だ。立体キル様ありがたや～涙出てきた……って、いやいや、悦《えつ》に入ってる場合ではない。

四天王の服は他アニメからの流用だけど、こちらもいい出来栄えだ。

マギさんの衣装は、大きなフード付きの黒のマント、首元にルビーのような赤い宝石をあしらったシルバーの襟止《えりど》め。インナーは赤のワンピース、スカートはタイトで、丈は足首まであるけれど、大胆なスリットが入っている。靴は膝の上まである編み上げブーツ。強大な力を持つ魔女という設定のキャラクターから拝借したもので、大魔法使いの風格バッチリだ。

アームさんは、元のコスチュームのキャラが続編になってマイナーチェンジされていたので、それにした。肩当てが左だけになり、右は二の腕から手首まで惜しみなく晒《さら》け出している。

手には痛そうなトゲの付いたグローブ。各所に付いてるファーはゴージャスにボリュームアップしたけど、全体的に前より鍛え抜かれた肉体が強調される作りになっている。

ソードさんは、膝まである丈の黒いジャケットに、その上から青い鎧《よろい》を纏《まと》ったコスチューム。帯剣ベルトには青いバラをあしらった細工があり、ソードさんにピッタリだ。ジャケットの裏地はイメージカラーの青で、袖の折り返しにも青が覗《のぞ》く。

ハウンド君は、前の衣装の絶対領域がハマりすぎてたので今回もショートパンツ。別キャラだけどコンセプトは同じで、ブラウスにジャケット、サスペンダー。ニーソックスに革靴。あとはオマケで、ケルベえと同じリボンを指輪にして渡してあげた。

頭が一つに戻ったケルベえの耳元には、ハウンド君の指輪とお揃いのリボン。ふわふわの茶色い毛によく映《は》えてる。お揃いだと気が付いたハウンド君が嬉しそうに指輪とリボンを見比べている。

うん。みんな完璧な着こなし。本当によく似合う。元々素材もいいし、それに何より今は魔神に立ち向かうという目的と意志がある。それが伝わってくるからか、魔神も逃げ出すんじゃないかってくらい強そうな魔王と四天王になったと思う。

さて、ハウンド君が指輪を嵌《は》めたところで、ガイにもサプライズプレゼント。

ガイはそれを見るといたく感激して、

「わ、ワシにも作ってくれたのか!?」

と叫ぶと、同時に落ちくぼんだ眼窩《がんか》からジャバーッて水を流す。

え、これ涙? ガイ、泣けるの? てか泣くほど喜んでくれるなんて……私まで泣きそうじゃん。

ほんとに、余った端切《はぎ》れで作ったような、ちょっとした物なのだ。二つ折りにした布に、二つ穴を開けて翼を通せるようにしてパイピングし、お腹のところでボタンを止めるという作り。これだと翼はまだ無防備だけど、かといって翼を覆ってしまったらガイが窮屈《きゅうくつ》かな? と思って、手袋ならぬ翼袋みたいな物も作ってみた。そして、勇者軍で見た精霊王像を参考にし、服の背中には金色でそれを模《かたど》った刺繍《ししゅう》を入れている。手縫《てぬ》いだからごく簡単な物だけど。

足りてなかった兵士の服は、城のお針子《はりこ》さん達が一生懸命作ってくれた。私は魔王達の衣装だけで手一杯だったから手伝えなかったけれど、とても良い出来栄え。城のお針子さん達も腕を上げたようだ。ちなみにこれは『M†N』に出てくる魔王配下モブの服である。いや、モブと侮《あなど》ってはいけない。そこはデザイン性が大きな売りの『M†N』、モブの服だってカッコイイ。十字のモチーフが入った鎧《よろい》に、白と黒の市松模様のスカーフがとてもオシャレなのである。

時を同じくして、勇者陣営からもぞくぞくと兵士達が進軍を始める。あちらからもさっき鬨《とき》の声が上がっていたから、士気は十分のようだ。

今朝方、勇者さんにも出来上がった衣装を渡した。当然『M†N』の勇者キャラ、グレンのコスチューム。白い羽根をあしらったサークレットに、クリスタル製の鎧。赤い飾り紐で留めた青いマントが翻《ひるがえ》る。

魔王様がまんまキル様なら、勇者さんはまんま立体グレンになった。金髪碧眼《きんぱつへきがん》の爽《さわ》やかイケメンがグレンコスするんだもん。そりゃあ似合わないわけがない。グレンファンの子が見たら黄色い悲鳴を上げて卒倒するレベルのクオリティである。私はキル様派だけどさっ！

さあ、準備は整った。待ってなさい魔神！

と一人意気込んでいたところ。

「お前は残れ」

思いもかけない言葉を魔王からかけられ、私はポカンと固まってしまった。

「足手纏《まと》いだ。死にたいのか？」

つっけんどんにそう言われる。

「そうだね。君は残った方がいい。賢者に頼んでペリペティアに送らせるよ」

何も言い返せないでいるうちに、様子を見に来た勇者さんにまでそう言われてしまった。

「で、でも……」

反論しかけて、押し黙る。確かに、足手纏いにしかならないだろう。魔神との戦いなんて、きっと魔王城にいた時よりもっと危険な状況だ。

なんだか、流れに乗って行く気になっていたけれど、私が行かなきゃいけない理由なんてない。魔王軍と言ったって、私は衣装係。前線で戦うような役職じゃない。もちろん死ぬのも嫌だ。

「わ……わかりました……」

一人で待っているなんて正直嫌だ。心配だ。でも、私が一緒に行って足手纏いになって、もしそれで魔王や勇者さんが負けちゃうなんてことになったら……もっと嫌だ。

仕方なく頷くと、魔王にペシッと頭をはたかれた。

「何を心配している。俺が負けるとでも思うのか？」

そう言っていつもよりやや親しみのこもった笑みを浮かべる魔王は、威風堂々としていた。その傍らには、魔王と同じく強気に笑う勇者さんと四天王の姿。みんな私が作った衣装を身に付けている。

私は衣装係としての仕事をやり遂げたんだ。あとは信じて待つしかないんだ。

送ってくれるという賢者さんの申し出は辞退して、私は進軍する魔王軍、勇者軍とは逆の方向に歩き出した。ペリペティアまでは一度歩いて辿《たど》り着いているし、総力戦の前だ。少しでも力を温存しておいてもらいたかった。遠いけど夕暮れまでには何とか着くだろう。

「本当に行かなくて良かったのかの？　リセ」

とぼとぼと歩いていると、不意に上から声が降ってくる。ガイだ。

私はとぼとぼ歩きでも、魔王軍は勢いづいてどんどん反対方向に進んでいく。魔王軍との距離はもうかなり開いていた。それでガイも姿を現したのだろう。

「だって、仕方ないですよ。魔王の言う通り、私は足手纏いですし」

「そうかのう。リセには魔王にも四天王にもない力があると思うがのう」

俯《うつむ》いたまま歩き続ける私に、ガイはなおも言い募《つの》る。

「ガイは私のこと買い被ってます。私はガイが思うような、すごい力なんて持っていませんよ。魔王に気に入られたのもたまたまですし。ケルべえに懐《なつ》かれたのもたまたまです」

「たまたまも、三回続けば実力じゃろ？」

「私今、二個しか言ってないですけど？」

皮肉を込めつつガイを見上げ——私は息を呑んだ。

ガイの姿は、今までの、コウモリの骨のような姿ではなく。

黄金に輝く、大きな鳥の姿をしていた。神話に出てくるフェニックスのように長い尾羽が付いていて、大体十メートルくらいあるだろうか。その姿は、ペリペティアで見た精霊王像そのもの。

「何百年も解けなかったワシの呪いを解いたのじゃ。リセ、お前さんの衣装の力は、お前さん自身の力じゃろう？」

バサリと翼を羽ばたかせ、ガイが私の前に降り立つ。

「すまんのう。リセの衣装を着たら力が湧いて、気が付いたら呪いが解けて元の姿に戻っておったんじゃが……この姿に戻った時に、せっかくお前さんが作ってくれた服が壊れてしまったんじゃ」

「……いいですよ、そんなの。ガイに恩返しをしたい気持ちで作ったんですから、役に立ったならそれでいいんです。それに、私の衣装の力は私じゃなくて、小さな精霊達のおかげなんでしょう？」

「精霊の力は、使う者の力次第じゃ。自信を持てい、リセ」

自信、かあ。私は、正直誰の力でもいっか～って思ってるけど、そんな風に言われるとなんだかくすぐったいや。照れ隠しにガイの金色の羽に触れていると、不意にあることに思い至った。

この姿は……勇者軍の旗だ。モチーフ用にアレンジはされているけど、あの青地に描かれた金色の鳥は、ガイを——精霊王を模《も》したものだったんだ。

「今のワシは、リセの衣装がなくとも、精霊王としての力がある。お前さん一人くらい魔神から守ってみせるぞ」

「ガイ……。イケメンだったら恋しちゃう台詞《せりふ》ですよ」

「なんじゃと⁉　これでも精霊界きってのイケメンなんじゃぞ⁉」

くちばしを開いて怒るガイに、私はアハハ、と声を出して笑った。

「ありがとう、ガイ。衣装係として私がしなきゃいけないこと、まだありました。もし魔神の攻撃で衣装が壊れてしまったら……私が直さないとね。それに」

途中で言葉を切って、私は持っていた自分の荷物を草原の上にぶちまけた。いくつかの布地の中から右手で赤い布を取り、そして左手で黒い糸を持つ。

『ニー！　フィロ！　力を貸して！』

イメージする。

勇者軍の旗が、青地に精霊王を模した金色の鳥ならば。

魔王軍の旗は、赤地がいい。そして、その中には、三つの頭を持つ冥府《めいふ》の番犬を。

瞬《また》く間に、私がイメージした通りの旗が手の中に現れる。

「あの旗、ダサすぎると思ってたんですよね！」

深紅の旗を握り締めると、私はガイに促《うなが》されるまま、その背にまたがった。

＊　＊　＊

それから私は一度ペリペティアに寄って赤い布と黒い糸を鞄《かばん》に詰められるだけ詰め込み、再びトゥオネラに向かって飛んでもらった。ガイの翼は、ケルベえに乗って走るよりも速く、ペリペティアに寄り道したにもかかわらず、ひとっ飛びで魔王軍まで追いついた。

でも、すぐに追いつけたのはガイが速いからだけではない。魔王軍の進軍が止まっていたからだ。まだ荒野を半分も渡り切っていない。そして、その理由は。

「なに、これ……！」

ゾワリ、と嫌な感覚が肌を撫《な》でる。

荒野一面に人や獣の形をした影が蠢《うごめ》いていて、それが魔王軍、勇者軍の別なく襲い掛かっている。

「戦場で倒れた者達の亡霊じゃ……」

「どうしてそんなものが？　もしかしてこれも魔神の力なの？」

「恐らく、な。魔王城の方から、とてつもなく嫌な力が流れ込んでくるわい」

さも気持ち悪そうに、ガイが言う。私にはその力を感じることはできない。女神官《プリーステス》の衣装を着ていた時は、なんとなく〝これが魔力か〟っていうものを感じられたんだけど、職人にはそういった感性はないようだ。ただ、蠢く影を見ていると、不快感で鳥肌が立ってくる。

見れば魔王をはじめ、四天王も兵士達も果敢に戦っていて、決して引けは取っていない。しかし倒しても倒しても、影は次々と湧いてくるのだ。その様子は見ているだけで辟易《へきえき》する。勇者軍にしても同じような戦況である。

かなり高度を保っているのとみんな亡霊達に気を取られているのとで、まだ誰も私達には気が付いていない。その代わり私の自慢の視力でも、入り乱れる魔王勇者両軍の中から魔王を見つけ出すことはできなかった。

「ガイ、魔王がどこかわかりませんか？」

「うーむ、魔王の魔力は異質じゃから、それを辿《たど》っていけば大体の場所はわかるが……とりあえず、それを利用して声は拾えそうじゃ」

「じゃあ、お願いします」

声が聞ければ、魔王軍の状況もわかるだろう。

『精霊王が定義する！　風は彼《か》の者の声を奏《かな》でる歌！』

ガイが呪文を唱えると、聞き覚えのある声がすぐ傍で響き渡った。

『礎《いしずえ》となった同胞達《はらから》と剣を交えるのは、やりにくいものだな……！』

最初に聞こえたのは、魔王の声ではなく勇者さんのそれだった。でもそのすぐ後に、魔王の声も風にのって聞こえてきた。

『相変わらず反吐《へど》が出るような生ぬるい思考回路だな。戦えないというなら、尻尾を巻いてエルシアンに帰っても構わんのだぞ』

『それはできない。今を生きる人達を守ることが、勇者である僕の務めだ』

フン、と魔王が嘲笑《ちょうしょう》する声まではっきりと聞こえる。

『勇者にも、まして亡霊などにも遅れを取るわけにはいかん。ゆくぞ！』

『僕らの背には、守るべきエルシアンがある。平和のために進もう、同志よ！』

おおおおおお！

二人の鼓舞《こぶ》に両軍が湧き立つ。それは風を伝ってではなく、私達のいる上空まで直接届いてきた。

次々に倒される影。でも、やっぱり次々と湧いてくる。魔王も勇者も強いし、軍の兵士達も頑張ってはいる。でもこれじゃ……影を倒し切ることができても、肝心の魔神を前に、かなり消耗してしまうだろう。それに、この様子じゃ衣装も既に傷ついていそう。

一応、全て魔法の布を用いているから、普通の布よりかなり耐久性はあるはずだけれど、戦いが激しすぎる。

「ガイ。もっと近くで様子を見たいんですけど、やっぱり魔王に会うのは嫌ですか？」

「何を言うんじゃ。呪いが解けた今、魔王など怖くないわい！　あ、いや元々怖くなぞないぞ！」

姿は神々《こうごう》しくなったけど、中身は変わっていないようだ。そのことに可笑《おか》しさと安堵を覚えながら、私は「お願い」と促《うなが》した。ガイは二、三度羽ばたきを繰り返した後、スーッと戦場へと下りていく。

「どれ、ついでにちょっと助太刀してやるかのう」

不敵に呟《つぶや》いた後、ガイが呪文を紡《つむ》ぐ。

『精霊王が定義する！　光は亡者《もうじゃ》を導く標《しるべ》！』

ガイの翼から眩《まばゆ》い光が生まれ、辺り一帯の影を消し去る。

「リセ⁉」

「精霊王様！」

魔王と勇者の肉声が直接耳に届く。戦っていた影が消えたこともあり、魔王が宙を飛んでこちらへ近寄ってきた。その後に、勇者さんも続く。ああ、やっぱり二人とも衣装が傷だらけだ。

「待っていろと言っただろう。何故来た。それに精霊王だと？　封じられていたのではなかったのか」

魔王の不機嫌そうな声に構わず、私は職人服のポケットから糸を出して握り締めた。

『梨世が定義します。ニーはたちまち衣装を直す魔法の針である』

職人服の力で、こんな無茶な要求にもニーは難なく応《こた》えてくれる。たちどころに魔王と勇者の衣装の綻《ほころ》びは直され、私は得意げに微笑んだ。

「私は魔王軍衣装係ですから。衣装に綻びがあればそれを直すのも、私の仕事のはずです。中途半端に投げ出すのは嫌なんです」

「……魔王軍衣装係なら、あいつのまで直す必要はなかっただろう」

ちらりと後ろの勇者を目の端で確認し、魔王がさっきよりもっと不機嫌な声を出す。

「すみません、ついでということで許して下さい」

まだ納得がいかなそうな魔王の様子に、勇者さんがやれやれと肩を竦《すく》める。それから私の傍まで来て、真剣な顔で忠告してきた。

「でも、リセ。危険すぎるよ。君の心構えは敵ながら立派だと思うけれど、僕は賛成できない」

「大丈夫です。ガイが――精霊王が守ってくれますから」

「……確かに、精霊王様がついていれば安心か……しかし、君はやはりすごいな。精霊王様の呪いを解いてしまうなんて」

「三回続いたまぐれですよ」

なんてガイにウインクしながら茶化《ちゃか》してみせると、勇者さんはふっと笑い、それから剣を持った右手を胸に当てた。……多分だけど、敬礼、なのかな。

ちょっと照れていると、魔王がこれ以上ないほどに不機嫌な顔になり、勇者さんを押しのける。

「気に入らん」

それを聞いて、敵である勇者さんと和《なご》み合っていたことが気に障《さわ》ったのかと思ったけど。

「精霊王などという古びた伝説の存在など当てにするな。お前は俺が守ってやる」

ああ、ガイに守ってもらうって言ったのが気に入らなかったのね。

って思った瞬間、カアアアアッと顔が熱くなった。

嫉妬⁉　ジェラシー⁉　デレた⁉　なんか昨日の台詞《せりふ》といい、どうしちゃったんですか魔王！　と一人盛り上がっていると。

「驕《おご》るな小僧が。貴様には先々代の不始末を片付ける義務があろうが」

その厳《おごそ》かな声がガイのものだと気付くのに、しばらく時間がかかった。

「そちらは老いぼれた鳥風情《ふぜい》だろうが。先々代など関係あるか。俺は俺の邪魔をする者全てを滅ぼすまでだ。勇者だろうが精霊王だろうがな」

一触即発《いっしょくそくはつ》の気配。ああもう、どうして魔王ってばこうなんだろう。ああ、魔王だからか。

「ガイも魔王様もやめて下さい！　今は魔神でしょう？　そんなにいがみ合ってると、また魔神に洗脳されちゃいますよ！」

もしそうなっても、職人コスの今の私には解けないんだから。

「俺が二度も同じ手を食うと思っているのか。貴様は本当に気に入らん。見ていると苛々《いらいら》してくる」

くるりと背を向け、魔王が再び荒野へと下りていく。ガイがあれだけ綺麗に消し去った影が、再び大地に姿を現していた。

「全く。子供だな、魔王は。独占欲丸出しなんだから」

そう呟《つぶや》きながら同じく戦場へ戻ろうとした勇者さんの隣で、ピシャーン！　と黒い稲《いな》妻《づま》が弾けた。地獄耳――って、勇者さんも何を言ってんですか！

「ちっ、狙いが外れたか」

ボソリと、でもしっかりとこちらに聞こえるように魔王が言い、

「……僕は大人だから、気にしないけどね」

と涼しく、でも嫌味のこもった声で勇者が返す。ああ、もうどうしたらいいのやら。

「しかし、鬱陶《うっとう》しい影だ」

湧いた影を何体か纏《まと》めて倒しながら、魔王が言う。ほんとにこの影といったら、いつまでも湧いてくる。もしかして、魔神を倒すまで湧き続けるんじゃないだろうか。

魔王や勇者さんだけじゃない、ソードさんやアームさんも奮闘している。ハウンド君の傍らでは二、三メートル大になったケルベえが、炎の息を吐いて影を蒸発させている。

それでも、湧いてくる影の方が多いのだ。

『魔王が定義する。闇は闇を呑み込む！』

『勇者が定義する。光は闇を無に返す！』

魔王と勇者さんが各々《おのおの》呪文を唱える。二人の周りに影は近付くこともできない。先陣切って道を作る二人に続いて、マギさんや賢者さん達も残りの影を掃討《そうとう》していくけど、なかなか状況を打開できないみたい。これじゃ埒《らち》があかないよ。

『勇者ちゃん！　これじゃキリがありませんの！　あたし達はここに残って引き続き影を殲滅《せんめつ》しますから、勇者ちゃんは先に行くですの！』

『わかった！　僕はこのまま魔王城を目指す！　ペリペティアに向かう影にも注意してくれ！』

さっきのガイのように魔法を使って会話しているようで、爆炎や兵士の吼《ほ》え声うずまくこの混乱の最中《さなか》、勇者さんとシスターちゃんの会話がはっきりと聞こえてくる。

さすがは勇者だ。私はそこまで気が回らなかったけど、このまま全軍が魔王城に進んだとして、残った影も彼らを追って魔王城に行くとは限らない。見た感じ、影は考えて行動しているのではなく、周りの生きているものに手当たり次第襲い掛かっているといった様子。軍が荒野からいなくなったら、人がたくさんいるペリペティアに向かう可能性は高いと思う。

シスターちゃんをはじめとした勇者軍の一部は進軍をやめ、そのうちの半分は勇者さん達の活路を開き、半分は壁のように立ちはだかって残りの影や新たに発生する影を倒している。

でもこれ……今は影の発生よりも、それを殲滅《せんめつ》する勇者軍の勢いの方が強いけど、これがいつまでも続けば、いずれ消耗するのは生身の勇者軍だろう。そんなことは勇者さんもわかっているはずだ。一刻も早く魔神を倒さなければならない。

『フン、ここで自軍の戦力を割《さ》くなど、上手い策ではないな』

『誰の軍のおかげで進めていると思ってるんだ？　そう言うなら君だけの力でなんとかしてほしいものだね。君の言う上手い策でさ』

二人とも、よくこの状況で軽口が叩けるなぁ。ちょっと呆れてしまうけど、切羽詰《せっぱつ》まった雰囲気でいられるよりは、見てるこっちは安心できる。

……もしかして、わざとなのかな？　軽口の片手間に戦う二人の様子には余裕が感じられて、負けそうもないって気になる。リーダーとして士気を上げるためにやっているのかもしれない。少なくとも、勇者さんはそうだろう。魔王はいつもあんな感じだけど。

間もなく魔王軍も勇者軍も荒野を抜ける。ガイ（と私）もそれに合わせて上空を進む。

荒野を抜ければ、魔王城は目と鼻の先だ。が、魔王城が見えてきた時、私は息を呑んだ。

城の真上、ぽっかり空いた黒い穴のような空に、何かいる。ここからでも肉眼で確認できるくらいだから、かなり巨大な……何か。あれは……人の形。

その頭の部分がわずかに光ったと思ったら、光はぐんぐん大きくなってこちらに迫ってきた。

『精霊王が定義する！　大気の精は我らを守護する壁！』

『マギが定義する！　シルフは我らを護《まも》る盾となる！』

『賢者ルークが定義する！　エアリアルは力を弾く！』

みんなが一斉に呪文を唱える。半透明の壁が私達の前に幾重にも展開する中、光はもう目の前まで来ていた。

その熱量と光の強さといったら、まるで——小さな太陽。太陽が、こちらに向かって隕石《いんせき》のように突っ込んでくるようだった。目を開けていられないほどの眩《まぶ》しさに私は腕で顔を覆った。

直後、体中にビリビリと衝撃が伝わる。歯を食いしばってそれに耐えつつ、腕の下から薄目を開けて窺《うかが》うと、半透明のシールド一面に細かい亀裂が入っていた。

パキィ……ン、と軽い音がして、一番外側のシールドが割れる。それを見て、私はギュッと目を瞑《つむ》った。

シールド越しでも伝わる熱。じっとりと、背中が嫌な汗をかいているのは、しかしそのせいじゃない。

――もし、シールドが全部破られたら。

ピシッ。

嫌な音が耳を打った。

気のせい……だよね？　うん、気のせいだ。そう自分に言い聞かせる。

だが、再び薄目を開けて確認すると、二枚目のシールドにもヒビが入っているのが見えた。巨大な光の球は容赦なくシールドにのしかかり、シールドのヒビはピシピシと音を立てて広がっていく。

このままじゃ、二枚目のシールドも長くもたない。

ゴクリと唾を呑み込んだその時――シャボン玉が割れるように、光球が弾けて消えた。

威圧と熱が消え去り、その場にいた全員がホッと安堵の息を吐く。

でも、こんなのを何度も撃たれたら……

「……やむを得ん。このまま魔王城の近くまで転移する」

魔王がそう宣言したのは、一気に近付いた方が得策と判断したからだろう。多分、みんな同じことを考えている。最初からそうしなかったのは、魔王城の状況がわからなかったからだと思う。でも、遠くからこんな強力な攻撃を何度も撃たれるよりは、危険があっても懐《ふところ》に飛び込んだ方がいい。

「マギ、同時にどれくらいの兵を転移できる」

「全軍は無理です。私の周辺五十歩分ぐらいなら」

『オレが力を貸せば、相乗効果で少し範囲が広がるけど？』

魔王とマギさんの会話に、魔法による賢者さんの声が闖入《ちんにゅう》してくる。マギさんが面食らったように、「なっ、なっ……」と言葉にならない声を上げる。

「なんでっ……勇者軍なんかとっ、わたしが手を組むわけないじゃないですかっっ！」

マギさんの顔は真っ赤だ。それは怒りと反発にも見えるけど……。そういえばマギさんって勇者ファンだっけ。今ものすごく葛藤《かっとう》してるんだろうなあ、勇者さんに近付けるチャンスだし。

「オレだって魔王軍なんかと手を組みたくないけど、やっぱ魔神ヤバそうだし。ここで戦力を削られるのは互いに旨《うま》くないでしょ」

不意に賢者さんがマギさんの前まで転移してくる。

「わ、わぎゃあああ！」

基本ビビリなマギさんが、大声を上げて二メートルくらい飛び退《しさ》った。

「両軍の前に転移のゲートを作って持続させ、そのまま全軍を前進させる。オレとお前で同時にゲートを作れば、全軍転移するまでもつだろ」

賢者さんが、軍の前方をビッと親指で指し示す。

「ま、魔王様……」

マギさんが困った顔で魔王に判断を仰ぐ。魔王はといえば腕組みし、賢者さんを見下ろして事もなげに告げた。

「フン。俺の前に単身で乗り込んできた度胸は評価してやる。さっさとやれ」

人に何かやらせるというのにこの態度、さすがは魔王である。

「それが人に物を頼む態度かよ。これだから魔族は」

「いつ誰が頼んだ？　そっちが勝手にやると言ったのではないか」

渋面《じゅうめん》で捨て台詞《ぜりふ》を吐く賢者さんに、魔王が嘲笑《ちょうしょう》を返す。確かに魔王の言う通りなんだけど、言われた賢者さんの額には青筋が立った。

『言わせておけばいい。それより今は急ごう』

賢者さんと魔王の応酬《おうしゅう》に、勇者さんの声が割って入る。魔王のこめかみにもピクリと青筋が立った。悪気なくさらっと魔王を苛立《いらだ》たせそうなことを言うあたりは、さすがは勇者というべきか。

「チッ。さっさとやるぞ」

賢者さんがマギさんの腕を取り、前方に手をかざす。途端、マギさんの顔が真っ赤になった。

「早く魔力を同調してくれ」

「は、はいぃ！」

緊張に引きつった顔で叫ぶマギさんを見て、賢者さんも少々毒気を抜かれたらしい。

「……そういえば、あんた、《麗魔《れいま》》のマギ？　前に見た時とは別人みたいに美人になったな」

うっわー、ナチュラルにそんなナンパな台詞を言うからチャラ男さんは困るんですよ。

ホラ、マギさんがヤカンみたいに頭から湯気出してる。

そのマギさんはといえば、頭をブンブン振ってから賢者さんに向き直った。

「ああああの！　賢者さんは勇者さんと仲がよろしいので？」

「ん？　まあ、うちのリーダーだし、ガキの頃からつるんでる幼馴染《おさななじみ》だからな」

マギさんはピキーンと双眸《そうぼう》から光を放ち、「心得ました」と呟《つぶや》く。何をだ……

「早くこの戦いを終わらせましょう！」

戦いを終わらせて何をする気……いや、そこは触れないでおこう。せっかくやる気出してるんだし。

『イリス・エルトベーレが定義する！』

『クルーク・ワイズが定義する！』

二人が、真名《まな》と思われる名で呪文を詠唱する。これだけの軍勢を転移させるのは、この二人といえど真名ではないと厳しいということか。

『此方《こなた》と彼方《かなた》を繋げる！』

二人の声がハモると同時に、眼前に超巨大な門が現れる。右半分は白く輝き、左半分は禍々《まがまが》しい黒い扉。その向こうには、魔王城が見えている。

「続け！　勇猛なる魔族の戦士達よ！」

「行くぞ！　勇敢なる英雄の子らよ！」

魔王と勇者、それぞれの掛け声に応じて両軍が突入していく。その後に続いて、私とガイも扉をくぐったのだった。

数日ぶりの魔王城――

あの頃の活気は消え失せ、私が来たばかりの時のように閑散《かんさん》としている。戦える者は従軍し、戦えない者は避難しているからそれも当然だけど。

顔を上げ、私はキッと魔神を睨《にら》みつけた。

人――のような形をしてるけど、それは形だけ。目や口は髑髏《どくろ》のように落ち窪《くぼ》み、手足は木偶人形《でくにんぎょう》みたいにダランとさせ、血の色をした三対六枚の翼を背負っている。何とも禍々しい姿だ。

ふと、その口の中に光がチラチラと瞬《また》いているのを認め、総毛だった。またさっきの太陽みたいな光球を放とうと、エネルギーを溜めているのではないだろうか。

「魔王様！　荒野の影が追いかけてきます！」

兵士の叫びに荒野の方を振り向くと、先ほどあんなに倒したのに、まだ影が魔王城に押し寄せてくる。魔物型よりヒト型の方が目立って多い。戦場で倒れた勇者軍の亡霊には〝魔王城を攻める〟という思念がより強く残っているのかもしれない。

「勇猛なる我が軍の戦士達よ！　亡霊共は任せたぞ」

魔王の鼓舞《こぶ》を受け、影のしつこさに辟易《へきえき》していた兵士らも奮い立つ。

「おおおお！」という奮起の声を背に、魔王は魔神を仰いだ。

『魔王が定義する。闇は我を運ぶ翼』

ふわりと魔王が空へ——魔神のもとへと飛び立つ。一拍置き、四天王やケルベロス、勇者さん、賢者さんもそれに続いた。

「ガイ、私達も」

魔神は、魔王城のてっぺんにいる。高く飛び上がる二人の戦いが見えるよう、ガイにお願いして高度を上げてもらう。衣装が壊れたら、即座に修復しなければならない。

魔神の姿が近くなるにつれ、体中に不快感が走り、鳥肌がびっしりと立つ。真っ黒な魔神の口の中には幾筋もの光が走り、喉の奥で大きな光の塊《かたまり》が膨《ふく》れ上がっているのが見えた。

『失望したぞ、魔王よ……我に敵《かな》わぬと悟り、永年の宿敵と手を組むとは……なんと甘い。まるで弱く脆《もろ》いニンゲンの群れと同じではないか』

魔神の口が動き、地の底から響くような声が発せられる。ビリビリと、魔王城が震えた。

それと一緒に、魔神の口からたくさんの魔物が吐き出された。それらの魔物は全部骨だけの姿で、鳥のようにこちら目がけて飛んでくる。

「わっ……ガイみたいなのがたくさん来る！」

「失敬な、一緒にするでない！」

あ、良かった。さっき魔王と相対した時、声も口調も堅苦しい感じに変わっちゃってたから、もしかして中身も違うものになってるんじゃないかって、ちょっと心配だったんだ。

「はあああっ！」

ソードさんの剣から出た真空刃とアームさんの衝撃波が、骨コウモリ達を薙《な》ぎ、何匹も落としていく。残った数匹を、魔王の黒い雷《いかずち》が撃ち落とした。それから魔王は、さもおかしそうに言う。

「勘違いするな魔神。目的を果たすのに利用できるものを利用することの何がおかしい？　俺は俺の欲求を満たすことが最優先事項――そして俺の今の欲求は、思い上がった愚《おろ》か者を滅ぼすことだ」

魔王が両手を掲《かか》げる。その両手に黒い光が生まれ、その周りを雷がバチバチとスパークした。

と同時に魔神の眼前まで迫った勇者さんが、持っていた剣を振りかぶる。

「魔神よ！　世界の平和を守るため、お前を滅する！」

しかし、魔神は顔だけで勇者さんの身長を軽く超える巨大さだ。いくら勇者さんが強いといっても、魔神にとってはその剣もオモチャみたいなものなんじゃ――？

そんな私の危惧《きぐ》は、杞憂《きゆう》に終わった。


『聖剣よ！　我が呼びかけに応《こた》え、邪悪を滅せよ！』

勇者が朗々《ろうろう》と叫ぶと、剣が輝きその刀身が光の塊になってどんどん大きさを増していく。

光の刀身は勇者さんの体の何倍にも膨れ上がり、魔神を貫けるほどの大きさになった。

だけど、勇者さんは苦もなくそれを支えている。

「うおおお！」

裂帛《れっぱく》の気合と共に、勇者さんが巨大な光の剣を振り下ろす。

ザン！

と、魔神の体が両断され、切り離された下半身が、ガラガラと音を立て地上に落ちていく。

その頃には、魔王の手の中の黒い光も、魔神の上半身ほどの大きさになっていた。

「消えろ！」

激しくスパークする黒い光が魔王の手を離れ、魔神の上半身に炸裂《さくれつ》する。

さらに、ケルベロスの炎、ガイが放った金色の光、マギさんと賢者さんの魔法とソードさん、アームさんの攻撃がそれに追随《ついずい》する。

その力を一斉に受けて、さすがに耐えかねたのだろう。魔神の上半身もまるでハンマーで砕かれた硝子《ガラス》細工のように、木端微塵《こっぱみじん》に吹き飛んだ。

「やった！」

ガイの背で私は歓声を上げた。ここまで粉々になれば、いくら魔神でもひとたまりもないだろう。

けど、喜ぶのはあまりに早かった。

「リセ、捕まるんじゃあ！」

ガイの緊迫した声に、咄嗟《とっさ》にガイの首に抱きつく。

同時にガイがすごい速さで急旋回し、風が耳元で大きく唸《うな》った。

でもそれが、ガイが速く飛んでるからじゃないということに気が付いたのは、すぐのことだった。

さっき魔神がいた方向に、凄《すさ》まじい勢いで吸い寄せられているのだ。その流れに逆らい、ガイはその場から離れようとしている。

激しい風でなかなか目が開けられない。それでもなんとか薄目を開けると、魔王も四天王も勇者さん達も風の抵抗を受けやすい空中から地上へと下りて、シールドで自分や周りの兵士を守っている。

なんとか逆風を抜けたようで、ガイの移動する速度が増し、幾分風が収まる。私はようやくガイの首から手を離して振り返った。

なんと、バラバラになった魔神の体が一ヶ所に集まっていく。さっきの風は、魔神がバラバラになった体を寄せ集めようとして起こしていたんだ。

今や、魔神の体は完全に元に戻ろうとしていた。

それを見て愕然《がくぜん》とする。同時に襲ってくる、絶望。

見た感じ、みんな自分の持つ最大限の力で、総攻撃をかけていた。だというのに――

こんなの……勝ち目があるの？

風が収まり、元に戻った魔神の口の中に、またあの光がちらつく。

『フッ、これで終わったら、拍子抜けもいいところだったな』

こんな状況だというのに。両軍の兵士だけでなく、四天王さえも茫然《ぼうぜん》とする中で――

魔王だけが、いつもと変わらない口調で呟《つぶや》くのが聞こえてきた。

『強がっている場合か。あれは恐らく本体じゃないぞ』

『それだけわかれば上等だろうが』

さすがに勇者さんは神妙な口調だったが、それでも魔王は不敵に豪語する。こんな状況で余裕を見せる魔王は……やっぱり悔しいくらいカッコイイ。

『本体は恐らく、まだ魔王城の中だろう。奴はまだ完全体ではない。大口を叩いてはいるが、力を外に放出しているだけで、大方本体はまだ魔王城に縛られているのだろう』

『ほ、放出しているだけって……それだけでこんなに強大なら、本体が外に出たら……』

マギさんが声を震わせる。確かに、これが魔神の力の一端でしかないなんて信じたくない。じゃあ完全に蘇《よみがえ》ったらどうなっちゃうんだろう。想像もしたくない。

『本体を叩けば終わる。無意味な心配だ』

なのに、魔王の顔から冷笑は消えない。私が絶望を見た時に、この人は勝算を見ていたのだから半端ない。

『魔王城の中に入るぞ!』

魔王が呼びかけたその時、眩《まばゆ》い光が辺りを染めた。

『っ⁉　さっきより速……!』

勇者さんが驚愕《きょうがく》の声を上げる。魔神が顔を下に向けている。さっき荒野に放ったレーザー砲を、真下に放とうとしているのだ。

マギさん、賢者さんがシールドの呪文を唱える。ガイも急いで地面に下りると私を降ろし、二人の前に立って両翼を広げ、彼らのシールドに自分のシールド魔法を重ねた。

「きゃあああああっ!」

立っていられないくらい地面がガクガクと激しく揺れる。あまりの恐怖にしゃがみ込み、知らず悲鳴を上げていた。ああ、私がバカだった、やっぱり来るんじゃなかった。

目を閉じても光の洪水が瞼《まぶた》を通して入ってくる。

その光と熱が――唐突に、和《やわ》らいだ。

一瞬攻撃が終わったのかと思ったけど、違った。

魔王が私に被さり、庇《かば》ってくれているのだ。その腕の中にいるから、光と熱が収まったんだって気が付く。ガクガク震えていた体が嘘のように静まった。が、今度は別の意味で体が熱くなってくる。

「な……なんで？」

ドッキンドッキンと心臓が大きな音を立て、頭が真っ白になる。今まで散々魔物の餌《えさ》にするとか、所有物とか下僕とかいう扱いをしてきたのに、なんで突然こんな……優しいことをしてくれるのか。

「俺が守ると言っただろう。イマイチお前は気に入らん。何故勇者や年寄りの精霊ばかりを頼る」

私を腕に抱きながら、魔王が舌打ちする。

それは、甘い囁《ささや》きには程遠かったけど。でも私には同じようなものだった。

「た……頼っていいんですか？」

「当然だ。そうでなければおかしいだろう。一番強いのは俺だ。お前はそれをわかっていない」

こんな状況だというのに、なんだか笑いが込み上げてきた。だって、魔王のその顔も声も、まるで拗《す》ねているみたいだったから。勇者さんが、独占欲丸出しの子供って言っていたのがよくわかる。まさしくそう。

「貴様、何を笑っている⁉」

「痛――⁉」

ゴッ！　と魔王に頭突きをかまされて、私は笑いながら叫んだ。いつもなら首を絞められるような局面だが、両腕で私を抱いているからだろう。けど、触れ合ったおデコがあったかい。激しいデコこっつんだったけど、それがなんだか魔王らしくて、余計に笑えてきた。

「貴様……！　もういい。魔神を倒したら、俺の強さを嫌というまでわからせてやる」

「楽しみにしてます！」

いつもは心の中に留《とど》める言葉を口に出すと、魔王は軽く眉をひそめた。そして「はーっ」とこれみよがしにため息を吐かれる。うん。今絶対に馬鹿な女だと思われてるよ……

魔王は気を取り直したように、上を睨《にら》みつける。

「……今度は二枚目も完全にやられたな。さっきより近いからか」

「でで、でもわたし、今は真名《まな》で詠唱しましたよ」

「オレもだ」

賢者さんとマギさんの会話が聞こえて、魔王の体が私から離れた。いつの間にか、攻撃は終わっていたみたい。さっきは、一番外側のシールドがやられただけだったけど、今度は三枚重ねの真ん中までやられたようだ。収まりかけた震えが戻ってくる。

「立てるか？」

「な、なんとか……。そ、その、ありがとうございます。守ってくれて」

そういえば、まだちゃんとお礼を言ってなかった。改めてお礼を言いながら魔王の目を見たら、収まりかけた鼓動がまた激しくなってきた。かあっと顔が熱くなってきたので、ささっと魔王から離れ、深呼吸――しようとした息が止まった。

逼迫《ひっぱく》した状況にさらに追い打ちをかけるように、ここにも影が現れ始めたのだ。

魔王はまたいつもの冷たい顔で命令を下す。

「ソード、アーム、ハウンド！　お前達はここで影を食い止めろ！　マギは、魔神の攻撃に備えてシールドを張れ！　俺は魔王城に入って魔神の本体を叩く」

「お一人で行かれるのですか⁉　危険です！」

ソードさんが反対の色を込めた声を上げるが、魔王はそれを一笑に付した。

「危険だと？　誰に向かって言っているのだ」

その言い様に、ソードさんは言葉を継ごうとしていた口を、しかし何も言わないままに閉じた。ややあって魔王に背を向け、影に対し剣を構える。

「出過ぎたことを申し上げました。我らは主《あるじ》の命に従うのみ。ここはお任せ下さい」

「うむ、任せた」

満足気に言い、魔王は踵《きびす》を返した。――だが。

「駄目だ、強力な力で入口が封印されている」

先に魔王城に乗り込もうとしていた勇者さんが、悔しげな声を上げる。そう言っている間にも、彼は魔王城の扉を押したり引いたりするものの、びくともしない。呪文も色々唱えていたが、状況に変わりはないようだ。

「マギ」

呼ばれたマギさんが扉を調べ始める。既に賢者さんも調べたようだが、二人とも首を横に振った。

「……ふ、封印魔法は、その魔法を解読して理解しなければ解呪《かいじゅ》できません。この魔法言語は古すぎて……時間さえあれば、可能ですが……」

怖くて見上げられないが、多分魔神はまたあのレーザー砲みたいなのを撃つため、力を溜めているに違いない。それに、影も迫ってくる。どう見ても時間なんてない。

「ねえガイ。ガイにも無理なんですか？」

こっそりガイに尋ねてみると、彼は悔しそうに唸《うな》った。

「うぬぬ……封印魔法は精霊魔法と系体が少し異なるのじゃ。……ワシにはどうにもできん」

ガイでもどうにもならないなんて……

魔王達の会話の方に注意を戻す。

「転移は」

「中の空間を弄《いじ》られていて、転移先を指定できません」

力なく、マギさんが首を横に振る。

「――解呪が無理なら、破壊するまでだ！」

項垂《うなだ》れるマギさんから視線を外すと、魔王は手を振りかぶった。

『魔王が定義する！　我が前に道は開く！』

その手を呪文と共に扉に叩きつける。ピシリ、と扉に亀裂が入ったが――しかし、それだけだった。

「くっ……」

初めて、魔王の顔から笑みが消える。マギさんが無理だと言ったことより、今の魔王の魔法が通じなかったことよりも、そのことがどうしようもなく不安と焦《あお》りを煽った。

どうすればいいの。だけどマギさんでも魔王でも無理なこと、私にできるわけが――解呪《かいじゅ》が得意なキャラなんかぱっと思いつかないし、どのみち今は新しいコスを作れるほどの素材を持っていない。

一度転移魔法でペリペティアに帰って素材を――でもそのあと、どうやってここに帰ってくるの？　マギさんか賢者さんかガイに一緒に来てもらう？　それも駄目だ。その間に魔神のレーザー砲が来たら。さっき二枚目のシールドまでやられてしまったんだ、三人いないと危険だ。

万事休す。この扉さえ開ければ、勝機があったかもしれないのに――

と、悔しさと絶望で思わず扉を叩いたその時。

カチャン。

と、なんとも軽い音がして。ギイイイイイ、と扉が開いた。

「へ？」

緊迫した場に、私のなんとも間の抜けた声が落ちた。

なんで？　なんで、魔王でも開けられなかった扉が、私に開けられるわけ……？

「……は。はははは、フハハハハハ‼」

突然、魔王の笑い声が辺り一面に響き渡った。

その場の誰もがポカンとして、あるいは怪訝《けげん》な顔をして――視線を魔王に向ける。

魔王はひとしきり笑ってから、急にグイッと私の左手を取った。

「えっ何⁉　何ですか⁉」

「まさか、お前にかけた魔法がこんな形で役に立つなんてな……」

「あ……ああーーー！　あの時の‼」

その言葉で、やっと私も思い出した。

そうだった。倉庫の鍵が欲しいと魔王にお願いした時、魔王は私の左手を鍵にしたのだ。この魔王城の、全てを開く鍵に。

「え、え、ええ？　どど、どういうことですか？」

「リセが、以前魔王城の倉庫に入りたいと言ってきたことがあった。そこで俺はこう定義したのだ。リセの左手は、全てを開く鍵である――とな」

話についてこれないマギさんに、魔王が簡単に説明する。

「な、なるほど、それで……」

「無茶苦茶だな」

得心した、というようにマギさんが頷き、賢者さんがフウ、とため息を吐く。

「中にもまだ魔神の力で封印されている扉があるやもしれん。お前は俺と来いリセ！」

「は、はい！」

魔王に腕を引っ張られ、咄嗟《とっさ》に返事する。だけど、魔王城へと足を向けた私の背に、ガイの不安そうな声がかけられた。

「待つんじゃ、リセ。ワシも……」

ガイの申し出に、私は首を横に振った。

「ガイが一緒に来たら、魔神がさっきの光を口から吐いた時に防ぎ切れません。ガイはここに残って下さい。それに、その姿じゃ屋内を移動するのは難しいでしょ？」

「むう……」

私の正論に対し、ガイが言い返せずに唸《うな》る。すると、違う声が割って入った。

「じゃあ、僕が行くよ」

振り向くと、勇者さんがこちらに向かって歩いてくる。それを見るや否《いな》や、魔王が怒号を上げる。

「貴様は来るな！　俺の城だ！」

ああ、もう、ガイとの会話の時は黙っててくれたのに。

「今はそんなことを言ってる場合じゃ――」

呆れたような勇者さんの声は、途中で止まった。一転険しい顔をして上空を仰ぐ彼の視線を追って――私は身を固くした。魔神の手から今まさに幾筋もの光線がこちらに放たれたところだった。

「くっ！」

勇者さんが聖剣を一閃させ、降り注ぐ光線を切り裂く。

勇者さんの剣に触れた光線はたちまち消えていくが、魔神の手から出る光線は途絶えることがない。まるで、私達が城へ侵入するのを防ごうとしているようだ。

「フン、今のうちに行くぞ」

「ええっ⁉」

勇者さんを放ったまま、魔王はさっさと城内へ向かう。私も彼に引きずられるようにして、魔王城に乗り込むことになったのだった。

＊　＊　＊

魔王城の中は、さっきのレーザー砲の余波で壊れた箇所はあれど、致命的なダメージは受けていないようだ。それに中を荒らされた様子もない。って、魔神がそんなコソ泥みたいな真似するわけないか。なんて思いつつ、魔王城の様子を窺《うかが》っていると。

「余所見《よそみ》せずついてこい。あちこち空間が歪《ゆが》んでいる。また違う世界に飛ばされても知らんぞ」

あわわ、気が散ってるのがバレてた。って、違う世界……ですって？

「それって……もしかして、私の世界にも繋がってたりします？」

「俺が繋げたわけじゃなし、そんなこと知るか。気になるなら飛び込んでみるがいい。魑魅魍魎《ちみもうりょう》ひしめく世界で生きながら食われる、なんてことにならなければいいがな」

脅《おど》しとわかっていても、背筋が寒くなる。……でも、そういう可能性もゼロとは言い切れないよね。

「……リセの世界と俺の部屋が繋がったのも、思えば魔神の力が影響していたのかもしれんな。魔王城の転移装置が不安定だったのも――クソ、俺としたことが今まで気付かんとは」

魔王が珍しく苦々しい声を出す。

「そんなこと、どうでもいいじゃないですか。どうせ今から倒しちゃうんでしょ？」

あえて私は軽口を叩いてみる。

すると、一瞬魔王が私を見下ろしてきた。なんというか……いつも隙のない魔王が、今初めて素顔を見せたというか。こんなポカンとしたような魔王の顔、初めて見る。本当に一瞬のことだったけど。

そしてその直後。

「――当然だ」

いつもの冷笑、強気の言葉。

見慣れない魔王の一面を不意に見せられるとドキッとするけど、やっぱり魔王はこうでなくちゃね。

以前ケルベえに案内された道を通り、不安定な転移装置を魔王の力で制御して、魔王の部屋まで辿《たど》り着く。部屋の中にある別の転移装置の前に立ち、魔王は「チッ」と舌打ちした。

「ここも、封印されている」

「任せて下さい！」

また一つ、封印されている扉を左手で開く。

ここまでにも、開かない扉、動かない転移装置がいくつかあった。それどころか、開きっぱなしだった扉が突然勝手にバタンと閉まってビクとも動かないとか、上に繋がってるはずの転送装置に入ったのに下の階に出てしまったりとかもあった。

「恐らく、魔神が抵抗しているのだろう」

いくらも進まないうちに、また目の前で扉が閉まる。う～魔神がやってるとしても、勝手に扉が閉まるっていうのは気持ち悪いなぁ。

「リセの手が鍵になっているのは、魔神にとって大きな誤算だったはずだ。今頃青くなっているだろうよ」

ククク、と魔王が笑い声を上げる。味方だと頼もしいけど、つくづく敵には回したくないものだ。楽しそうに笑う魔王を尻目に、私は左手を掲《かか》げて扉を開けた。その先には転送の魔法陣がある。以前ケルベえと一緒に乗った魔法陣で、これは魔王の部屋に繋がっているはず。

「魔神の本体は、恐らく魔神を封じている陣のところにあるだろう。そこには俺の部屋から行ける」

「わかりました。じゃあ、これに乗ったら魔神はすぐ近くってことですね」

そうだ、と頷いて、魔王は魔法陣に足を踏み入れた。慌てて私も後に続く。しかし、装置は発動しない。——またか。これも魔神が邪魔をしているのだろうか？　そう目で魔王に問いかけると。

「小賢《こざか》しい！」

クワッと目を見開いて魔王が叫ぶ。それと同時に、ヴォン！　と音がして転送装置が発動した。

うん、やっぱ、すごいや、魔王は。

こうして私達は、ついに魔王の部屋まで辿《たど》り着いた。魔王は迷わずいつも座っている椅子の後ろに立つと、壁の一角に右手で触れた。すると、壁の一部が消えて、通路が現れる。その先には、赤く光る魔法陣があった。

「あの魔法陣で転送した先には、地下へと続く階段がある。恐らく魔神の本体はそこにあるだろう。何が起こるかわからん――俺の傍を離れるなよ」

「……はい」

「怖いか？」

「それは……怖いですけど」

魔神の本体が、無防備な状態とは思えない。魔王の言う通り、何があるかもわからない。怖くない訳がない。でも、今怖がってても仕方ないもんね。

「でも、魔王様の方が百倍怖いです！」

「良い答えだ。だが千倍に訂正しておけ」

不敵にのたまいながら、魔王が魔法陣へと足を踏み出す。その途端、グラリ、と再び城が大きく揺れる。

「わわっ！」

バランスを崩した私の肩を、魔王が支えた。

「所詮《しょせん》この程度の抵抗が精一杯なのだろう。待ってろ、今止《とど》めを刺してやる」

ヴォン、と赤い光が私達を包み込んだ。


転送したその先には、暗くて先の見えない下り階段。魔王はためらうことなくそれを下りていく。

壁も階段も剥《む》き出しの土で、辺りには冷えた空気が漂っている。恐ろしいほど静かで、聞こえるのは、ザッザッと階段を下っていく私達の足音だけ。下りだからまだいいけど、上りだったら途中で脱落していただろうってくらい長い階段だ。

――もしかして永遠に続くんじゃないかって思い始めた頃、ようやく終わりが見えてきた。

その先には、だだっ広い空間が広がっていた。地面一面には、巨大な魔法陣が血のように赤くヌラヌラと光っている。

そして、その中央に、大きな赤い石が浮いていた。それはまるで心臓のように、ドクン、ドクンと脈打っている。魔法陣の光は、その脈動に合わせて明滅していた。
「間違いない。これが本体――魔神の心臓だ」

魔王が油断なく辺りを窺《うかが》う。だが、何かが襲い掛かってくる様子はない。

「無防備に急所を晒《さら》しているとも思えんが……仕掛けてくるのを待つのも性に合わんな。お前は離れていろ」

頷いて私が離れると、魔王は片手をかざした。その手の平の中で、黒い火花がバチバチと弾ける。

「滅べ、魔神！」

魔王が叫ぶと共に、黒い光の球が魔法陣に浮かぶ赤い石の上にいくつも浮かぶ。そこから一斉に、黒い雷《いかずち》が石目がけて迸《ほとばし》った。激しく黒い火花がスパークするが、赤い石に変化はない。

「うおおおお！」

さらに魔王が吼《ほ》え、突きだした手の隣に、もう片方の手もかざす。雷《いかずち》の勢いが増し、さらに幾筋もの雷《いかずち》が赤い石に降り注いだ。

ゴゴゴゴゴ！

大きな地響きがして、激しく地面が揺れる。さっきまでの揺れとは比較にならないほどの激しい揺れに、私はもんどりうって転がり、階段にゴチンと頭をぶつけた。

「いったあああ！」

思わず頭を押さえると、さっそく大きなタンコブができている。が、揺れは未だ収まらない。これ以上タンコブを増やさないために、必死に階段にしがみつく。

「リセ！」

激しい揺れの中、魔王がこちらを振り返ったのが見えた。気遣うようなその態度に、私は精一杯の強がりを口にする。

「私は大丈夫です！　だから魔王様は、早くそれを破壊しちゃって下さい！」

ドオン！

大きな音と共に、激しくなっていく揺れ。このまま揺れが続けば、天井が落ちてくるかもしれない。既に、パラパラと土くれが降ってきている。

魔王は宙に逃れたようで、揺れの影響は受けていない。私も魔法で浮かせてもらえれば、揺れに難儀することもないだろう。でもそれじゃ魔王はフルパワーで攻撃できない。

「待っていろ。心臓を破壊すれば揺れも収まる！」

「はい！」

魔王はさっき、揺れや転送装置のトラブルは魔神の抵抗だと言っていた。だとすればこの揺れもきっとそう。それならフルパワーで破壊してしまうのが、一番危険も少ないはずだ。

『魔王が定義する！　大地は我が敵を貫く槍《やり》！』

絶え間なく雷を浴びせながら、魔王が別の呪文を叫ぶ。心臓の真下から、尖《とが》った岩がいくつもせり上がり心臓に突き刺さる！

「やった！」

ガックンガックンと揺さぶられながら、私は魔王の猛攻に歓声を上げる。だけど喜ぶにはまだ早かった。心臓を貫いたと思った岩は、どれも次々に砕け散ってしまう。それだけではない。心臓から一本の赤い触手が飛び出して、魔王の首を締め上げる！

「ぐうっ！」

「ま、魔王様！」

魔王は咄嗟《とっさ》に首元に片手を入れていたが、触手がギリギリと締め上げを始めると、さすがに苦悶《くもん》の声を上げた。床に下りた魔王がガクリと膝をつき、私の顔からさぁっと血の気が引く。

……私は、今まで魔王が劣勢になるところを見たことがなかった。だから、今回も魔王が余裕で倒してくれるんだってどこかで楽観視していたのかもしれない。

助けなきゃと思うのに立ち上がれない。それは揺れのせいじゃなくて。

ピンチを目の当たりにして、膝が震えている。

「リ……セ」

地鳴りの音を縫《ぬ》って、魔王の掠《かす》れた声が届く。

「この触手は……魔力を吸収する。ということは恐らく魔力が強い者に反応して動いている。……だからお前は今のうちに去れ」

魔力を吸収する？　じゃあ、魔王が今何の抵抗もできないのは、今魔力を吸い取られていて体の自由がきかないってこと⁉

「駄目です！」

震える膝を押さえて私は立ち上がった。グラグラ揺れる地面を踏みしめて歩き出す。けど、三歩も歩かないうちに大きな横揺れが来て、また転んでしまう。

じんじん痛む膝に目を落とすと、スカートが破れて膝から血が出ていた。でも構うもんか。

依然として激しい揺れの中を、私は四つん這《ば》いになって進んだ。

「魔王様、今助けます！」

「愚《おろ》か者が……お前になんとかできる訳がないだろう……！　足手纏《まと》いだから早くこの場から去れ！」

「嫌です、魔王様には私を元の世界に帰してもらわないと！　それに、私だって魔王軍って言ってたじゃないですか！」

そのまま私は這《は》いつくばって、どうにかこうにか魔王の足元まで辿《たど》り着いた。

魔王は愚かと言ったけど、私だって何の勝算もなしに動いてるわけじゃない。本当にこの触手が魔力に反応して動いているなら、私には攻撃してこない。魔神の心臓は、この触手の他は揺れくらいしか仕掛けてきていない。もっと強く、有効な攻撃手段があるならとっくにやっているはずだ。

私の読み通り、魔神は私に対して何のリアクションも起こしてこなかった。よし、今だ！

私は背負っていた巨大ハサミを抜くと、それを両手で広げ、触手を挟み込んだ！

「えぇーい！」

そして、思い切り閉じる。が、硬い！　刃はかろうじて食い込んでいるけど、切り落とすには至らない。おまけに揺れで足場が悪く、力が入らない。

「うあああああ‼」

思い切り声を上げて力を込める。触手がビチビチとうねる。ううー、逃がすもんですか！

と、私の両手にふと何かが重なった。魔王が私のハサミに片手を添えている。

ググッと力が加わり、私達が持った方の刃が、深く触手に食い込んだ。私はそちらから手を離すと、逆の持ち手に両手で押して、さらに体重も乗せる。

バチーン！

ようやく触手が両断され、魔王の首に巻きついた触手が落ちる。

「魔王様、大丈夫ですか⁉」

触手を切り落とすと同時に、嘘のように揺れが収まった。ゲホゲホと魔王が咳《せ》き込み、私が背中をさすろうとすると、突然頭をはたかれた。

「誰が助けろと言った！　貴様のような小娘に助けられるなど魔王の恥だ！」

「ご、ごめんなさいー！」

礼を言われるとは思ってなかったけど、まさかのお叱りだった。――だけど。

「……これ以上借りを作らせるな」

小さく呟《つぶや》かれた言葉に頬が緩む。

「さあ魔王様！　一気に仕留めちゃって下さい！」

顔を上げ、景気付けに放った私の言葉に、魔王がいつもの不敵な笑みを返してくる。

だけど、この時私達は気が付いてなかった。切り落とされた触手がまだ、私の背後でかすかに動いていたことに。

「――っ、リセ、伏せろ！」

魔王が鋭く警告する。振り返った私の目に、鋭く尖った触手の切れ端が飛んでくるのが映った。

触手は私ごと魔王を貫くだろう。わかっているのに、恐怖で体が竦《すく》んで動けない。

魔王が舌打ちして私の手を引いた。バランスを失って倒れる私の体。でも、これじゃ魔王が……！

「いやあああ！」

最悪の事態を予測して、私が悲鳴を上げた、その刹那《せつな》。

『勇者が定義する！　光は我が標的を滅する！』

白い光に包まれて、触手がパリンと砕け散る。

……一瞬何が起こったのかわからなかった。だが、忌々《いまいま》しそうに振りかえる魔王の視線の先を追って、納得する。

――階段で、勇者さんが手を掲《かか》げていた。

「勇者さん！」

「ふう……危機一髪だったね。詰めが甘いよ、君は」

「貴様という奴は……！　余計なことをするな！」

「魔王を倒すのは勇者の役目。お株を奪われちゃ困るんだよね」

勇者さんはそう言いながら階段を下り、私達の傍まで歩いて来る。

「これ以上の手出しは許さん。貴様はそこで指でも咥《くわ》えて見てろ」

「嫌だね。なんでみすみす君に勝ちを譲らなきゃならないのさ」

二人はしばし睨《にら》み合ったが、やがて同時にバッと魔神の心臓に向き直る。そして魔王は手をかざし、勇者さんは剣を構えた。

『来たれ闇よ！』

『聖剣よ！』

黒い光球が浮かび、勇者さんの剣が輝きを纏《まと》う。

そんな二人の姿を見て、私は思わず両手を重ねた。

神様、仏様、キル様。

ガイ、ニー、フィロ。小さな精霊達。

どうか、どうか、力を貸して下さい！

『梨世が——清宮芹子《きよみやせりこ》が定義する。私の衣装は、魔王と勇者に最高の力を与えます！』

無意識のうちに、私はそう口走っていた。それが、ちゃんと呪文として効力を発揮したのかはわからない。だけどその途端、魔王を黒い光が、勇者さんを白い光が包み込む。

「これは……！」

「力が湧いてくる！」

二人がそれぞれ叫ぶ。それから魔王は手を高く上げ、勇者さんは地を蹴った。

『アルティメット・エンド！』

魔王が高らかに叫ぶと同時に、ブワッといくつもの黒い光が膨張する。そしてそれらは上空へと立ち上り、剣を形作った。そして、次々に魔王の心臓目がけて降り注ぐ！

『聖竜烈光斬《せいりゅうれっこうざん》‼』

今度は裂帛《れっぱく》の気合と共に高く跳躍した勇者さんが、煌《きら》めく聖剣で魔神の心臓を切りつける。刃が触れた瞬間、勇者さんを包んでいた白い光が、竜の形になって心臓を貫いた。

っていうか、今の二人の技って……キル様の新技と、勇者グレンの必殺技じゃないですか⁉

一人、全く別のことで興奮する私の目の前で。

ピシッ。

小さな音と共に、魔神の心臓に亀裂が入る。そしてその裂け目から、カッ――と、赤い光が迸《ほとばし》った。

ゴトン。

心臓が二つに割れて、床に落ちる。そして塵《ちり》になって消えた。

それと同時に、魔法陣からも光が消えて、後には暗闇だけが残される。

「終わった――の？」

真っ暗闇の中、一抹の不安と共に呟《つぶや》くと。

「貴様――途中から来ておいて、よもやトドメを刺したのは自分などとは言わんよな？」

「どう考えてもトドメ刺したの僕でしょ。大体僕がいなかったらやられてたくせに」

「やられてなどおらん！」

「いーや、やられてたね！」

暗闇から、元気にいがみ合う声が返ってくる。

「どっちでもいいですけど、灯りを出してくれませんか？」

なんだかどっと疲れてしまって、私はそれだけ頼む。こんな何にも見えない中で、よく喧嘩ができるよ。まあ常人じゃない二人だから、暗闇でも見えてるのかもしれないけど。

私のお願いはスルーされるかと思ったけど、二人の言い争いはピタリと止まった。

「あ、ああ。すまない」

勇者さんがすぐに呪文を唱えて、辺りを照らしてくれる。そこにはもうあの不気味な魔法陣も、魔神の心臓も何にもなかった。ただのだだっ広い地下室だ。

「……終わったんですよね？」

それでも確認してしまう私に、魔王と勇者さんが同時に頷いた。

「ああ」

声まで綺麗にハモって、私はつい噴き出してしまった。だが二人はムッとした顔で互いに睨《にら》み合う。あ、このままじゃ次の喧嘩が始まっちゃうよ。

私は慌てて二人の背後に回り込み、右手で魔王の背中を、左手で勇者さんの背中をポンと叩いた。

「二人とも、お疲れ様です」

二人が首だけで振り返り、ニッと笑う。

ああ、本当に終わったんだ。

それがわかったら、なんだか気が抜けてしまって――そのまま、私は気を失った。

エピローグ

それから、丸一日とちょっと。

気が付くと、魔王城の自分の部屋にいた。

久しぶりに、魔王城の作業部屋で寝た。なんだかこの部屋にも結構愛着が湧いちゃったな。

少し壊れてしまった魔王城だけど、今や人手（魔族手？）はたくさんある。私が目を覚ました時には、そのほとんどが既に修復済みだった。

……でも、今日でお別れだ。

魔王城の上にいた魔神の一部と、魔王城や荒野にひしめいていた影は、魔王と勇者さんが魔神の本体を破壊したと同時に全て綺麗さっぱり消えてしまったらしい。そのため勇者さんをはじめとした勇者軍のみんなは、私が眠っている間にエルシアンに引き上げていた。魔王軍との対決はまたの機会に、ということみたい。できればちゃんとお別れをしたかったけど、ここは魔王城だし、勇者軍にとっては敵陣だ。魔神を倒した今、長居する場所じゃないだろうから仕方ない。

ガイも元の姿を取り戻した以上、精霊界へと戻らなければいけないみたい。だけど、彼は私が目覚めるのを待ってくれていた。起きてからすぐマギさんにそれを聞いて、彼が待っているというテラスへと向かう。大きな鳥の姿に戻った彼は、魔王城の中に入ってくるのが難しいのだ。

「やはり、リセは元の世界に戻ってしまうのか」

残念そうに言うガイに、頷いて見せる。

「はい。魔王が約束を守ってくれるなら、今日にも」

「そうか。ワシも精霊界に帰るが、この世界にいればまた会うこともあったじゃろう。じゃが……別の世界では、それも叶わん。寂しいのう……」

「ガイ……」

しょんぼりと項垂《うなだ》れるガイを見て、我慢していた涙が零《こぼ》れてきた。

「たくさん助けてくれて、ありがとうございます。ガイのこと、ずっと忘れません」

ガイのくちばしにギュッとしがみつく。

「ワシも忘れんよ、リセ。お前さんに貰った名前、ずっと大事にするからのう」

ガイにはずっと励まされてきたし、助けられた。この世界のことを教えてくれたのも、魔法について教えてくれたのもガイ。お調子者で、意地っ張りで、でもそんな性格にもずっと助けられてきた。……名残惜しくてなかなかそのくちばしを離せないでいたけれど。

「リセさん。魔王様がお呼びですよ」

後ろからマギさんの声がかかり、そっと手を離す。ガイは無言で翼を羽ばたかせ、空高く舞い上がった。そしてクルリと私の頭上を旋回した後――金色の光の筋になってどこかへ飛び去っていく。

「さよなら、ガイ」

小さく呟《つぶや》いてから、マギさんの方に向き直る。

「わかりました、マギさん。先に行ってて下さい」

帰る前に、あと二人、別れを言わなければならない仲間がいる。

マギさんの気配が消えてから、私は手をかざして、彼らを呼んだ。

『ニー、フィロ』

小さな光の球が二つ、私の前に現れる。

「私、ここではない世界に帰るんです。だから、もう二人には会えなくなると思う。だからお礼とお別れを言おうと思って」

二人がいたから、たくさん服を作れた。それに、二人のおかげで、服に不思議な力もついた。だから私はこの世界で生きることができたんだ。

「ニーもフィロも、魔力のない私と契約してくれて、ありがとう。私のためにたくさん魔法を使ってくれて、本当にありがとう。これからも元気でね」

二つの小さな光は、私の声に応《こた》えるようにチカチカと明滅し、そしてフッと消えていった。消える瞬間に、頭の中に言葉が滑り込んでくる。

『ありがとう、リセ』

その言葉に、胸がほわっと温かくなる。その場所を両手で押さえながら、私は踵《きびす》を返した。

――魔王のもとへ、向かうために。

約束通り、元の世界に帰してもらう時がやってきた。

魔王城のクローゼット前に、渋面《じゅうめん》の魔王と、寂しそうなマギさんをはじめとした四天王が集《つど》う。

昨日はさすがにみんな憔悴《しょうすい》し切っていたそうだけど、私と同じく一日休んだら元気になっていて、私の見送りに駆けつけてくれたのだ。

「お別れなんて寂しいです。わたしもリセさんの世界に行きたい」

マギさんは目元をグシャグシャにして泣いている。

「マギさん、泣かないで。マギさんがいなくなったら三天王になっちゃいます。マギさんはトゥオネラで活動、頑張って下さい」

マギさんがいれば、こちらにオタク文化が根付くのもそう先のことではないだろう。

ズビーッと鼻をすするマギさんを押しのけ、アームさんが私の手をガッシと掴む。

「元気でな、お嬢ちゃん。オレぁこれからも料理の腕を磨くぜ。もしまたいつか会えることがあったら、食ってくれよな」

「はい。その時には、コック服をプレゼントさせて下さいね」

「おう！　楽しみにしてるぜ！」

ニカッと笑い、アームさんが手を離す。すごい力で握るから、離してもジンジンして熱いや。だけどなんかその熱さが嬉しい。

「リセお姉さん……！　これ、持っていって下さい！」

「くううん……」

ボロボロ涙を流しながら、ハウンド君がケルベロスぬいぐるみを差し出してくる。

「ありがとう、ハウンド君。それにケルべえ。二人とも仲良くね」

ぬいぐるみをギュッと抱きしめて、私は子犬姿に戻ったケルべえの顎《あご》を撫《な》でた。きゅうん、とケルべえが寂しそうに鳴く。

「皆、そんなに名残惜しそうにしていてはリセが帰りにくいだろう。その辺にしたまえよ」

最後にソードさんが来て私の周りに集まる他の四天王を散らし、スッと私にバラを差し出す。

「美しい衣装を感謝する、リセ。息災を祈ろう」

「ありがとうございます、ソードさん」

バラを受け取り微笑むと、ソードさんも私から離れた。そしてそのまま他の四天王を連れ、退室していく。彼らと入れ替わるようにして、魔王が私の前に立った。

――いよいよ、この世界とお別れだ。

「本当に帰るのか。これからも衣装係として我が軍に置いてやってもいいと言っているのに」

「お気持ちはありがたいんですが、私には帰る場所があるから」

契約の期間は終了した。私だって、ニーやフィロを呼び出せなくなるのは寂しいし、マギさんやハウンド君——四天王に会えなくなるのも寂しい。

それに、魔王。こんな完璧なイケメン、現実世界では絶対に出会えない。

いや、それ以上に魔王にはいろんなことを教えてもらった。自分の好きなことに打ちこめる幸せ、それに、自分の意志の大切さ。自分の宿命に抗《あらが》って意志を持ち、貫こうとした魔王の姿勢からは、私も色んなものを学んだと思ってる。

未練はいっぱいある。それでも、元の世界を捨てる勇気はまだ持てなくて。

「……わかった。お前は約束を守り、我が軍のためにその力を尽くした。約束は守ってやる」

ふっと魔王が笑う。いつか一度だけ見た、冷たさのない笑み。

冷たい笑みも大好きだけど、いつも冷笑や嘲笑《ちょうしょう》しかしない人が見せる穏やかな笑顔は、はっきり言って反則だ。決意が揺らぎそうになるじゃないか。

「この世界とお前の世界を正確に繋ぐためには、お前の真名《まな》が必要になるだろう。……〝リセ〟は、真名じゃないな？　魔神と戦っているあの時、お前は違う名で魔法を使っていた」

あ、バレてた。あんな土壇場《どたんば》だったから、バレないと思っていたけど。

でも、別に隠すほどのものでもない。帰るためなら、私の名前くらい教えても全く問題はない。逆に、知っておいてほしいくらい……かな。

「清宮芹子です」

魔王は頷くと、クローゼットに向かって手をかざした。

「お前の真名を使って空間を繋ぐが、お前が帰ってしまえば、二度と二つの世界は繋がることはあるまい」

「あ、あの！」

これで、魔王とはお別れなんだ。そう思った瞬間、私は意を決して声を上げた。

「魔王様の名前も、教えてくれませんか――!?」

結局、魔王は一度も自分の名前を使って魔法を使わなかった。四天王ですら、魔王の真名は知らないという。そんな大事なものを、私なんかに教えてくれるわけがないかもしれないけど。

名前も知らないままお別れなんて、そんなのやっぱり……悲しい。

しばらくの沈黙の後、魔王から返ってきたのは、拒否でも、承諾でもなかった。

「……元々俺には名などない」

「え……!?」

「言っただろう、俺は生まれつき魔王だったと」

魔王の赤い瞳が、どこか寂しそうに見えた。

「……俺は、先々代魔王が死んだ時、二つに分かれた魂《たましい》の一つだ。先代魔王がその片割れで野心のみを受け継ぎ、俺は力を受け継いでいる。先々代はその両方を併《あわ》せ持ったまま生まれ変わろうとしたようだが、失敗したらしくてな」

私はただ固唾《かたず》を呑んで、この突然の魔王の告白を聞くしかなかった。

「力のみを持ち、それを振るう意味を持たなかった俺は長い間燻《くすぶ》っていた。リセ、お前に会うまでな」

ふっと、魔王は笑った。冷笑ではない、心底楽しそうな、少し子供っぽい笑顔で。

「俺は自分の意志で着飾り、兵を集め、エルシアンへ侵略した。力しか持たぬ、先々代の複製でしかなかった、この俺がな。愉快だった。こんなに愉快なことはなかったぞ、リセ」

ああ――そうか。魔王は、ずっと自分を持っていなかったんだ。先々代の一部でしかない――心のどこかでそう思っていたんじゃないだろうか。……だけど。

「魔王様は、最初から力だけじゃありませんでしたよ。だって、抗《あらが》っていたじゃないですか、〝勇者と戦う〟っていう自分の宿命に。それだって魔王様の〝意志〟じゃないですか。先々代の魔王様なんて関係ありません、魔王様は魔王様です」

何を偉そうに――と突っぱねられるかもしれないけど、最後だし、言いたいから言っておいた。魔王は怒ったり突っぱねたりはしなかったけど、フン、と鼻を鳴らした。

そして、手を掲《かか》げる。私を元の世界へと返す呪文を紡《つむ》ごうと、唇が動く。

「ま――待って下さい！」

咄嗟《とっさ》に、叫んでいた。考える前に、口が動いたのだ。

「私に、名前をつけさせてくれませんか⁉」

「――は？」

魔王が、〝何を言い出すんだこいつは〟とでも言いたげな目で私を見てくる。睨《にら》むというより、呆れたような顔だった。うん、いや、自分でも何言ってるんだろうと思うけど……。

名前がないなんて寂しいじゃん。

先々代の魂から生まれたとしても、魔王は魔王だ。いや、魔王じゃなくて一人の魔族なんだから。

「だ、駄目ですか？」

何か変なものでも見るように変わってきた赤い瞳を、私はじっと見つめ返した。

やがて、魔王はフッといつもの冷笑を浮かべる。

「よかろう。服の礼だ。好きにしろ」

えっ、こっちが名前をつけるのに、これが礼なの？　いやまあ、言い出したのは私だけどさ……

と、ここに来て私は大変なことを思い出した。私には致命的にネーミングセンスがないことを。

ど、どうしよう。自分から言い出しておいて、今最高に困ってる。

「どうでもいいが早くしろ。これ以上時間がかかるならやめるぞ」

「わあああ待って！　今考えた！　考えたから！」

魔王が手を引っ込めかけたので私は焦った。余計なこと言うんじゃなかったたってちょっと後悔したけど……ううん、名前がないなんてやっぱり駄目だ！　でも浮かばないし……さすがにキル様の名前ってわけにもいかないし。ちゃんと考えなきゃ。

そう、例えば魔王が好きなものとか――

……駄目だ。結局好きなもの聞けてない。魔王のことなんて、考えてみたら何にも……

ううん。知ってた、一個だけ。魔王は口にしなかったけど、絶対に魔王が好きだってわかるものが。

「トゥオネラ」

その言葉を唇にのせると、魔王は少し驚いたような顔をした。

「トゥオネラはどうですか？　だって、魔王様、好きですよね？　この国。だから人間達に荒らされたくなくて、初めて力を使ったんでしょ？　それに、テラスで話した時……トゥオネラの街を見る魔王様はすごく誇らしそうでした」

「……フン。貴様なんぞに、俺の何がわかる」

すごく一生懸命考えたのにー！

私の精一杯の言葉を一蹴《いっしゅう》し、魔王は名残惜しそうな様子もなく片手を高く掲げ直した。

そして、ためらいなく呪文を紡《つむ》ぐ。

『魔王トゥオネラが定義する！　キヨミヤセリコの世界へ扉は開く！』

「え？」

今──なんて？

聞き返す暇もなく、バンッ‼　と勢いよくクローゼットの扉が開く。そして私の体は為《な》す術《すべ》なく、その中に吸い込まれていった。元来た時のように、真っ暗な空間の中を漂いながら。

「さよなら。世界一魔王らしい、トゥオネラ様」

異次元に、私の涙と別れの言葉は吸い込まれていった。

＊　＊　＊

こうして、私の日常は唐突に帰ってきた。

気が付くと、私は見慣れた自分の部屋の、自分のクローゼットの前にいた。

恐る恐るクローゼットを覗《のぞ》いてみる。もうダサい服は並んでいない。私が作った衣装が並ぶ、見慣れた私のクローゼットだ。そのことにほっとすると同時に、少し寂しかった。

「びっくりしたけど……楽しかった、な」

魔王城での日々を思い出し、思わず独り言を零《こぼ》す。

今思うと夢みたいだ。もしかして……本当に夢だったのかも？　でも、魔王城で作ってた女神官《プリーステス》の衣装もケルべえのぬいぐるみも、ソードさんにもらったバラもある。だから……夢じゃない。

いや！　夢だったのかどうかよりも！　一体今何日なんだろう⁉

呆《ほう》けている場合じゃない。私はすっくと立ち上がると、パソコンをつけた。やがて立ち上がったパソコンのデスクトップに、日時が表示される。

「わあああああああああ！　サマコミまであと一日しかないいいいいいいいい‼」

近隣からのクレームのことも忘れて盛大に叫んだ後、私は部屋を飛び出しチャリに飛び乗った。そして、全速力で漕《こ》ぐ。

私に残された時間は少ない。ニーとフィロももういない。服は完成しているが、アクセサリーは手つかず。その分の素材が必要だ。カゴに突っ込んだアニメ雑誌を信号待ちの間に確認しながら、購入すべきパーツを頭に刻み込んでいく。そして行きつけの手芸屋と百均を数軒ハシゴして、無事帰宅。

抱えていた袋と雑誌をテーブルに置き、開きっぱなしだったパソコンを操作してアニソンのフォルダをクリック、ＢＧＭもＯＫ！

「よーし、やるぞ～！」

と、その前に。

いつものように、作った衣装を眺めてテンションを上げるべく、私はクローゼットの前に立った。

クスッと、笑いが零《こぼ》れる。

そう、あの時も。こうやって衣装を眺めようとしたら、クローゼットの中にダサい服があって。びっくりして手を突っ込んだら、クローゼットに吸い込まれて。気が付いたら魔王城だったんだ。

なーんて回想していると。

バァン！

と、突然クローゼットの扉が開いた。

「ひゃあああああ!?」

びっくりして飛び退《しさ》る。が、本当に驚いたのはここからだ。

開いたクローゼットの中から、赤い部分メッシュが入った黒髪、モスグリーンの軍服のような衣装を纏《まと》った、キル様そっくりの人が現れたのだから。

でもその人がキル様ではないことを、私はもう知っている。

「えっえっえっ……」

ペタリ、と私はその場に尻もちをついた。

腰が抜けた。魔王が――恐らく二度と会うことはないと思っていた魔王が、クローゼットの中から現れたのだ。

「なっ、なんでぇ～～～～⁉」

指を差して叫ぶ私を見下ろし、魔王はあの冷笑を浮かべた。

「この衣装と、お前に名をつけてもらったおかげで、俺の力が底抜けに強化されたようでな。この通り、空間を操《あやつ》ることなど造作もなくなった」

は、はぁぁぁぁーーーー⁉　じゃあ私のクローゼットはまた魔王城と繋がったってことですか⁉

「まあ、ちょうどいい。お前の世界にも興味があったからな。俺もその〝さまこみ〟とやらに同行させてもらおうか」

そう言って魔王がニヤリと笑うのを見て、私は気が遠くなってきた。

魔王がサマコミに同行……そんなの……

今までで、一番最高のイベントになりそうだ！

書き下ろし番外編

コスプレイヤーと魔王城の愉快な仲間達

私こと清宮芹子は、楽しみにしていたイベントを前に頭を抱えていた。

まぁ、よくあることと言えばよくあることだ。衣装が間に合わないだとか。小物が間に合わないだとか。深夜になってから糸や布が切れただとか。コスプレイヤーを始めてから結構長い。そりゃあ修羅場《しゅらば》も経験してきた、というかイベントに修羅場はつきものだ。

だから、その度になんとかしてきた。一睡もせずに縫《ぬ》い続け、真っ赤な目にカラコンを叩き込んだ日もあれば、深夜も営業してる店をネットで検索し、真夜中にチャリで爆走した日もあった。

しかし、しかしだ。今のこの状況は気合と根性、ましてネット検索ではどうにもならないのである。

「おい、リセ。せっかくこの俺様が来てやったというのに、何のもてなしもないのか？」

私のベッドに座り、ふんぞり返って高々と足を組んでいるのは――私の愛してやまないM†Nのキルフィールド様――にそっくりの、黒髪赤目、イケメンのおにーさん。

その尊大な態度や物言いはまるで魔王のようだが驚くなかれ、彼は本物の魔王だ。

「あのですね、魔王様……大変申し上げにくいのですが、私は大事なイベントを控えておりまして、その用意に忙しく……」

「あぁ⁉」

ひぃぃー、睨《にら》まないで。見惚《みほ》れちゃう。

「しかし狭い部屋だな。もう少し広い部屋に案内しろ。このソファも座り心地が悪い」

うっ、大変申し上げにくいのですが、魔王様。私はしがない1Kのアパート住まい、この部屋が私の家の全てです。そしてそれはソファではありません。シングルベッドです。

と言っても、魔王は理解も納得もしないだろうなぁ……。

とはいえ、このままじゃ他の人の部屋に乗り込んでいきそうだし。

狭くても自分好みに染めつくした私の城だ。追い出されたくないんだけどなぁ……。

うぅ、だんだんイベントどころじゃなくなってきた……。

そんな私の悩みをさらに深くするように、クローゼットがゴトンと音を立てる。

イヤな予感。私の懸念は瞬《また》く間に現実となり、再びクローゼットが勝手に開く――ただし、今度は少し遠慮がちに。

中から現れたのは、真紅の髪をした、ソバカスがチャーミングな女性。……マギさん。

「リ、リ、リセさん‼　わたしもサマコミに……サマコミに連れていって下さい！」

クローゼットからまろび出てきたマギさんが、私に縋《すが》りつくようにして訴えてくる。

うっ、そうだよね……魔王よりマギさんの方がサマコミ行きたいよね。超行きたがってたもんね。どーしよー、断れないよ……

っていうか、マギさんまで来たってことは。

「いけません、マギ。急に押しかけてはリセが迷惑するでしょう」

まるで城の門を通るように、優雅にスタイリッシュに、ソードさんがクローゼットから姿を現す。その後はもうお祭し。

「おうおう、なんだなんだ、ここがリセの世界か？　せまっくるしいな！」

「みんなズルいよ！　ボクだってリセお姉さんに会いたいのに！」

アームさん、ハウンド君が相次いで飛び出してくる。あっ、あああっ、ケルべえ！　ケルべえまでいる！　いかん！　ケルべえはいかんよ！

「わ……ぶう」

ハウンド君と一緒に入ってきたケルべえが嬉しそうに吠えるのを、私は咄嗟《とっさ》に口を塞いで止めていた。

「リセお姉さん、何を⁉」

私の手の中でケルべえが哀れっぽい目をしてクンクンと鳴き、ハウンド君が非難めいた視線を向けてくる。ごめん、でも、でもね⁉

「このアパート、ペット禁止なの！　吠えたら近隣から苦情が入って、私ここに住めなくなっちゃう……っ」

私の言い訳は、しりすぼみになって消えた。

ケルべえが吠えるのをやめたので一旦手を離す。ヨダレがべっとり手についている。私は無言でくるっと彼らに背を向けて、キッチンで手を洗った。

とにかく一度落ち着こう。そして冷静になるのよリセ。

タオルで手を拭きながら深呼吸を繰り返す。そして、部屋を振り返り……そのまま一回転して再び目を逸《そ》らす。

ただでさえ狭いのに、トルソーやらクローゼットやらがあって、さらには裁縫道具、ミシン、あちこちに布が散乱して物でいっぱいの私の部屋。そこに、大の大人が四人、子供が一人、犬一匹。おまけにアームさんは言うまでもなく、魔王やソードさんだって長身だ。もう手狭とかいうレベルの話ではない。

「おい、リセ！　狭いぞ！」

私の背に魔王ががなる。

ケルベえが吠えなくても、これだけ人が来てわいわいガヤガヤしてたら確実クレーム。追い出されるのは時間の問題である。それに、もし、苛立った魔王が魔法でも使おうものなら――

サッと血の気が引いて、私はリビングへと戻った。

「あのですね、皆さん。また会えてとても嬉しいのですが、まずは私の話を聞いて下さい。私の家はこの部屋で全てです。他の部屋には他の住人がいて、その方達に迷惑をかければ私はここを追い出されてしまいますので、何卒ご静粛《せいしゅく》に……」

皆の視線が私に集まる。ああ、どうかわかってくれますように。祈りながら、それが無理だろうなってことは自分でもわかりすぎるくらいにわかっているんだけど。

フッ、と魔王が息を吐いた。

「みなまで言うなリセ。貴様には借りを返さねばと思っていた」

おおお⁉　魔王から思ってもいなかった殊勝な言葉が出てきて、私は少し頬を染めてしまった。魔神との死闘を経て、少し変わったのだろうか。随分大人になったものである。

「その下らん住人とやらを全員俺が倒し、この城全てをリセのものにしてやる。いや、スケールが小さいな。この世界を全て滅ぼし、貴様をこの世界の魔王にしてやろう」

「い・り・ま・せ・ん・か・ら～～～!!」

前言撤回《ぜんげんてっかい》。魔王はいつまでもどこまでも魔王であった。

うわあああん！　サマコミの準備したいのに！

「何故だリセ？　何が気に食わんのだ」

心底理解できないという顔をする魔王。

「気に入らないとかそういうわけではないんです！　でもここは私の世界なんです、私の世界には私の世界のルールがあってですね、だから……！」

「ええい、ゴチャゴチャとうるさい！　貴様はさっきから誰に向かって物を言っている。この俺が借りを返そうと下手《したて》に出ていれば、ニンゲン風情《ふぜい》がつけ上がりおって！」

ヤバイ、怒らせた！

止める間もなく魔王が手を上げ、高らかに叫ぶ。

『魔王が定義する！　闇はこの世を滅ぼす破壊の手！』

あぁ……終わった。さよならサマコミ。仮に世界が滅びるまではいかなくても、アパートひとつ消し飛べば充分今日のトップニュース。すぐに警察が来て私は重要参考人、下手したら逮捕、とてもイベントどころではない。

今までの楽しかったイベントが走馬灯のように流れ――

ピンポーン！　とインターホンが鳴って、私は我に返った。インターホンの音が何だかわからず警戒する四天王をよそに、慌てて玄関にダッシュする。

覗《のぞ》き穴から外を見ると、管理会社のユニフォームを着たおじさん。

中を見られないように、二センチくらい扉を開ける。

「清宮さん、おたくが騒がしいって苦情が入りましたよ」

「ももも、申し訳ありません！　突然地元から家族が押しかけてきまして！　本当にすみません！」

「気を付けて下さいね」

とにかく謝り倒して扉を閉める。うう、気が重い。溜息をつきながら、だが私はあることにふと思い当たる。

何も起きてない。魔王が魔法を使ったのに、何も起きてない。

改めて部屋に目を向けると、四天王が驚いたように魔王を見、その魔王自身も愕然《がくぜん》として自分の手を見ている。

「魔法が使えない……だと？」

「そっ、そういえば……この世界には精霊の力を感じませんね」

今更のようにマギさんが頬に手を当てて声を上げる。

せ、セーフセーフ！　不幸中の幸いとはこのことである。魔法なんか使われたらほんと、サマコミも日本も私の人生もメチャクチャになるところだった。

だがしかし、それだけでは安心できない。魔王の動揺がおさまらないうちに、私は両膝をつき、土下座せんばかりに魔王に訴えた。

「お願いします、魔王様。どうか、私の世界を滅ぼすのはやめて下さい。私は魔王様と違って、ただの、ごく普通の人間なんです。世界を支配したいなんて思わないのです。借りをお返し下さると言うならばどうか！　どうか何もなさらず、私をこのまま静かにしずかーに暮らさせて下さい！　そしてサマコミの準備をさせて下さい。お願いします！」

「む……」

私の必死の懇願に、魔王がこちらを見下ろし呻《うめ》く。そんな彼が何か声を上げる前に、別の声が挟まった。

「話は聞かせてもらった」

全員の視線がクローゼットに集まる。この声は……

「わふ！」

小声でケルべえが鳴く。クローゼットの方を向いてシッポを振るケルべえの横を通り過ぎ、私はクローゼットの扉を両手で開けた。そして尻餅《しりもち》をついた。

クローゼットから、でかい鳥の頭がぬっと現れる。

「ガ、ガイ……」

「魔王よ、リセは無関係の我らの世界のために力を尽くしたではないか。ならば我らもリセの世界の秩序を乱さぬが道理ではないか？」

やたらと威厳たっぷりではあるけれど……ガイの体は大きすぎてクローゼットを通れない。頭だけをクローゼットから出して厳《おごそ》かに告げるその様子、なかなかにシュール。

ガイと再会できたのは嬉しいんだけど、それ以上に、カオスすぎてもう泣きそう。

「フン、魔王に道理などない」

おまけに魔王はガイの進言も一刀両断。もう誰も魔王を止められないのか――絶望しかけたそのとき、ソードさんが穏やかな声で言った。

「……恐れながら、魔王様。魔法が使えぬことといい、この世界は我らの住む世界とはだいぶ異なっている模様です。支配するにしても、もう少し様子を見てからの方がよろしいかと。リセの世界に興味もあります。どうか何卒このソードめに、少し時間を頂くことはできませんか？」

「ふむ……」

ソードさんの提言に、魔王が腕組みをし、考え込む。ややあって、彼は顔を上げた。

「お前がそう言うならば、時間をくれてやってもいい」

ソードさんが意味ありげに私に目配せする。私は心底彼に感謝した。

精霊王とはいえ異種族であるガイや、ただの人間である私の言うことを聞くのは、魔王のプライドが許さない。でも四天王の一員であるソードさんの言葉なら、魔王も一考の余地がある。きっとソードさんはそれをわかっていて、わざとそう言ってくれたんだ。

「おい、アーム、何か作って持ってこい。もてなしは期待できんようだ。リセは何か作り始めると、俺の言うことも聞こえなくなるようだからな」

「おう、魔王様《ヘッド》。お安い御用です」

アームさんがガイの頭を蹴飛ばすと、スポンと頭が抜ける。何事もなかったようにクローゼットをくぐっていくアームさん。ああ、なんて気安く行き来できるようになってしまったものか。クローゼットの向こうからガイの「無礼者！」という怒鳴り声が聞こえてくる。私はそっと扉を閉めた。

魔王は私のベッドにごろんと横になり、マギさんはニコニコと顔を輝かせ、そこら中に散らばる布を見ている。

「ねえリセさん、わたしにも何かお手伝いできませんか？」

期待に満ちたマギさんの表情。そんな顔見せられたら断れない。

「そうですねえ……あ、そうだ。お品書きやグッズにつける値札にイラストを入れてもらえませんか？　マギさんすっごくイラスト上手だし！」

「い、いいんですか！」

らんらんと目を輝かせるマギさんに、いきなりデジタル作業も酷だろうから、紙とペンを渡す。

「そのイベントはグッズを売ってもいいんですか？　だったらボク、ケルべえのマスコットを売りたいです」

「いいよ、ハウンド君。そうだ、フェルトが余ってるからこれで作ってみる？　教えてあげる」

キーホルダーに加工するのもいいかも。それくらいならすぐできる。さっそくフェルトと、それから針と糸を出して、私はハウンド君に手芸を教えて始めた。それに、ソードさんが横から口を出し、少し厳しいながらも私よりずっと上手にフォローする。

一時はどうなることかと思ったけど……ワイワイとみんなで楽しく創作しながら更《ふ》けていく夜は、決して悪くはない。

クローゼットの向こうからは、アームさんの作るゴハンのいい匂いが漂ってくる。

さあ、気を取り直してサマコミの準備だ！

待望のコミカライズ!

突然異世界トリップしたコスプレイヤーの梨世《りせ》。そこで出会った冴《さ》えないジャージ姿の残念な美青年は、なんと魔王様!? なんでこんなことに!? ていうか、魔王がダサいなんてありえないでしょ!! 怒りが爆発した梨世は、魔王の衣装を作ることに。だけどそのせいで、ダサい魔王軍の改革まで任されちゃって——!?

＊B6判 ＊定価：本体680円＋税 ＊ISBN978-4-434-23757-7

アルファポリス 漫画 検索

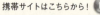

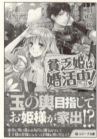

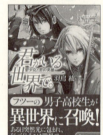

RC
Regina
COMICS
メイドから母になりました
1〜2
大好評
発売中!!
原作 Seiya Yuzuki
夕月星夜
漫画 Asuka Tsukimoto
月本飛鳥
シリーズ累計8万部突破!
アルファポリスWebサイトにて
好評連載中!
子育てファンタジー
待望のコミカライズ!
異世界に転生した、元女子高生のリリー。
ときどき前世を思い出したりもするけれど、
今はあちこちの家に派遣される
メイドとして活躍している。
そんなある日、王宮魔法使いのレオナールから
突然の依頼が舞い込んだ。
なんでも、彼の義娘《むすめ》・ジルの
「母親役」になってほしいという内容で——?
魔法世界の子育ては
危険がいっぱい!?
アルファポリス 漫画
検索
B6判・各定価:本体680円+税

本書は、2015年12月当社より単行本として刊行されたものに書き下ろしを加えて文庫化したものです。

レジーナ文庫

魔《ま》王《おう》失《しっ》格《かく》！

羽鳥《はどり》 紘《こう》

2017年 11月20日初版発行

文庫編集－塙綾子
発行者－梶本雄介
発行所－株式会社アルファポリス
〒150-6005 東京都渋谷区恵比寿4-20-3 恵比寿ｶﾞｰﾃﾞﾝﾌﾟﾚｲｽﾀﾜｰ5階
TEL 03-6277-1601（営業） 03-6277-1602（編集）
URL http://www.alphapolis.co.jp/
発売元－株式会社星雲社
〒112-0005東京都文京区水道1-3-30
TEL 03-3868-3275
装丁・本文イラスト－ocha
装丁デザイン－ansyyqdesign
印刷－大日本印刷株式会社

価格はカバーに表示されてあります。
落丁乱丁の場合はアルファポリスまでご連絡ください。
送料は小社負担でお取り替えします。

ISBN978-4-434-23886-4 C0193